Norma Mazer

Sommerzeit
Liebezeit

Unionsverlag
SANSIBAR

Die Autorin

Norma Mazer wurde in New York geboren und wuchs in Glens Falls auf. In der High School war sie Herausgeberin einer Schülerzeitung und Korrespondentin für die Glens Falls Zeitung. Sie feierte ihre ersten Erfolge mit Veröffentlichungen in Zeitschriften, und bald folgte der Durchbruch als Schriftstellerin mit Fernsehspielen und Jugendbüchern.

Über dieses Buch

Alle wünschen sich nichts sehnsüchtiger als Liebe und Freundschaft! Da ist zum Beispiel Richie, die Stevie zwanzig Liebesbriefe schreibt, sie aber nie abschickt. Oder Phoebe, die ihre verrückte Tante plötzlich zu mögen beginnt. Und Jojo, Mädchen vom Lande, verliebt sich in die szenige Punkfrau Franziska. Norma Mazer zeigt die verschiedensten Formen von Liebe und Freundschaft aus weiblicher Sicht. Sie macht deutlich, daß die Zeit der Liebe auch mit Schmerz verbunden sein kann. Denn Leidenschaft und Eifersucht, Glück und Verzweiflung, Toleranz, Ärger und Enttäuschung liegen dicht beieinander.

Stimmen zum Buch

»Liebe mit ihren Schattenseiten, Liebe mit ihren schönen Seiten – die Geschichten geben einen guten Einblick in das Leben verschiedener Frauen und Mädchen.« *Bulletin Jugend + Literatur*

»Die Bücher von Norma Mazer dürfen in keiner Schulbücherei fehlen.« *Welt des Buches*

Mehr Informationen auf Internet:
http://www.unionsverlag.ch

Norma Mazer

Sommerzeit Liebezeit

Aus dem Amerikanischen von Cornelia Krutz-Arnold

Unionsverlag

Die amerikanische Originalausgabe erschien 1982 unter dem Titel *Summer girls, love boys* bei Delacorte Press, New York.

Auf Internet
Aktuelle Informationen, Dokumente über Autorinnen und Autoren, Materialien zu Büchern
http://www.unionsverlag.ch

Unionsverlag Taschenbuch 1020

Rieterstrasse 18, CH-8059 Zürich
Telefon 0041-1 281 14 00, Fax 0041-1 281 14 40

Umschlaggestaltung: Heinz Unternährer, Zürich
Umschlagbild: Dieter Wiesmüller
Druck und Bindung: Clausen & Bosse, Leck
ISBN 3-293-21020-1
Die äußersten Zahlen geben die aktuelle Auflage und deren Erscheinungsjahr an:
1 2 3 4 5 - 01 00 99 98

Dem Andenken an meinen Vater gewidmet.
Er lebte sein Leben unter Frauen:
Mutter, Schwester, Ehefrau, Töchter.
Sie alle liebte er
treu und heftig.

«Also, Sir», sagte Lucy. «Ich glaube – ich weiß nicht –, aber ich glaube, ich könnte genügend Tapferkeit aufbringen.»

C. S. Lewis

Die Abenteuer im Wandschrank
oder Der Löwe und die Hexe

Inhalt

Carmella, Adelina und Florry

Mary Beth Lichtow 10. Oktober
Mr. Nalius, Amerikanische Geschichte, 4. Stunde

AUFGABENSTELLUNG: *Ein mündlich erzählter Erfahrungsbericht aus der Vergangenheit*

ANMERKUNG: Meine Mutter sprach in unseren Kassettenrecorder über die Zeit, in der sie in einer Fabrik gearbeitet hat. Danach habe ich das, was sie auf Band gesprochen hatte, mit der Schreibmaschine abgetippt. Es war ausgesprochen interessant. Bis zu dieser Hausaufgabe habe ich gar nicht gewußt, daß meine Mutter in einer Fabrik gearbeitet hat.

Meine andere Anmerkung bezieht sich auf die Hintergrundinformation, die ich zum «Erfahrungsbericht meiner Mutter aus der Vergangenheit» eingeholt habe. Ich war sehr überrascht, als ich feststellte, daß nur zwanzig Prozent der Arbeiter in den Vereinigten Staaten einer Gewerkschaft angehören. Wir haben eine ganze Unterrichtsreihe über Gewerkschaften gemacht, also sind sie wohl sehr wichtig. Aber wenn achtzig Prozent der Arbeiter nicht gewerkschaftlich organisiert sind, müssen *sie* doch auch ganz schön wichtig sein!

(PS: Mr. Nalius, vielleicht können wir eine Unterrichtsreihe über Arbeiter machen, die in keiner Gewerkschaft sind? Und ob so schreckliche Dinge, wie sie meiner Mutter passiert sind, immer noch vorkommen?)

ERFAHRUNGSBERICHT AUS DER VERGANGENHEIT:

Ich heiße Zelda Sagan Lichtow. Das ist vermutlich das erste, was ihr wissen wollt. Ich bin verheiratet, habe drei Kinder, Susan, Jeff und Mary Beth, und arbeite als Anwaltsgehilfin bei Joffrey und

Bogardus. Die beiden sind ganz großartige Anwälte und außerdem miteinander verheiratet. Das letztere erwähne ich nur deshalb, weil es verdeutlicht, was für ein Wahnsinnsunterschied zwischen *jetzt* und der Zeit besteht, über die ich erzählen werde, nämlich das Jahr 1949. In diesem Jahr war ich neunzehn und hatte gerade mein erstes Jahr am College abgeschlossen.

Damals kam es vielleicht – aber nur vielleicht – gelegentlich mal vor, daß man auf eine Frau stieß, die Rechtsanwältin war (oder Ärztin oder Ingenieurin), aber die meisten von uns gingen aufs College, um Lehrerinnen, Bibliothekarinnen oder Sozialarbeiterinnen zu werden. Mir ist erst in letzter Zeit aufgegangen, daß mich die Justiz wirklich interessiert. Das ist mit ein Grund dafür, warum ich als Anwaltsgehilfin arbeite. Um irgendwie schon mal vorzufühlen und herauszufinden, ob ich Jura studieren soll. Ich will nicht von meiner Geschichte abschweifen, aber das sind Hintergrundinformationen, die ich für ziemlich wichtig halte.

Noch etwas war damals anders: Wenn man genug Grips hatte, um aufs College zu gehen, und das Geld dafür aufbringen konnte, dann *blieb* man im allgemeinen auch im College. Daß jemand das Studium abbrach, kam praktisch nicht vor, und auf gar keinen Fall ging man ab und kam später wieder zurück, wie es heute viele machen. Ganz allgemein war die Zeit damals nicht so offen und beweglich wie heute.

Jedenfalls, in jenem Herbst, als ich wieder zum College zurück sollte, ging ich statt dessen in eine Fabrik, die Dichtungsmaterial herstellte, und arbeitete dort an der Stanzmaschine. Wie es dazu kam, daß aus mir eine Fabrikarbeiterin wurde, obwohl ich als College-Studentin vollkommen glücklich und zufrieden war – also, um das zu erklären, muß ich etwas Persönliches von mir erzählen. Es ging um einen Jungen, den ich kennengelernt hatte. Ich wüßte auch nicht, wie ich von meinen Erfahrungen berichten sollte, ohne dabei persönlich zu werden. (Außerdem ist es einfach lächerlich, davon auszugehen, daß Geschichte nichts mit persönlichen Dingen zu tun hätte. Was ist Geschichte denn anderes als Menschen mit ihren Geschichten?)

Okay, es war also 1949. Ein paar Jahre nach dem Zweiten

Weltkrieg und kurz vor dem Koreakrieg und *lange* vor dem Vietnamkrieg. Sehr viel weniger Geld im Umlauf als heute. Das habe ich gemeint, als ich sagte, daß man auf dem College blieb – viele waren ganz einfach zu arm, um überhaupt erst hinzukommen. Wir gehörten nicht zu den ganz Armen. Mein Vater und meine Mutter hatten ihr ganzes Leben lang gearbeitet. Ich meine, meine Mutter hatte sowohl *außer* Haus als auch *im* Haus gearbeitet. Sie stammten beide aus armen Familien und waren früh von der Schule abgegangen, um *ihren* Familien zu helfen. Na, ihr werdet verstehen, warum sie nicht wollten, daß wir Kinder es auch so machten. Sie taten alles, was in ihrer Macht stand, damit wir alle die High-School abschlossen und aufs College gingen.

Ich wußte das alles, aber – nein, es war keine Rebellion von mir, als ich das Studium abbrach und statt dessen in der Fabrik arbeitete. Das lag nur daran, daß ich in jenem Sommer bei *Rader's Cut Rite Drugs* arbeitete und dort Eric kennenlernte. Ja, damit kommen wir zu Eric! Ein Mann, der schon älter war. Er war fünfundzwanzig, und ich war, nun ja, regelrecht *geblendet* von ihm. Vielleicht klingt das komisch, aber bis dahin hatte ich nur einen einzigen richtigen Freund gehabt. Solange ich noch zur High-School ging, waren meine Eltern sehr streng mit mir gewesen, und als ich aufs College kam, war es dort auch nicht so sehr viel anders. Damals gingen Colleges davon aus, daß sie *in loco parentis* standen – die Elternstelle vertraten, ganz besonders bei Mädchen.

Ich mußte jeden Abend um zehn in meinem Zimmer sein und um elf das Licht ausgemacht haben. Am Wochenende durfte ich bis um ein Uhr ausbleiben, mußte mich aber bei der Aufsicht wieder melden, wenn ich zurückkam. Und wenn ich übers Wochenende zum Beispiel irgendwohin wegfahren wollte, konnte ich das nicht einfach tun. Dazu brauchte ich die Erlaubnis meiner Hausmutter.

Ach, das war noch gar nichts! Für Mädchen gab es lauter Regeln und Vorschriften. Ich weiß nicht, ob sie jemals schriftlich festgehalten wurden, aber jedes Mädchen kannte diese Regeln ohnehin auswendig. Zum Beispiel: Man spricht mit leiser Stimme. Wenn Jungen dabei sind, darf man sich nicht allzu gescheit geben. *Immer* dem *Mann* die Führung überlassen. Und keinen, vor allen Dingen nur ja *keinen* Sex vor der Ehe. Das war der Weg zur ewigen Verdammnis. (*lacht*) Wer all diese Regeln einhielt, galt als «nettes, anständiges Mädchen», das vor dem gefährlich hohen Alter von zweiundzwanzig Jahren verheiratet sein würde.

Na, wir wollten natürlich alle nett und anständig sein, aber lieber Gott, das war so schwer! Du konntest einfach nicht du selber sein. Ein kleines Beispiel – ich zog mit Vorliebe Jeans an. Trug sie unten umgekrempelt und dazu ein großes, weites Herrenhemd mit einem Gürtel um die Taille. Also, am Wochenende ging das, aber für die Schule konnte man so etwas vergessen! Dort mußten es Strümpfe und Röcke und kleine Kunstperlenketten sein. Eben damenhaft.

Und wenn man auch nur ein ganz klein wenig rundlich war – und das war ich eine Zeitlang –, dann trug man unter dem Rock einen Hüfthalter. Ach! Wenn ich nur an diesen Hüfthalter denke, kriege ich heute noch das Zittern. Ein Folterwerkzeug. Und was die Oberweite anbetraf – den Busen, wie ihr jungen Leute heute ganz offen sagt –, da kannte ich kein Mädchen, das nicht unglücklich war mit dem, was sie hatte. Entweder zuviel oder zuwenig, gemessen an einer mystischen Vorstellung von Vollkommenheit. Ich meine, einer *männlichen* Vorstellung von Vollkommenheit! Wir standen alle so sehr unter dem Druck, vollkommen zu sein. Und einen Mann zu kriegen! Das war schließlich das große Ziel. Der Erfolg im Leben. (*lacht*)

Das muß man sich einmal vorstellen: Ich habe jeden Abend meine Haare auf Metallwickler aufgedreht und schlief dann auf diesen Metallklumpen. Noch mehr Folter. Aber um Himmels willen, man konnte doch nicht mit glatten Haaren zur Schule gehen! Eigentlich alles war damals viel starrer, mußte streng nach Vorschrift gehen. Deshalb imponierte mir Eric ja auch so.

Zunächst einmal sah er wirklich wie ein Eric aus – ein schöner, nordischer Wikingertyp. Er war in der Armee gewesen, er war auf dem College gewesen (nach dem Förderungsgesetz für ehemalige Soldaten), und dann hatte er etwas ganz Unglaubliches gemacht: einen Studienabschluß, *den er dann nicht nutzte*. Vom College weg, mit einem kostbaren Diplom der Philosophischen Fakultät in der Tasche, war er Busfahrer geworden!

Und der Bus, den er fuhr, hielt mindestens viermal am Tag direkt vor *Rader's Cut Rite Drugs*. Eric kam dann herein und kaufte sich irgendeine Süßigkeit oder eine Zeitung. Ihr wißt schon. Es dauerte nicht lange, bis wir nicht nur über den Ladentisch hinweg unsere Witze machten, sondern auch zusammen ausgingen. Ach, ich war wie geblendet. Eric war anders als alle anderen Jungen, die ich kannte. Er hatte Ehrgeiz, aber nicht den Ehrgeiz, Akademiker zu werden und einen Haufen Geld zu verdienen. Sein Ehrgeiz war darauf gerichtet, eine Gewerkschaft zu organisieren. Und darüber hinaus hatte er außerdem noch *Prinzipien*. Sozialistische Prinzipien. Er wollte die Gesellschaft verändern. Die Menschen verändern. Den Lauf der Dinge verändern. Solche Vorstellungen hatte ich noch nie zu hören bekommen – die Arbeiter sollten die Fabriken übernehmen, und ihnen und nicht den Unternehmern sollte der Profit gehören? Und die Wörter, die er verwendete! Heute benutzt jeder Wörter wie *Establishment, Machtstrukturen* und *Rüstungsindustrie*. Aber damals? Ich hatte so etwas noch nie gehört. Erics Lieblingswort aber war *bourgeois*.

Ich kann mich immer noch daran erinnern, wie er zu mir sagte: «Zel, dein Vater ist Arbeiter, aber du bist bourgeois bis auf die Knochen.« Das war das *Schlimmste*, was er jemandem an den Kopf werfen konnte! Es bedeutete, die Normen und Wertvorstellungen der Mittelschicht zu besitzen. Solche Dinge wie einen Studienabschluß für erstrebenswert zu halten und sich den Kopf darüber zu zerbrechen, wie man aussah.

Er hat mich ganz richtig eingeschätzt. (*lacht*) Ich gab mir so große Mühe, nett und anständig zu sein, im Leben vorwärtszukommen, all diese Dinge eben. Und wozu? Laut Eric tat ich das deshalb, um aus der Arbeiterklasse, die er als die einzig wahre Klasse (und die «ausgebeutete») bezeichnete, aufzusteigen und zu den Leuten zu gehören, die ein dünkelhaftes, selbstgefälliges Leben führten, in dem nur materielle Werte zählten!

Außerdem, sagte er, zeigte sich meine bourgeoise Haltung ja schon an meiner Einstellung zum Sex. Unverblümt ausgedrückt hieß das, daß Eric mit mir schlafen wollte und ich abwehrte. Selbstverständlich! Ich war ein nettes, anständiges Mädchen! Alles, was man mir beigebracht hatte, zielte darauf ab, daß nette, anständige Mädchen *so etwas* nicht machten, nicht vor der Ehe.

Ich weiß noch, wie Eric mir einmal nach dem üblichen Hin und Her an den Kopf warf: «Du hältst das wohl für dein Eigentum. Du benimmst dich wie ein Unternehmer im Anfangsstadium, der sein Kapital hütet. Ich nehme an», sagte er, «daß du noch viel länger brauchen wirst, bis du deine falschen bourgeoisen Vorstellungen überwunden hast.»

Darauf konnte ich nichts erwidern. Ich war völlig niedergeschmettert von dem, was er gesagt hatte. Er hörte sich so vorwurfsvoll, so bedauernd, so *traurig* an.

Das war ganz gewiß der entscheidende Augenblick, in dem ich mich dazu entschloß, Erics Ansprüchen eben auf andere Weise zu genügen, wenn ich es schon in dieser Hinsicht nicht konnte. Ich würde mir einen Job in der Fabrik besorgen und eine aus der «unterdrückten Masse» werden, die er so verehrte.

Meine Eltern waren von meinem Entschluß, im Herbst nicht ans College zurückzugehen, wie vor den Kopf gestoßen. Aber ich nehme an, daß manche Dinge sich nie ändern. Wenn man neunzehn ist und sich für verliebt hält, dann hört man nicht auf seine Eltern.

Jedenfalls, gleich im ersten Betrieb, in dem ich es versuchte, der *MIF*, einer Dichtungsmaterial-Fabrik, wurde ich eingestellt. Einfach so. Ich konnte es gar nicht glauben. Jemand vom Personalbüro zeigte mir quer über den Hof die Frauenabteilung und sagte mir, ich sollte Eddy suchen, den Vorarbeiter, und ihm meinen Einstellungszettel geben.

Die Frauenabteilung war ein Betongebäude mit Stahltüren. Ich kann beschwören, daß die Wände von dem Lärm der Stanzmaschinen regelrecht bebten. Tausend Maschinen, so kam es mir vor. Ganz hinten in dieser riesigen, lauten Halle fand ich den Vorarbeiter. Er nahm den Einstellungszettel.

«Du heißt Zelda?» rief er. Mir gefielen seine Augen nicht – sie waren wie schmutzige kleine Kieselsteine –, und es gefiel mir nicht, wie er mich mit diesen Augen musterte.

«Bist du fix?»

Ich nickte.

«Scheust keine Arbeit?» Er kritzelte etwas auf einen schmutzigen gelben Block, der auf einer schmutzigen Schreibunterlage festgeklemmt war. Alles dort war schmutzig – der Fußboden, die Wände, Eddys Fingernägel, die Fenster, sein Schreibtisch.

Ach, das muß ich einschränken. Die Frauen, die dort arbeiteten – die funkelten und blitzten. Sie zogen sich wie Zigeunerinnen oder Tänzerinnen an, mit großen Ohrringen und Kopftüchern und schwingenden Röcken und bunten Blusen.

Jedenfalls, Eddy gab mir einen Schubs und zeigte auf Florry an der Maschine Nummer zehn. Florry war englischer Abstammung, sie war rothaarig, ungefähr so alt wie meine Mutter, und sie war eine großartige Frau. Wie eine Königin saß sie vor ihrer Maschine, den Rücken so gerade wie mit dem Lineal gezogen. Ich blieb einen Augenblick stehen und sah ihr zu. Ihre Hände bewegten sich so wunderschön, so flink, sie befand sich in einem so vollkommenen Einklang mit der Maschine, daß ich wußte, ich würde es ihr nie gleichtun können.

Ich tippte ihr auf die Schulter und rief, daß Eddy mich hergeschickt hätte.

«Neu hier?» fragte sie. «Dann schau her.»

Aus einem Korb neben ihrem linken Fuß holte sie eine Handvoll Dichtungsfasern, ließ sie auf die Platte der Maschine fallen, steckte ein goldbraunes Scheibchen unter den Maschinenarm und trat mit dem anderen Fuß auf einen Hebel. Der riesige, schwere Arm kam herunter – *Peng!* Dieses dicke, ohrenbetäubende Getöse, das die Luft erzittern ließ, wurde von diesen Maschinenarmen erzeugt, fünfzig Stück davon, die Sekunde um Sekunde herabgesaust kamen.

Der Arm sauste auf das Dichtungsmaterial herunter, preßte es und stanzte ein rundes Plättchen mit gezacktem Rand heraus. Florry schob die Fasern ein Stück weiter, ließ den Arm heruntersausen – das machte sie noch mal und dann noch einmal. Stanzte vier Plättchen aus diesem einen Stück. Es war ein bißchen wie Plätzchen ausstechen. Nur kann man beim Plätzchenbacken, wenn man zu nahe an den Teigrand gekommen ist und keine richtig runde Form mehr ausgestochen hat, das Plätzchen trotzdem backen. Hier hingegen durfte man nur die wirklich perfekten Plättchen behalten. Die wurden hinten in der Maschine durch eine Röhre geschoben. Die vermurksten Stücke kamen in den Abfallkorb. Und für die bekam man kein Geld.

«So geht's also», machte Florry mir mit Zeichensprache klar, nachdem sie mir den Vorgang noch ein paarmal gezeigt hatte. «Mach dich dran.» Sie wies mit dem Kinn zu der leeren Maschine neben ihr.

Ich setzte mich auf den Eisenschemel, stellte den Strom an und sah zu, wie sich der Riemen um den Maschinenarm schlang. Voller Angst schob ich das erste Stück gelbe Dichtungsfasern unter den Maschinenarm und drückte auf den Fußhebel. *Peng!* Meine Angst war durchaus begründet. An diesem Maschinenarm konnte man ohne Schwierigkeiten seine Finger verlieren. In der Halle arbeiteten tatsächlich etliche Frauen, die nur drei oder vier Finger hatten.

Peng! Peng! Peng! Ich war mit dem Fuß abgerutscht und hatte das Dichtungsmaterial dreimal gestanzt, ohne es dabei weiterzuschieben. Das Stück war verdorben. Ich schaute mich um, weil ich befürchtete, daß Eddy mir vielleicht zugesehen hatte. Er beobachtete mich wirklich! Mein Gesicht brannte, die Hände wurden mir feucht. Ach, ich schwitzte vielleicht. In diesen ersten Stunden habe ich aus reiner Aufregung bestimmt fünf Pfund verloren.

Mittags gellte ein Pfiff, und die Maschinen standen still. Mein Kopf war wie betäubt von der plötzlichen Stille. Dann wurde die Ruhe abermals durchbrochen, aber diesmal von einem angenehmeren Geräusch, dem Lachen und Reden von fünfzig Frauen auf dem Weg zur Stempeluhr.

Florry nahm mich am Arm und zog mich in die Menge, lauter Frauen, die Pullover, Zeitungen, Essenspäckchen und Thermosflaschen trugen. «Komm mit, Mädchen! Hast du etwas zu essen dabei? Beeil dich, Liebes. Wir haben nicht viel Zeit. Zwanzig Minuten.»

Es stellte sich heraus, daß das mehr als genug Zeit für mich war. Als Florry mich in den «Speisesaal» führte, verging mir augenblicklich der Appetit. Kotzgrüne Wände, von denen der Putz abbröckelte. Unter den Füßen Linoleum, das aussah, als ob es die Krätze hätte. Und als entzückendste Einrichtung den «Aufenthaltsraum für Damen» – eine hauchdünne, schulterhohe Trennwand zwischen denen, die hier ihr Mittagsbrot aßen, und denen, die nebenan die Toiletten benutzten.

Das Zimmer war gerammelt voll. Frauen lehnten sich an die Wand, quetschten sich auf die rissige braune Ledercouch und die paar Stühle, hockten auf dem Boden und nahmen sich gegenseitig auf den Schoß.

«Mädels!» Mir fiel auf, daß alle aufhörten zu reden und Florry zuhörten. «Das ist Zelda, das neue Mädchen an der Nummer neun.»

«Hallo, Zelda, willkommen im Affenstall.»

«Zelda, das ist ein niedlicher Name!»

«Meinst du, daß es dir hier gefallen wird?»

Von allen Seiten kamen Zurufe. Ich lächelte. «Hallo! Die Arbeit hier wird mir bestimmt Spaß machen.»

Ihr hättet mal hören sollen, was da los war. Buhrufe, Gegröle, Lachen, lautes Stöhnen.

Die Toilettenspülung rauschte, und ich fragte Florry, ob ich draußen essen könnte.

«Klar, Liebes.»

«Tu's nicht», sagte jemand. «Dort holst du dir einen Dachschaden.»

«Ach was, von der Arbeit hier kriegt sie den doch sowieso.»

«Wenn du den Gefängnishof ausprobieren willst, Schätzchen, dann versuch's nur. Dort ist es großartig, ha, ha.»

«Was ist denn los? Gefällt dir unser ‹Aufenthaltsraum für Damen› nicht? Hier ist es doch ganz wie zu Hause, was, Mädels?»

Ich lächelte ihnen der Reihe nach zu. Noch konnte ich den Gesichtern keine Namen zuordnen.

«Sie ist süß», sagte jemand über mich, «aber sie sieht nicht so aus, als ob sie schon alt genug wäre, um überhaupt ihre Arbeitspapiere beisammen zu haben.»

Ich wurde rot. Mein rundes Babygesicht brachte mich immer in Verlegenheit.

«Hast du einen Freund, Zelda?» Das war Carmella, ein magerer Kobold mit einem dichten dunklen Haarschopf und mutwillig tanzenden Augen hinter dicken Brillengläsern. Später freundeten wir uns miteinander an, aber an diesem Tag wußte ich einfach nicht, was ich sagen sollte, als sie fortfuhr: «Treibt's dein Freund denn schon mit dir?» Ich errötete noch heftiger.

«Ach, laß die nette Kleine in Frieden.» Dann ein lautes, fröhliches Lachen. Damit fiel mir Adelina in dieser ganzen Menge zum erstenmal auf. Sie war eine kleine Frau, die irgendwie weich wirkte, mit riesengroßen, hervorstehenden dunklen Augen. Eine ganz Süße. Ihr Mann hatte sie verlassen, sie zog vier Kinder alleine auf, eine Wohnung war ihr niedergebrannt und ein Kind der Kinderlähmung zum Opfer gefallen, aber sie konnte so kräftig, so frisch und laut und vergnügt lachen, wie ich es nie wieder gehört habe. Wenn Adelina lachte – und ihr kam alles mögliche komisch vor –, dann war das unwiderstehlich.

Kaum hatte ich an einem Stuhl ein Eckchen gefunden und mit Adelina und Carmella ein Gespräch angefangen, als der Pfiff wieder schrillte. Alles stürzte zur Tür und gab sich Mühe, als erste an der Stempeluhr zu sein.

«Wenn du mehr als fünf Minuten überziehst, kriegst du eine halbe Stunde vom Lohn abgezogen», erklärte Florry, während sie mich am Arm mit sich zog. «Mach schnell!»

Mach schnell! Schnell! Schnell! Das war das Tempo für das ganze Leben bei *MIF*. Am Morgen aufwachen und schnell zur Arbeit! Die Dichtungsfasern durch die Maschine jagen! Nur ja die vorgeschriebene Anzahl schaffen! Schnell in die Mittagspause! Schnell wieder zurück! Rasch an die Arbeit!

Jeden Abend war ich erschöpft, und mir tat alles weh. So hatte ich in meinem ganzen Leben noch nicht geschuftet. Meine Eltern beobachteten mich und sagten wenig. Inzwischen glaube ich, daß sie einfach abwarteten, bis sich meine romantischen Vorstellungen vom glorreichen Fabrikarbeiterdasein wieder legten.

Was Eric anbetraf – der war hellauf begeistert. Er war in seinem Element, belehrte mich, hielt mir Vorträge, wies mich darauf hin, daß sich mir jetzt eine einmalige Chance bot. «Solche Leute sind von allen Arbeitern am meisten unterdrückt, Zelda. Die in keiner Gewerkschaft sind. Du kannst ihnen zu der Erkenntnis verhelfen, daß sie ihr Schicksal in die eigenen Hände nehmen können. Sie müssen sich organisieren.»

Darin stimmte ich ihm durchaus zu, aber ich konnte mir nicht vorstellen, wie ich in diesem Betrieb irgend jemandem etwas beibringen sollte. Über das «unterdrückt» konnte ich nur lachen. Carmella? Adelina? Florry? *Unterdrückt?* Sie arbeiteten doppelt so schnell wie ich, leisteten doppelt so viel und konnten immer noch singen, sich gegenseitig Witze zurufen und auf jeden Mann, der in die Halle kam, ein Auge werfen.

Ständig fielen Maschinen aus. «Nummer dreiundzwanzig kaputt!» hieß es dann. Ein Mechaniker kam angelaufen, und schlüpfrige Bemerkungen flogen allenthalben umher.

«O Gott, ist der süß», jubelte Carmella.

«Meinst du, er hat angebissen?» kam es von der anderen Seite der Halle.

«Komm her zu *mir*, Süßer. An meiner Maschine ist bestimmt was kaputt, was *du* reparieren kannst.»

Und ich hörte zu, lachte, wurde rot. Sie hatten mir den Spitznamen «Baby» verpaßt. Warum auch nicht? Ich war so naiv. Nach zwei Wochen Arbeit war ich ganz begeistert von meinem ersten Lohnscheck. «Schau dir all das Geld an», sagte ich zu Carmella. «Das ist toll.»

«Es gibt nichts Tolles außer der Liebe», versicherte Carmella mir, so als ob ich ungefähr zwanzig Jahre jünger wäre als sie und nicht nur zwei.

Tatsächlich herrschte an den Freitagen, wenn die Lohntüten geöffnet wurden, im Speisesaal eine gedrückte Stimmung. Freitag war der schlimmste Tag der Woche. Am Freitag stellte man fest, ob man die erforderliche Stückzahl geschafft hatte.

Und das funktionierte so: Auf jedes kleine Teil, das von der Maschine gestanzt worden war, kam ein bestimmter Preis. Hatte man mit einem sehr kleinen Preßstempel gestanzt, konnte das ein achtel Cent sein, bei großen Formen betrug der Preis bis zu einem Cent pro Stück. Für die kleinsten Preßstempel bekam man am wenigsten, weil man damit die meisten Plättchen aus einem Stück Dichtungsmaterial herausstanzen konnte. Nach geltender Theorie war das ein Vorteil: Man konnte das Stück blitzschnell herumschieben, acht Plättchen herausstanzen und auf diese Weise genauso rasch einen Cent verdienen wie jemand mit einem großen Preßstempel zu einem Cent.

Tatsächlich aber bekam man seinen Achtelcent oder Viertelcent nur für die guten Plättchen. Und ob man gute Plättchen stanzte, hing von vielen Dingen ab. Zunächst einmal konnte man nur hoffen und beten, daß man von Eddy eine Ladung Dichtungsfasern bekam, die weder zu dick noch zu brüchig waren. Dann hoffte man, daß die Maschine nicht kaputtging. Und daß man an der gleichen Maschine bleiben durfte. *Peng! Peng! Peng! Peng!* so schnell es nur ging. Nie an die Finger denken, die bei dieser Maschine schon draufgegangen waren. Nie im Tempo nachlassen. Und an einem guten Tag konnte man dann bis zu anderthalb Dollar in der Stunde verdienen. Wenn man das jeden Tag hinkriegte, ergab das sechzig Dollar für die Lohntüte. Das war eine Menge Geld. Eine Unmenge Geld! Alle waren unablässig darum bemüht, diese große Zahl Sechzig zu erreichen. Aber das schafften nur ein paar wenige von Eddys Lieblingen.

Denn für jeden guten Tag, an dem eine Stanzerin auf diesen Stundenlohn kam, gab es andere Tage, an denen sie nicht mehr als vierzig oder fünfzig Cents pro Stunde verdiente. Und am Freitag, dem düsteren Freitag, kam fast jede auf ungefähr vierzig Dollar für vierzig Arbeitsstunden.

Ein Monat verstrich. Ich lernte dazu. Brannte nicht mehr so darauf, mich Tag für Tag der Stanzmaschine zu stellen. War erstaunt, ja fassungslos, als ich erfuhr, daß Adelina seit zehn Jahren hier arbeitete, Carmella seit vier, Florry seit fünf. Und daß es keinerlei Aussicht für sie gab, jemals woanders zu arbeiten.

«Na, was ist? Hast du mit ihnen über die Gewerkschaft gesprochen?» trieb Eric mich an.

Ich murmelte irgend etwas. Er hatte so – so *unsinnige* Vorstellungen davon, was ich tun konnte. Was *konnte* ich schon tun? Ich war ein Neuankömmling, noch nicht trocken hinter den Ohren.

Alle anderen wußten doppelt so gut wie ich darüber Bescheid, was es hieß, zu arbeiten und unterbezahlt zu werden und trotzdem aufrecht durchs Leben zu gehen und den Kopf hochzuhalten.

Es war nicht vorhersehbar gewesen, daß ich dann tatsächlich zum Auslöser für Veränderungen bei der *MIF* wurde. Das ergab sich rein zufällig.

Ich weiß noch, wie mich Carmella eines Tages fragte, ob Eddy mich belästigt hätte. Nun ja, er trieb sich sehr oft bei meiner Maschine herum, aber ich dachte, daß er nur meine Arbeit kontrollieren wollte.

Carmella hängte sich bei mir ein. «Sei auf der Hut vor seinen Händen. Die grapschen überall hin.»

«Ach, ich kann schon auf mich aufpassen», sagte ich rasch. Neben der mageren Carm kam ich mir wie ein großes, gut genährtes Stallroß vor.

Sie lachte mich aus; sie kannte mich besser, als ich mich selber kannte. «Wenn er's bei dir versucht, dann mach ihm einfach klar...» Und sie hackte sich mit der rechten Hand in die Beuge ihres linken Arms.

Ein paar Abende später zeigte ich Eric diese Armgeste. Ich war stolz auf all das, was ich lernte, auf meine Unabhängigkeit, auf meinen neuen Renommierstil – Zigeunerrröcke, bunte Tücher über dem Haar und große Ringe in den Ohren. Ich hatte mir Ohrlöcher stechen lassen. Das hatte Carmella im Speisesaal gemacht. Hatte einen Eiswürfel an mein Ohrläppchen gehalten und einen Augenblick gewartet, bis sie dann mit einer Nadel das Ohrloch stach und einen Seidenfaden hindurchzog.

«Du hast dich verändert», sagte Eric. Klang das beleidigt? «Weißt du, ich hätte nie gedacht, daß du das tun würdest. In die Fabrik gehen. Und...» Er sah mich geradezu hilflos an. «Und *alles.*»

«Ich weiß. Du hast geglaubt, ich wär dafür zu *bourgeois.*»

Ich streckte ihm die Zunge heraus, so wie Angie das immer machte, die frischgebackene Braut, die von allen geneckt wurde. Und ich verabschiedete mich wieder mit der Armgeste.

«Du wirst ja richtig *keck*», sagte er.

Klar wurde ich das! Das machte der Einfluß meiner neuen Freundinnen, meiner neuen Welt. Es kam mir so vor, als ob meine Eltern all diese Jahre hindurch etwas vor mir geheimgehalten hätten. Ich hatte sie immer bedauert, weil sie jeden Tag zur Arbeit in die Fabrik mußten. Aber jetzt stellte sich heraus, daß sie dabei auch Spaß gehabt haben mußten.

An einem Abend saßen Eric und ich im geparkten Auto. Zuerst redeten wir über die Fabrik – das war der «geschäftliche» Teil –, und dann ging das unvermeidliche Hickhack darüber los, wie weit wir beim Schmusen gehen sollten. Schließlich gab Eric auf. «Du bist in deiner Entwicklung immer noch so zurück», sagte er.

«Tut mir leid. Entschuldige», sagte ich.

«Und ich bekomme dich in letzter Zeit auch nicht gerade oft zu sehen», beschwerte er sich.

«Ich weiß. Es tut mir leid, entschuldige. Ich bin abends immer so müde.» Wieso entschuldigte ich mich eigentlich dauernd bei ihm? Es tat mir leid, daß ich nicht mit ihm schlief. Es tat mir leid, daß ich nicht auf Abruf zu seiner Verfügung stand. Ich entschuldigte mich dafür, daß ich so unwissend war. Daß ich nicht schon alle in der *MIF* zu gewerkschaftlichem Denken bekehrt hatte. Ich beschloß, daß ich mir lieber die Zunge abbeißen würde, bevor ich noch mal «tut mir leid» zu Eric sagte.

So saßen wir also da, Eric schmollte, ich schwieg. Immer wieder sah ich sein wunderbares Wikingerprofil an. Wie attraktiv er war, spielte jetzt aber gar keine so große Rolle mehr für mich. Mir wurde klar, daß ich mehr an die Frauen dachte, mit denen ich arbeitete, als an ihn. Und dann kam die nächste Überraschung für mich, als mir nämlich bewußt wurde, daß ich meine Freundinnen in der Fabrik lieber, *viel lieber* hatte als Eric. Also, das war ein geradezu revolutionärer Gedanke. Ihr dürft nicht vergessen, daß damals ganz allgemein die Grundregel galt: Mit einem x-beliebigen Mann (von so einem außergewöhnlichen wie Eric gar nicht erst zu reden) zusammenzusein, war dem Beisammensein mit *jeder* Frau, ganz egal, wie interessant und lebendig sie war, immer und unbedingt vorzuziehen. Ach, ja? (*lacht*) Wollen wir wetten?

Na, ein paar Tage später brauchte ich etwas länger als sonst, bis ich zu Beginn der Mittagspause von der Maschine wegkam. Ich war ein bißchen langsam, weil ich über Eric nachgrübelte und darüber, wie es mit uns weitergehen sollte. Bevor ich wußte, was los war, hatte die Halle sich geleert. Eddy baute sich vor mir auf, und seine Hände grapschten tatsächlich überall hin. Ich weiß, es ist ein Klischee, aber mein Herz fing vor Schreck tatsächlich so heftig an zu pochen, daß ich glaubte, es würde mir die Brust zersprengen. Ich habe keine Ahnung, ob ich irgend etwas gesagt habe, ihn zurückstieß oder einfach in Todesangst davonrannte.

Als nächstes weiß ich erst wieder, daß ich in den Speisesaal hereingeplatzt kam und die kleine, dicke Mary Margaret mit vollem Mund sagte: «Guckt euch die Zelda an, guckt euch bloß mal die Zelda an, die ist ja ganz rot im Gesicht.»

Alle hörten auf zu reden und starrten mich an.

«Was ist denn passiert, Baby?» fragte mich Adelina mit ihrer rauhen Stimme.

«Eddy ...» Ich mußte schlucken. Mehr als seinen Namen brachte ich nicht heraus. Ich wollte nicht weinen, aber die Tränen liefen mir trotzdem herunter.

«Eddy, aha!» Carmella klopfte mir den Rücken.

Ohne ein weiteres Wort schienen alle zu wissen, was das bedeutete.

«Mensch, wein doch nicht», sagte Mary Margaret. «Wir sind alle schon betatscht worden, ohne daß wir's wollten.»

Das brachte mich nur noch mehr zum Heulen. Und daraufhin schlug Angie, unsere Braut, die Schürze vors Gesicht und fing ebenfalls an zu weinen! Es stellte sich heraus, daß Eddy ihr am Tag zuvor, als sie an der Maschine stand, unter den Rock gelangt hatte.

«Männer! Die sind doch alle gleich», sagte Adelina heiser. «Aber dieser Eddy ist ein richtiger Schweinehund», fügte sie hinzu.

«Er hatte nicht das Recht dazu», heulte Angie. «Ich hab ihm kein Recht dazu gegeben.»

«Mädels!» Florry setzte sich kerzengerade auf. «Es ist eine gottverdammte Sünde und Schande, wenn so junge Dinger wie Angie und Zelda kaum einen Tag lang ihre Arbeit machen können, ohne belästigt zu werden.» Ihre Stimme übertönte Angies Geplärr.

«Wir sind nicht Eddys Eigentum. Wir sind auch nicht das Eigentum des Unternehmens. Nur weil wir hier arbeiten, uns für ein paar lumpige Pfennige den Buckel krummschuften ...»

«Das kann man wohl sagen», seufzte jemand.

Florrys Kopf fuhr herum. «Ist es nicht einfach widerlich, für welchen Hungerlohn wir hier arbeiten? Ist es nicht einfach widerlich, daß wir in diesem kleinen Dreckloch essen müssen?»

Rundum gab es Gemurmel. Zustimmung oder Widerspruch? Das konnte ich nicht beurteilen.

Meine Tränen waren versiegt. Florry stand auf, stemmte die Hände in die Seiten, drehte sich um und sah der Reihe nach jede einzelne Frau an. Als alle ihr Aufmerksamkeit schenkten, sagte sie langsam: «Wollen wir doch *einmal* etwas für uns selber tun. Halten wir doch *einmal* alle zusammen.»

«Was können wir denn schon tun?» fragte eine weinerliche Stimme.

Gerade da ertönte der Pfiff zum Ende der Mittagspause. Die übliche Unruhe entstand, Frauen standen auf, strichen sich die Haare glatt, zerknüllten die Tüten ihrer Essenspäckchen.

«Mädels!» Florry erhob die Stimme. «Warum bleiben wir nicht *gleich hier* sitzen, bis dieser verdammte Eddy verspricht, daß er seine verdammten Pfoten künftig im Zaum hält?»

«Du meinst, wir sollen nicht an unsere Maschinen zurück?» Mary Margaret quiekte auf. «Nicht mehr an die *Arbeit* gehen?»

«Genau das hab ich gemeint.»

Einen Augenblick lang verstummte alles vor Schreck. Dann kamen die Proteste, ein Stimmengewirr erhob sich.

«Das können wir doch nicht machen!»

«Die schmeißen uns raus!»

«Ich brauche meinen Job!»

«Uns rausschmeißen?» Florry schnaubte verächtlich. «Hier sind dreiunddreißig von uns! Die werden nicht dreiunddreißig Stanzerinnen auf einmal feuern. Mädels, haben wir soviel Rückgrat, ja oder nein?»

Jemand biß krachend in einen Apfel. Die Toilettenspülung rauschte. Und jede schaute die andere an. Dann wurde die Tür aufgerissen. Ohne auch nur anzuklopfen, stand Eddy im Zimmer, raufte sich seine fettigen Haare und kreischte: «Was zum Teufel ist hier los? Wißt ihr Mädels eigentlich, wie spät es ist?» Er bleckte seine gelben Zähne. «Marsch an die Arbeit!»

Carmella sprang auf und verschränkte ihre streichholzdünnen Arme, daß die dürren Ellbogen hervorragten. «Warum hältst du denn deine Pfoten nicht im Zaum?» schrie sie. «Wir wissen, was du mit Zelda und Angie gemacht hast.»

«Halt die Schnauze, du! So, und jetzt seht zu, daß ihr eure Ärsche wieder zu den Maschinen bewegt, oder ihr könnt alle euren Hut nehmen.» Er packte Carmella, die nur halb so groß war wie er, und schleifte sie zur Tür.

Das war ein Fehler. Adelina eilte Carmella zur Hilfe. Dann kam auch Florry. Und einen Augenblick später war Eddy von lauter Frauen umringt, die ihn anschrien und die arme Carmella von ihm wegzerrten. Es ist ein Wunder, daß ihr kein Arm gebrochen wurde.

«Du Ekel!» Ich konnte Adelinas rauhe Stimme aus allen anderen heraushören. «Du bist ein richtiger *Jack the Ripper!*» Ihre Augen ragten so weit vor, daß sie ihr fast aus dem Kopf fielen. «Du dreckiges altes Schwein.» Dann kam der Tiefschlag. «Was ist denn los mit dir, Bruder? Bringst du's denn zu Hause nicht?» Und sie brach in ihr lautes, fröhliches Lachen aus.

Eddy wurde knallrot. «Ich geb euch fünf Minuten», überschrie er den Tumult. «Oder ihr sitzt alle miteinander auf der Straße.» Türeknallend stürmte er hinaus.

Na, und dann die *Stille*. Man hätte sie tatsächlich mit Händen greifen können, wie es in der Redewendung heißt. Adelina ließ sich mit einem tiefen, traurigen Seufzer auf einen Stuhl fallen. Nach einer kleinen Weile sagte sie: «Na, wir haben unseren Spaß gehabt, und jetzt wollen wir's wieder vergessen. Ihr Mädels wißt ja, daß ich meine Kinder ernähren muß. Ich kann es mir nicht leisten, meinen Job zu verlieren. Das kann sich keine von uns leisten.»

Drei, vier Frauen schlüpften aus dem Speisesaal. Überall kam Unruhe auf. Carmella hielt sich ihren blutunterlaufenen Arm.

«Mädels», sagte Florry ruhig, «wenn wir jetzt nachgeben, wird es mit Eddy nur noch schlimmer werden. Dann weiß er, daß wir Angst vor ihm haben. Ich bin bereit dazu, hier sitzen zu bleiben. Sonst noch jemand?»

Wieder Stille. Und wieder schaute jede die andere an. Wartete darauf, daß eine andere den ersten Schritt in die eine oder andere Richtung unternahm, das erste Wort sagte. Dann stand ausgerechnet die kleine, dicke Mary Margaret auf. Sie sah zu Tode verängstigt aus, sagte: «Ich bin dabei» und ließ sich wieder auf ihren Stuhl fallen, die molligen Hände ans Herz gepreßt.

Wir alle starrten Mary Margaret an, die bis dahin nur dadurch Berühmtheit erlangt hatte, daß sie jeden Mittag drei Bananen verputzte. Adelina pfiff durch die Zähne. Carmella stieß ein heiseres Lachen aus. «Hey! Ich will mich von Mary nicht beschämen lassen. Ich bleib auch.» Sie marschierte zur Couch hinüber.

Noch ein paar Frauen gingen. Wie eine rothaarige Rachegöttin sah Florry wieder jeder Frau in die Augen. Die nervöse Unruhe in der Luft spannte sich wie Saiten über meine Brust. Würden wir bleiben? Oder würden wir vor Eddy kuschen?

Reve Fernmaker, eine große, mütterliche Frau, steckte ihre grauen Haarsträhnen im Knoten fest und räusperte sich. Alle Köpfe fuhren zu ihr herum. «Na», sagte Reve gemütlich, «ich brauch meinen Job auch.» Sie strich sich die Schürze glatt. «Aber – ich bin trotzdem dafür, daß wir hierbleiben.»

Ein tiefer Seufzer schien durch den ganzen Raum von Frau zu Frau zu gehen. Ohne weitere Diskussion ließen sich alle nieder.

«Was nun?» fragte Francie, ein hübsches Mädchen mit einem kleinen, klassisch geschwungenen Schmollmund. Sie benutzte eine ganze Menge Make-up, ernährte sich und ihren Freund mit ihrer Arbeit bei *MIF* und trat an den Wochenenden in Bars als Jodlerin auf. «Was passiert jetzt?»

Das fragten wir uns alle.

Was passierte, war folgendes: Eine Viertelstunde später kam Eddy zurück. «Los, ihr Miststücke! Marsch an die Maschinen!»

Mein Gott, ich habe in meinem ganzen Leben nie wieder jemanden so voller Wut gesehen. Ich dachte, ihn würde auf der

Stelle der Schlag treffen. In seinem Gesicht kochte es; sein Kopf war zum doppelten Umfang angeschwollen. «Los, vorwärts!»

«Wir rühren uns nicht vom Fleck», sagte Adelina. «Erst soll sich hier einiges ändern.»

«Wir-rührn-uns-nicht-vom-Fleck!» sang Francie, die Jodeldame, und klatschte dazu leise in die Hände. Und alle griffen das auf.

«Wir rührn uns nicht vom Fleck! Wir rührn uns nicht vom Fleck! Wir rührn uns nicht vom Fleck!» Wir trampelten mit den Füßen auf den Boden. «Wir rührn uns nicht vom Fleck!»

Den ganzen Nachmittag lang saßen wir im Speisesaal, unterhielten uns und sangen. Francie jodelte uns vor, gab ihre Nachtclub-Vorstellung, und wir alle klatschten Beifall, stampften mit den Füßen und pfiffen vor Begeisterung. Ich weiß noch, daß wir auch bekannte Schlager sangen, besonders *Riders in the Sky*. Das sang in diesem Jahr jeder. Es war der große Hit von Vaughn Monroe.

Und jedesmal, wenn Eddy den Kopf zur Tür hereinsteckte und uns Miststücke anschrie, wir sollten uns wieder an die Arbeit scheren, lachten wir ihm ins Gesicht. Ich kann mich noch daran erinnern, daß Carmella sagte: «Wieso haben wir Schwachköpfe das denn nicht schon längst mal gemacht?»

Einmal, als Eddy wieder hereinkam, baute sich Reve, die mütterliche, direkt vor ihm auf und sagte sehr ruhig: «Und nenn uns nicht in diesem Ton ‹Mädels›, Mister. Wir sind *Frauen*. Wir sind erwachsene Frauen und verlangen, daß man uns mit etwas *Respekt* begegnet.»

Das war ein wunderbarer Augenblick. Wenn ich daran denke, krieg ich noch heute Gänsehaut.

Gegen vier Uhr tauchte jemand von der Firmenleitung auf. Einer von den hohen Tieren, ein ganz anderer Typ als Eddy. Ein gutaussehender Mann mit Silberhaar, der eine Jacke und eine Krawatte trug. Sehr entspannt, locker, mitfühlend. Er hörte sich die Beschwerden an, die Florry aufzählte, nickte, schenkte uns warme, väterliche Blicke. Florry sprach von der vorgeschriebenen Stückzahl, von Eddy mit seinem Gegrapsche und davon, wie abscheulich der «Speisesaal» war.

«Ich kann Ihre Empörung gut verstehen, meine Damen», sagte

er. Er machte Zusagen. Einen neuen Eßraum, eine längere Mittagspause, und was Eddy anbetraf, so sagte er klipp und klar: «Sie werden keine Schwierigkeiten mehr mit ihm haben.»

Als er wieder fort war, gingen wir auch. Wir dachten, wir hätten gewonnen. Eddy sah uns nach, stand da und sagte nichts, die Hände in den Hosentaschen. Nach der Hochstimmung, den heftigen Emotionen, dem Singen und Rufen gingen wir ruhig weg, die Arme umeinandergelegt. Ich fühlte mich wunderbar – mächtig, vielleicht zum erstenmal in meinem Leben.

Gleich am nächsten Tag wurde der Speisesaal in einem sonnigen Gelb gestrichen. Zwei Tage später tauchten drei neue Stühle auf. «Da seht ihr, was dabei herauskommt, wenn wir zusammenhalten», sagte Florry. Und Carmella meinte: «Das kann man wohl sagen!» Dann, am Freitag, als wir unsere Lohntüten bekamen, teilte Eddy Adelina, Carmella, Florry und mir mit, daß wir gar nicht erst wiederkommen müßten. Rausgeschmissen. Alle zusammen als Unruhestifter rausgeschmissen.

Die anderen sahen uns nach. Sie wußten über den Hinauswurf Bescheid. Darum ging es ja gerade – allen anderen Frauen sollte Angst eingejagt werden, damit sie sich wieder «ordentlich» aufführten. Florry stieg die Galle hoch, weil wir auf die Firmenleitung so hereingefallen waren. «Dieser verdammte Kerl mit seinen verdammten feinen Sprüchen!» Auch Adelina war ganz schön bestürzt. Sie hatte Angst, daß sie keine andere Stelle finden würde.

Nun ja, wir alle fanden dann doch wieder Arbeit. Über die nächsten Monate hinweg hielten wir Kontakt. Ich ging in eine Kartonfabrik arbeiten und steckte Pappschachteln zusammen. (*lacht*) Jemand muß das ja machen. Und dann hatte ich einen Job, bei dem ich Baseball-Bälle nähte, und kurze Zeit arbeitete ich als Zimmermädchen in einem Hotel. Es war aber nicht mehr dasselbe wie die Arbeit bei *MIF*. Es war nie wieder so wie mit Florry, Carmella und Adelina.

Als es allmählich Herbst wurde, war ich dazu bereit, wieder ans College zu gehen. Und das machte ich auch. Und – ihr wißt ja, wie es so geht – ich habe meine Freundinnen nicht vergessen, aber wir führten jetzt ein so ganz anderes Leben...

Also, in den Winterferien war ich zu Hause und traf zufällig mit Mary Margaret zusammen. Wir gingen in eins der Schnellrestaurants von *White Towers* und aßen Hamburger, und sie erzählte mir, daß direkt nach unserem Hinauswurf die Rede davon gewesen war, in die Gewerkschaft einzutreten. Aber die Gespräche darüber erstarben, als die Firma versprach, die Stückzahl neu zu bedenken, mehr bezahlte Urlaubstage zu geben und pro Jahr zehn Tage Krankheit zu bezahlen.

In Wirklichkeit war das alles nur Gerede. Nichts hatte sich geändert. Alles war wieder «normal». Außer daß jetzt eine Menge Frauen für die Gewerkschaft waren – es war ihnen klargeworden, daß sie ohne Gewerkschaft überhaupt keine Macht besaßen. Aber niemand traute sich, das offen zuzugeben. Nicht, solange sie Wert auf ihre Jobs legten.

Danach hörte ich ein paar Jahre lang nichts mehr. Dann ergab sich ein äußerst merkwürdiger Zufall: Im selben Monat, in dem ich das College abschloß, gab mir meine Mutter Nachricht davon, daß in der Fabrik (zum zweitenmal) eine Abstimmung des «Bundesausschusses zur Regelung der Beziehungen zwischen Arbeitnehmern und Arbeitgebern» stattgefunden hatte, und diesmal hatte die Gewerkschaft gewonnen. Mir kamen die Tränen. Ich weiß noch genau, wie mir zumute war, was ich dachte: *Endlich! Endlich. Ein Sieg für die Mädels.*

So, das ist so ziemlich der Schluß der Geschichte. Ach, noch etwas. Das ist mir beim Erzählen eingefallen. Vielleicht ist euch aufgefallen, daß wir uns selbst als «Mädels» bezeichneten und untereinander so ansprachen. Und erinnert ihr euch noch daran, wie Reve Fernmaker vor Eddy hintrat und ihm sagte, daß wir *Frauen* wären? Ich glaube nicht, daß da ein Widerspruch besteht.

Damals sagten wir nicht «Schwester» zueinander, wie manche Frauen das heute tun. Aber ich glaube, daß «Mädels» ein Ersatzwort dafür war. Manchmal war das ironisch gemeint. Manchmal war es zärtlich. Aber immer lagen ganze Welten dazwischen, wie *wir* es zueinander sagten und wie Eddy oder andere Männer es uns gegenüber gebrauchten.

Also, damit ist mein Erfahrungsbericht jetzt wirklich zu Ende.

Es sei denn, ihr wollt wissen, was mit Eric und mir noch war. Auch das ist Geschichte, nicht wahr? Wenn auch auf einer unteren Ebene. Da ist nicht mehr viel passiert. Wir haben uns einfach immer seltener getroffen. Fanden uns gegenseitig nicht mehr so interessant. Ich frag mich, ob sich Eric überhaupt noch an mich erinnern kann. Ich seh ihn richtig vor mir, wie er seine schöne Stirn runzelt und sagt: «Zelda Sagan? Zelda Sagan? Hmmm . . .» (*lacht*) Aber ich habe ihn natürlich nicht vergessen. Nicht deshalb, weil er so ein liebes, hübsches Gesicht hatte. Ach nein. Ohne Eric hätte ich jedoch Carmella, Adelina und Florry nie kennengelernt, und das habe ich nie vergessen.

Finden Sie das wirklich fair?

So, da bin ich.

Wie? Ich bin Sara Knobloch! Haben Sie mich denn nicht herbestellt? Mrs. Teassle hat mir ausdrücklich gesagt ... Ach so. Nein, ich glaub nicht, daß wir uns schon mal begegnet sind. Aber ich weiß, wer *Sie* sind. Also, was gibt's?

Sie haben von mir gehört? Ich wußte gar nicht, daß ich berühmt bin. Die *berühmte* Sara Knobloch! ... Wie bitte?

Nein, ich möchte nicht Schauspielerin werden! Fotomodell? *Nein.*

Na ja ... Richterin.

Mhm. Sie haben ganz recht gehört. Richterin. Ich kann das nicht so witzig finden. Was ist daran denn so umwerfend komisch? Aber natürlich lachen Sie! Ich merk doch, wenn mich jemand auslacht ... Hören Sie mal, *Sie* wollten *mich* sprechen. Sie haben mich *hergebeten.* Ich muß also nicht bleiben, oder? Ich kann wieder gehen, stimmt's? Wenn Sie mich nur deshalb zu sich bestellt haben, damit Sie mich auslachen können ...!

Empfindlich? Ich bin nicht *empfindlich!* Nein, so würde ich mich *nicht* selbst beschreiben. Ich bin ... ich bin – ich bin ganz schön hart im Nehmen. Okay? Und würden Sie mir jetzt mal *bitte* sagen, warum ich hier bin? Welcher Lehrer hat sich über mich beschwert? Das war doch bestimmt Sorenson, der Süße. Der war's doch, oder? Nur weil ich ihm gesagt habe, daß er saublöde Themen stellt.

Ja, das hab ich gesagt. Wir sollten jemanden interviewen, der schon über dreißig ist. Was soll *das* denn heißen? Was ist so überragend großartig daran, über dreißig zu sein?

Es war *nicht* Mr. Sorenson, der ...? Ach, er war's doch, aber – was?

Ein Beschluß der Gesamtkonferenz? Ja, ich weiß, was das bedeutet.

Wo? Wo steht das über mich? Ist in letzter Zeit aufsässig geworden und ... Warum kann ich nicht auch noch den Rest lesen? Vertrauliche Unterlagen? Das ist doch nur eine andere Bezeichnung dafür, daß Sie es mich nicht lesen lassen wollen. Wieso lügen uns die Erwachsenen denn immerzu an? Jawohl, das tun sie. Dauernd. Klar, das kann ich beweisen.

Die im Krankenhaus haben auch gelogen. Sie haben gesagt, daß Jayne wieder aufwachen würde. Daß sie durchkommen würde. Sie haben es gesagt. Zwei Ärzte...

Da ist denen ein Irrtum unterlaufen?

Ach, wenn jemand erwachsen ist, dann ist es immer nur ein Irrtum. Eben ein Versehen. Bei einem Jugendlichen aber ist es Mord, stimmt's? Wenn ein Jugendlicher den Wagen gefahren hätte...

Wissen Sie, was der Richter gesagt hat? Er sagte, das hätte jedem passieren können. Das war eine Lüge. Er sagte, der Fahrer wäre nicht schuld gewesen. Kein Anlaß für ein Strafverfahren. Weil ihm die Sonne in die Augen schien und Jayne ihm vor den Wagen gelaufen ist. Das ist alles gelogen. Daß der Mann getrunken hatte, davon hat er nichts gesagt. Und Jayne *ist ihm nicht vor den Wagen gelaufen*. Sie hat vorher nach links und rechts geguckt. Acht Jahre – sie ist doch nicht *blöd*.

Sie *hat* aufgepaßt, und dieser Mann, der Fahrer – wir haben ihm noch zugerufen. Wir alle. Wir haben es gesehen. Wir haben gesehen, wie Jayne dem Ball hinterherlief. Und wie der Wagen immer näher und näher kam. Wir haben alle zusammen gerufen und geschrien. Halt! Halt! Halt!

Nein, ich weine nicht. *Nein*. Ich weine *nicht*. Ich heule nie.

Wie bitte?

Weil ich nicht will, deshalb! Wieso sollte ich heulen?

Sie wollen, daß ich weine? Was geht Sie das denn an, ob... sind Sie pervers, oder was?

Aber klar, Mr. Bahr, das ist ein gutes Beispiel dafür, wie ich mit anderen Leute rede!

Ja, ich weiß, warum ich hier bin. Sie wollen Gehirnwäsche mit mir betreiben. Mich höflich und lieb und artig machen. Ein braves kleines Mädchen, das mit großen Unschuldsaugen aus der Wäsche guckt. Oder vielleicht wollen Sie mir einfach mit Pflaster den Mund zukleben! Hören Sie mal, ich hau jetzt ab. Ich will hier nicht bleiben. Es gibt doch kein Gesetz, nach dem ich dazu verpflichtet bin, bei Ihnen in Ihrem Zimmer zu bleiben, oder? Spitze, Mr. Ditze! *Tschü*-üs!

Sie wollten mich noch mal sprechen? Was gibt's denn noch, Mr. Koch? Wissen Sie diesmal, wie ich heiße? Sara, ohne *h*. Oh, mir geht's Klasse, Mr. Hasse, und wie steht's mit Ihnen?

Ich soll hier nicht so einen Wirbel machen und mich hinsetzen?

Okay, ich sitze. Na, worum geht's? Hier bin ich, bringen wir's also hinter uns.

Wie?

Ich hab da ja nicht viel zu sagen, oder? Ich meine, wenn Sie mich sprechen möchten, dann muß ich kommen, nicht wahr? Ist mir auch egal. Ich bin ganz cool, Mr. Ghoul. Auf diese Weise brauch ich nicht am Musikunterricht teilzunehmen.

Aber sicher kann ich mir denken, warum Sie mich noch mal herbestellt haben. Der Bericht über mich – die aufsässige Sara Knoblauch!

Knoblauch? Nur ein Witz. Ein Witz bei uns in der Familie.

Wie ich zu meiner Familie stehe? Bestens.

Wie ich zur Schule stehe? Baaaah!

Wie ich *Ihnen* gegenüber eingestellt bin? Das wollen Sie wirklich wissen? Oder möchten Sie, daß ich lüge? Sie wollen doch, daß ich lüge, oder? Niemand will auf eine solche Frage eine ehrliche Antwort haben.

Sie schon?

Hm, okay, wenn Sie's selber so haben wollen . . . Meine Einstellung zu Ihnen – hm, nichts Besonderes. Sie wissen schon. Da kann ich nur mit den Schultern zucken. Gähn. Blablabla, das ist doch Ihr Job, oder? Reden, reden, reden. Soll ich jetzt gehen? Oder wollen Sie mich in die Ecke stellen? Oder nachsitzen lassen?

Wie bitte? Ich kann *alles* sagen, und das ist völlig okay? Sie nehmen es nicht persönlich? Und wenn es persönlich gemeint war?

Dann nehmen Sie's trotzdem nicht persönlich.

Na, großartig. Sind Sie bekloppt, oder was? Ich meine, das ist doch *echt* pervers. Hier – Piepvogel!

Warum Sie mich herbestellt haben? Ganz einfach. Sie wollen mir das Gehirn verdrehen. Mich auseinandernehmen. Mir . . .

Nein, ich halte Sie nicht für einen Klapsdoktor. Sie machen hier die psychologische Beratung. Also sind Sie kein Psychiater, sondern Psychologe, stimmt's? Was für ein Wort? Psychiater? Was ist denn da so Tolles dran, wenn man weiß . . . Wie? Der Unterschied zwischen einem Psychologen und einem Psychiater? Als Psychiater muß man Arzt sein. Sie haben nicht Medizin studiert, oder?

Wie bitte? Na, ich lese viel. Bei mir zu Hause sind wir lauter Leseratten – meine Mutter, mein Vater, meine Schw –

Wir lesen alle gern! Okay? Da ist doch nichts weiter dabei!

Was ich über meine Schwester sagen wollte? Nichts!

Nein, hab ich nicht. Ich hab nicht mal ihren Namen erwähnt. Das können Sie vergessen. Ich will nicht über sie reden.

Was? Das ist eine der Aufgaben, die Sie und ich . . . also, das kapier ich nicht. Was soll das heißen, unsere *Aufgabe*?

Ja, ich weiß, was eine Aufgabe ist.

Über meine Schwester reden ist eine Aufgabe? Deshalb bin ich hier? Dann geh ich wohl besser gleich wieder. Ich hab nämlich nicht vor, über sie zu reden. Nein, das werde ich *nicht* tun. Und heulen werd ich auch nicht. Sie haben vielleicht verworrene Vorstellungen, total verrückt. Ich dachte, Sie hätten mich zu sich geholt, weil ich meinen Lehrern Schwierigkeiten mache und . . .

Nein, ich finde nicht, daß es was Schlimmes ist, wenn man heult. Wenn Ihnen danach ist, dann bitte schön, von mir aus. Ich bring Ihnen auch eine Packung Papiertaschentücher mit. Nur *ich* will nicht. Können Sie das begreifen? Kapiert, Mr. Kariert? Will nicht heulen. Mag nicht. Nicht weinen. Sara mag nicht Wasser aus Augen tropfen lassen. Du verstehen. Alles klar?

So klar wie Wasser? Sehr komisch, haha. Dr. E. I. S. Großhirn hat sehr viel Humor. Kann ich jetzt gehen?

Wie?

O nein! O nein, o nein, das-hat-nichts-mit-Jayne-zu-tun! Ich hab's Ihnen doch gesagt. ICH WILL NICHT ÜBER SIE SPRECHEN.

Gut, dann erzähle ich eben was von meiner Familie. Ich verstehe bloß nicht, wieso Sie so scharf drauf sind. Mein Vater ist

Elektriker, meine Mutter Krankenschwester. Okay? Genügt Ihnen das?

Ja, meine Mutter geht gerne arbeiten. Sie nicht?

Hm, im Kreiskrankenhaus in der Greene Street. Stimmt, wir wohnen in derselben Straße, aber am anderen Ende, weiter unten. Nein, sie fährt meistens mit dem Rad hin. Mein Vater braucht den Wagen.

Was?

Ja, das ist unsere ganze Familie. Mein Vater, meine Mutter und ich.

Sie können mein Gesicht nicht sehen? Das liegt daran, daß ich nicht zu Ihnen hinsehe.

Weil ich *gern* so sitze. Gibt es bei Ihnen eine Vorschrift, wie man sitzen muß? Nächstesmal zieh ich mein T-Shirt mit Supergirl auf dem Rücken an, dann können Sie sich *das* angucken. Nein, ich reg mich nicht auf! Wollen Sie sonst noch was, oder kann ich wieder in meine Klasse gehen?

Nein, es gibt nichts, worüber ich reden möchte!

Ich hab's Ihnen doch gerade gesagt. ICH REG MICH NICHT AUF. MIR GEHT'S GUT. Ich bin entspannt, Mr. Grant. Ist ja gut, ist ja gut, ich komme wieder. Nächste Woche, ja, okay. Nächste Woche.

Sara Kess meldet sich zur Stelle, Sir!

Hübsches Hemd haben Sie an. Sitzen Sie immer in haargenau der gleichen Haltung da? Die Finger aneinandergelegt? Vielleicht sollte ich mal hinter dem Schreibtisch sitzen, und Sie können hier auf dem elektrischen Stuhl Platz nehmen. Ist an Ihrem Kopf psychologisch noch was hinzukriegen? An Ihrem Gehirn was zu verbiegen? Sara macht das schon. Ist das ein Lächeln, was ich da sehe, oder ein Stirnrunzeln?

Aha – weder noch. Halten Sie mich für frech? Unverschämt? Verdorben? Aufsässig?

Sie geben wohl keine Antwort, wie? Ich kann alles sagen, nicht wahr? Aber das hindert *Sie* ja nicht daran, sich Ihr Teil zu denken, stimmt's? Ich wette, Sie halten mich für ein freches Biest, das nicht ganz richtig im Kopf ist! Deswegen bin ich ja hier. Stimmt's?

Frechheit und ganz allgemein Unterrichtsstörung. Die allgemeine Störung meldet sich bei Unteroffizier Wühler zur Stelle. Waren Sie in der Armee, Schütze X? Steht deshalb an Ihrer Tür –?

Wie?

Ob ich endlich zur Ruhe...?

Ich dachte, Sie *wollten*, daß ich rede. Ich wollte Ihnen eine Freude machen und erzähl Ihnen deshalb lauter Sachen. Letztesmal haben Sie mich geradezu *angefleht*...

Ob ich weiß... *Ja*, ich weiß, was *angemessen* bedeutet.

Zur Sache kommen, wie? Ach, richtig, stimmt ja, wir müssen unsere Aufgaben erledigen. Wo sind der Schrubber und ein Eimer? Oder soll ich die Fenster putzen? Oder Ihren Schreibtisch aufräumen? Ein solches *Durcheinander*, au Backe, wenn das meine Mutter...

Was?

Sie glauben nicht, daß wir heute etwas erreichen, wenn ich...?

Na, ist mir doch egal, Mr. Baal. Das spielt keine Rolle. *Sie* sind derjenige, der mich dauernd herbestellt. Raub ich Ihnen den letzten Nerv? Das hat Mrs. Clendon zu mir gesagt. Sara, du raubst mir den letzten Nerv! Ach. Sie wissen darüber Bescheid. Waren Sie empört? Waren Sie überrascht? Sind Sie richtig sauer geworden?

Na, weil Sie doch ein Wunder an mir bewirken sollen, oder? Mir Benehmen beibringen. Eine artige kleine Sara aus mir machen.

Nein, ich hab nichts gegen Mrs. Clendon. Für eine Lehrerin ist sie sogar ganz nett. Warum ich dann...? Ich weiß nicht. Ich weiß auch nicht, was dann in mich fährt. Irgendein Teufel oder so, glaub ich.

Ich weiß.

Das *weiß* ich.

Ich weiß, daß ich nie ein Unruhestifter gewesen bin. Na ja, einmal muß es eben damit losgehen, haha. Ist doch auch egal. Spielt keine Rolle.

Warum ich dauernd *was* sage? Daß es egal ist? Vermutlich deshalb, weil's stimmt. Spielt keine Rolle.

Was keine Rolle spielt?

Alles.

Es spielt alles keine Rolle. Alles ist verrückt und grausam. Die ganze Welt ist grausam. Wissen Sie? Das ist sie nämlich wirklich. So sehe ich das. Die Welt ist grausam und unfair. Ganz einfach zum *Kotzen*.

Klar seh ich das so. *Klar*, das ist meine Ansicht!

Nein, mir stehen keine Tränen in den Augen! Wenn Sie doch bloß nicht dauernd wieder davon anfangen würden! Wie oft muß ich Ihnen denn noch immer das gleiche sagen? Ich *weine* nicht, Mister. Ich-weine-nicht. Ich weine *nicht*. Ich tu's nicht, ich tu's nicht, ich tu's nicht!

Hallo.

Nein, es macht mir nichts aus, daß es in Ihrem Zimmer so dunkel ist. Ich hab's gern dunkel, wenn es draußen regnet.

Was?

Still? Ich kann auch still sein. Ich bin nämlich gar nicht so ein Ungeheuer. Ich besteh nicht nur aus einer großen Klappe.

Das haben Sie nie gesagt – aber haben Sie's nicht gedacht?

Nein? Na, wenn Sie's sagen ...

Klar können wir reden. Was haben Sie denn auf dem Herzen?

Ja, ich habe Freunde.

Meine beste Freundin? Callie Gerstein, nehm ich an.

Natürlich rede ich mit ihr. Ob sie –? Ja, sie war damals dabei, als Jayne ... Die ganze Clique aus unserer Straße. Wir haben Softball gespielt, und ... Muß ich Ihnen das alles noch mal erzählen?

Ob Jayne Freunde hatte? Ja, *klar*. Nun ja, ich sollte auf sie aufpassen, deshalb war sie bei uns ...

Hören Sie mal, ist das irgendein Test oder so?

Na, weil Sie so fragen. Mit Jayne hat man das mal gemacht. Wie sie in der ersten Klasse war, hat man ihr einen Test untergejubelt. Erst eine Million Fragen gestellt, und dann sollte sie zwei Klassen überspringen und gleich in die dritte Klasse kommen.

Nein. Meine Mutter hat das nicht zugelassen. Ob ich ...? Ja, ich war froh darüber. Damit wär sie ja praktisch schon auf meiner Klassenstufe gewesen. Wer will denn schon mit so einem kleinen Gör ...

Klar war sie ein Gör! Ein richtiges Biest! Und ewig mußte sie mir am Rockzipfel hängen. Eine Plage! Eine Landplage! *Weil* meine Mutter *arbeitet*. Jemand muß sich um sie – ich meine, jemand *mußte* sich ... Was sollen denn all diese blöden Fragen?

Wie? *Ja*, ich weiß, was Richtlinien sind.

Ja, ich hör zu. Ich muß Ihnen nicht jede Sekunde in Ihre blauen Babyaugen gucken, um Sie hören zu können.

Ich *weiß*, daß Sie nur Ihre Pflicht tun ... Na gut, na gut, ich will's versuchen. Aber wenn Sie mir als Richtlinie vorschreiben, daß ich Ihre Fragen beantworten muß, dann ist *meine* Richtlinie für Sie, daß Sie damit aufhören, mich bei jedem zweiten Wort zu fragen, ob ich weiß, was es bedeutet! Ja, das *tun* Sie. Worüber ich so zornig bin? Über nichts! Wer sagt denn, daß ich Zorn habe? Ist mir doch egal, wie sich das für Sie anhört. *Ich bin überhaupt nicht zornig*. Ich möchte noch eine Richtlinie haben! Erzählen Sie mir nicht, was ich bin! Zum Beispiel zornig oder aufsässig oder ...

Ja, ich werde Ihre Fragen beantworten, das hab ich doch schon gesagt. Ich halte meine Versprechen. Sie auch?

Okay! Abgemacht, Mr. Nacht. Legen Sie los. Feuer frei. Sie können mich alles fragen ... Jayne? Ich soll Ihnen von Jayne erzählen? Müssen wir denn –

Okay, okay, ich weiß. Sie fragen, ich antworte.

Jayne. Sie war meine Schwester. Das ist alles.

Eine Erinnerung? Irgendeine Erinnerung? Einfach irgendwo anfangen? Ich weiß nicht, wo ich – ich hab Ihnen ja gesagt, sie war ein Biest, eine richtige Landplage, ein Baby, das mir auf die Nerven ging. Hat mich manchmal zum Wahnsinn getrieben. Wann zum Beispiel? Zum Beispiel, als ich ein Fahrrad zum Geburtstag bekam. Ich war damals neun. Kam mir so erwachsen vor. Ich habe ein normales Zweirad bekommen. Also, Jayne war vier. Sie hatte selber ein Dreirad. Aber sie mußte unbedingt auf *meinem* Rad fahren lernen, da kannte sie nichts. Sie ist bestimmt eine Million Mal wieder runtergefallen. Hat sich die Knie aufgeschlagen, die Hände blutig geschürft. Sich fast einen Zahn ausgeschlagen.

Alle haben ihr gesagt: *Gib auf*, du bist zu klein.

Sie hat nicht aufgegeben. Hat radfahren gelernt. Der Sattel war zu hoch für sie. Das war ihr egal, sie hat sich auf die Pedale gestellt. *Nein*, ich war *nicht* stolz auf sie. Wieso auch? Von da an mußte ich mein Rad mit ihr teilen. Jedesmal wenn ich fahren wollte, war *sie* damit zugange. Und meine Mutter sagte dann: Alles wird ehrlich geteilt.

Nein, das haben sie nicht gemacht. Sie haben gesagt, daß sie noch zu klein dafür wäre. Daß Fahrräder zu teuer wären. Wenn sie erst mal älter wird, haben sie gesagt, und mit ihren Sachen achtsamer umgeht.

Ich weiß nicht. Nächstes Jahr hätten sie ihr vielleicht eins gekauft.

Wie? Es war ein Markenrad, ein *Raleigh*. Sie hat es zuschanden gefahren. Voller Kratzer. Beulen. Weil es tausendmal hingeknallt war. Sie hat nie den Ständer benutzt, sondern das Rad einfach auf den Boden fallen lassen. Sie war immer so unachtsam. In unserem Zimmer ... Ja, dasselbe Zimmer. In unserer Wohnung gibt es nur zwei Schlafzimmer. Ich setze meinen Eltern schon dauernd zu, daß sie mich im Flur schlafen lassen! Aber meine Mutter sagt, das kommt nicht in Frage.

Warum ich das will? Weil Jayne so schlampig ist. Läßt alles rumliegen und hebt nie ihre Klamotten auf oder ihre Bücher oder ... Können wir nicht über was anderes reden? Ist die Zeit noch nicht um? Ich bin – ich bin irgendwie müde ... mag nicht mehr weiterreden.

Am Mittwoch? In Ordnung. Um zehn? Freut mich sehr, Gummibär!

Ich werde da sein.

Da bin ich wieder.

Ja, ich bin bereit. Ja, ich weiß unsere Richtlinien noch. Sie auch? Sie müssen ja mehr behalten als ich.

Wie bitte?

Meinen *Zorn* abbauen? Ich sag Ihnen doch, ich bin nicht ...

Ich soll *was* verstehen?

Die *Stufen* der Trauer? Ach, haha. Wo führen die denn hin? Ist es einfach eine Treppe, ein Stockwerk hoch? Kann ich sie raufrennen, oder muß ich langsam schreiten, wie eine feine Dame? Das hat Mrs. Christmas gestern zu mir gesagt. Sara Knobloch, eine Dame rennt nicht, sondern *schreitet.* Was ich da gemacht habe? Ich hab gelacht. Was würden Sie denn tun, wenn Ihnen jemand ... Ach, es bringt ja doch nichts, Sie das zu fragen, weil Männer so was nie gesagt kriegen. Lester Coleman, ein feiner Herr rennt nicht, sondern *schreitet.* Können Sie sich das vorstellen?

Wir kommen vom Thema ab?

Ach, na gut, na gut, zurück zu den Stufen der Trauer. Immer zwei auf einmal nehmen, Leute.

Also hören Sie mal! Es gibt keine Vorschrift, daß ich keine Witze machen darf. Viele Dinge sind der reinste Witz. Ach so, ich hab ganz vergessen – Sie mögen Tränen lieber als Lachen, stimmt's?

Ich bin unzugänglich? Au weia, was für ein schwalliges Wort. Hm, hm, hm, und Sie können mich jetzt nicht fragen, ob ich weiß, was es bedeutet! Ha! Aber – ich will Ihnen mal was sagen. Wenn Sie mein Vater wären, hätten Sie statt dessen gesagt: Sara, führ dich nicht so zickig auf. Ha, damit hab ich doch das Richtige getroffen, oder?

Klar hab ich heut gute Laune. Die Sonne scheint, und ich habe heute früh meine Rice-Krispies gegessen. Jippy-jeee! Nur wenn ich mir diesen Vortrag über die drei Stufen der Trauer noch länger anhören muß, dann könnte es schon ziemlich bald passieren, daß mir mein Knusper-Knusper-Knusperreis wieder hochkommt.

Hey. Hab ich Ihnen die Laune verdorben?

Ich hab das nicht so gemeint. Nur so herumgeblödelt.

Ach so. Sie überlegen sich nur, wo Sie heute ansetzen sollen. Puh. Einen Augenblick lang hatten Sie mich echt reingelegt. Ich dachte schon, der vollautomatischen Fragemaschine wäre die Luft ausgegangen. Aber das wär wohl zuviel verlangt, was?

Ich soll Ihnen von Jayne erzählen? Schon wieder?

Na gut, also *wieder!*

Wie sie ausgesehen hat. Dünn, so etwa aschblonde Haare, Sommersprossen. Stimmt, ganz recht, wir sehen uns nicht ähnlich. Sie sieht meiner Mutter ähnlich und ich meinem Vater. Hübsch? Ich weiß nicht. Niedlich, nehm ich an. Wenn meine Mutter mich einkaufen schickte, Milch und Brot besorgen, dann legte Jayne los: Kann ich mitkommen, Sara? Kann ich mitkommen, Sara? Ich sagte dann: Okay. Nur damit sie den Mund hielt. Sie redete so viel. So wie Sie. Blablabla, ihr ging nie der Gesprächsstoff aus. Und Sie finden, daß *ich* eine große Klappe habe...

Die Leute guckten sie an und meinten: Deine kleine Schwester ist ja entzückend. Diese Sommersprossen! Und sie lächelten und strichen ihr über den Kopf. Gegen dieses Getätschel am Kopf war sie allergisch. Einmal hat ein Mann im Supermarkt sie angesprochen: Hallo, kleines Mädchen. Und er macht sich an ihren Kopf ran, *tätschel, tätschel, tätschel.* Da hat sie aber losgelegt! Lassen Sie meinen Kopf in Frieden, hat sie gebrüllt.

Sie konnte es einfach nicht ausstehen, wenn man ihr auf dem Kopf herumklopfte. Es hat sie auch keiner gefragt. Die Leute gingen davon aus, daß sie ja ein Kind ist, und das gibt ihnen das Recht, ihr auf den Kopf zu patschen.

Ja, ich finde, daß die Erwachsenen alles bestimmen. Meinen Sie nicht? Kinder haben doch überhaupt nichts zu melden...

Vielleicht *könnten* wir es besser machen. Vielleicht ginge es bei uns sehr viel gerechter zu. Was ich damit meine? Können Sie sich das nicht selber denken? Ein Beispiel? Aber sicher! Der Mann, der Jayne überfahren hat. Was ist mit *ihm* passiert? Man hat ihm nicht mal den Führerschein abgenommen. Und er hatte getrunken. War angetrunken. Ja, das *war* er. Ich hab's gerochen. Er stieg aus seinem Auto. Ein großer schwarzer Chrysler. Jayne lag auf der Straße, und ich hab den Alkohol an ihm gerochen. Ich hab's gerochen!

Wie?

Ja, ich weiß. Ich weiß, es hieß, daß es nicht seine Schuld gewesen wäre. Aber vor Gericht ist kein Wort darüber gefallen, daß er getrunken hatte. Finden Sie das gerecht? Ja, ich war dort. Wir alle waren da. Ich, meine Mutter und mein Vater. Wir haben den Richter gehört. Wir haben alles gehört. Ich bin nicht befragt worden, nein. Weil ich ja nur ein Kind bin, vielleicht deshalb. Oder vielleicht mit Rücksicht darauf, wer er ist, wegen seines Namens...

Was das damit zu tun hat?

Soll das ein *Witz* sein? Er heißt genauso wie der Senator – wie bitte? Er ist sein *Bruder*. Ganz recht, sein Bruder, und er gehörte eigentlich ins Gefängnis. Ich hätte ihn ins Gefängnis geschickt. Wenn ich Richterin bin, dann werde ich mich nicht drum kümmern, wer jemand ist. Das ist mir ganz egal, und selbst wenn der Bruder vom *Präsidenten* vor mir im Gerichtssaal steht. Ich werde mir einfach die Fakten anhören und aus allen Leuten die Wahrheit herausholen!

Es hat geklingelt. Tschüs.

Tag.

Nein, ich möchte mich heute nicht setzen.

Hier ist überhaupt kein Platz zum Herumlaufen. Wieso ist Ihr Zimmer so klein? Es sieht aus, als wär's ein umgebauter Wandschrank. Das *ist* es auch? Es war wirklich mal ein Wandschrank? So eine Bruchbude!

Also, was hätten wir denn diesmal auf dem Herzen?

Ob ich von Jayne träume?

Junge, Junge, Sie stellen vielleicht Fragen! Ich wette, es kostet Sie 'ne Menge Zeit, sich solche Fragen auszudenken. Ob ich nicht antwor... okay, okay. Hier ist die Antwort: Ich weiß nicht. Vielleicht. Manchmal. Ich will nicht darüber reden.

Ist ja gut! Ich halte mein Versprechen! Was wollen Sie wissen? Einen Traum, in dem sie vorkam? Okay. Ich hab mal geträumt, daß wir zusammen auf einem Pferd saßen. Zufrieden?

Nicht zufrieden.

Na... gut. Ich erzähl noch mehr. Es war ein großes, weißes Pferd. Und wir sind über eine Wiese galoppiert... Ich weiß nicht, was das für eine Wiese war! Spielt das eine Rolle? Eine Wiese, einfach eine Wiese, ganz normal, mit Blumen und Bienen und so Sachen.

Ich *weiß* nicht, warum ich das geträumt habe. Man träumt eben einfach so. Nein, wir haben nie ein Pferd gehabt. Aber Jayne hat sich eins gewünscht. Sie war verrückt nach Pferden. Ihre Zimmerhälfte war mit lauter Pferdebildern vollgeklebt. Einmal, als sie ungefähr sechs war, hat sie bei Mama und Papa um ein Pferd gebettelt. Meine Mutter sagte, wir könnten uns keins leisten, und selbst wenn – wo sollten wir es hintun?

Und Jayne sagt: Hinten in den Hof.

Das war vielleicht eine Schnapsidee! Unser Hof ist gerade groß genug für die Wäscheleine.

Als nächstes sagt Jayne: Es kann bei mir im Zimmer bleiben. Ich nehme ein Pony, das halte ich dann am Fußende von meinem Bett.

Wir haben alle gelacht. Boing! Da ging Jayne in die Luft. Sie hat so grünliche Augen, und wenn sie wütend wird, werden sie ganz dunkel, und ihr Gesicht wird verkniffen und rot. Es sieht so aus, als ob ihr gleich die Sommersprossen von der Haut hüpfen würden.

Meine Mutter sagt: Eines Tages wird diese Fratze in deinem Gesicht stehenbleiben, und dann wirst du vielleicht komisch aussehen! Und Jayne legt los: Ha! Ha! Sehr komisch! Junge, ist das aber witzig! Und dann mischt sich mein Vater ein: Sei nicht so frech zu deiner Mutter.

Und Jayne macht wieder ihr Ha! Ha!, ihm direkt ins Gesicht. Was eine Riesendummheit ist. Meine Mutter läßt sich allerhand sagen. Aber mein Vater – nein. Also, er kommt in Wut und haut ihr eins hintendrauf.

Nein, sie hat nicht geweint. Dieses Kind konnte man nicht zum Heulen bringen. Nicht auf diese Art. Sie weinte, wenn sie ein totes Tier entdeckte. Einmal hat sie eine Maus gefunden, die von einer Katze erwischt worden war. Sie war steif und hatte Blut am Hals. Und Jayne hebt sie auf und legt die Hände um sie, so als ob sie die Maus aufwärmen und wieder lebendig machen wollte.

Ich fing an: Komm schon, Jayne, die Maus ist tot. Leg sie wieder hin. Die ist doch voller Bakterien.

Und sie: Hör mal, Sara, hör doch *zu*. Ich kann das *Herz* spüren. Und sie will die Maus unbedingt mit nach Hause nehmen und sie pflegen. Ja, das hat sie auch gemacht. Hat sie ins Haus geschmuggelt und sie dort zwei Tage lang verwahrt, bis sie anfing zu stinken und meine Mutter sie gefunden hat.

Manchmal konnte ich sie zu etwas überreden, aber meistens war nichts zu machen. Das schaffte niemand. Sie ist einfach stur. Wie damals, als Mama mir die Haare abschnitt. Sie wollte auch Jayne die Haare schneiden. O nein, das tust du nicht, sagt Jayne. O nein, das tust du nicht.

Und sie weicht zurück und hält sich die Haare, als ob Mama sie gleich von der Wurzel weg abschnippeln wollte. Also haben Mama und ich es damit versucht, daß wir ihr erzählten, wie niedlich sie hinterher aussehen würde.

Sie sagt: Das ist doch egal! Ich will meine Haare behalten!

Dann haben wir so Sachen gesagt, wieviel leichter es zu kämmen sein wird und lauter solche Dinge. Und Jayne darauf: Ich liebe meine Haare!

Und sie läuft ins Bad und schließt sich ein und kommt erst wieder heraus, als Mama ihr verspricht, heiliges Ehrenwort, sie würde ihr die Haare nicht abschneiden.

Mein Vater meint, wir alle lassen sie zu oft ihren Dickkopf durchsetzen. Da hat er meine volle Zustimmung! Dieses Biest kann vielleicht stur sein – und auch *blöd*.

Wie zum Beispiel *wann?*

Zum Beispiel ist sie mal vom Fenster im zweiten Stock herunter in einen See gesprungen. Weil jemand sie als Mutprobe dazu herausgefordert hatte. Meine Mutter sagte, sie hätte sich den To – reicht Ihnen das an Blödheit? Können wir jetzt das Thema wechseln?

Spiele? Natürlich haben wir miteinander gespielt. Nur so blöden Kinderkram. Das ist doch ganz uninteressant für Sie...

Interessiert Sie doch.

Sie sind der neugierigste Mensch, der mir je untergekommen ist. Sie sind wirklich ganz groß darin, jemanden auseinanderzunehmen, Sie Seelendoktor.

Spiele. Richtig.

Hmm... eines unserer Spiele war, daß wir uns aufs Bett legten und mit den Beinen die Wand hinaufspaziert sind. Es ging darum, wer höher kam. Jayne hat immer gewonnen, weil sie sich nach oben streckte, bis sie nur noch mit dem Hinterkopf auf dem Bett lag.

Sie wollen noch *mehr?* Puh. Sie sind nie zufrieden. Okay, wir haben «unser Lieblingszimmer» gespielt – uns das Zimmer beschrieben, das wir haben würden, wenn uns jemand eine Million Dollar vermacht und wir uns alles kaufen können, was wir wollen. Mhm, Jayne stattet ihr Zimmer jedesmal mit einem Pferd aus. Es ist eins ihrer Lieblingsspiele. Sie legt dann los: Kann ich zuerst, Sara? Ich muß aber als erste drankommen, Sara! Sara, wenn du mich nicht anfangen läßt...! Nervt mich bis zum *Wahnsinn*.

Wie? *Was?*

Bei mir geht etwas *durcheinander?* Ich weiß gar nicht, wovon Sie reden.

Ich *was?* Manchmal erzähle ich von Jayne, als ob sie noch am Leben wäre? Ich weiß nicht, was Sie meinen. Ich erzähle Ihnen doch einfach irgendwelche Sachen. Sie fragen, ich rede. Wie ich gesagt hab: Freut mich sehr, Gummibär.

Wieso sind Sie überhaupt so pingelig? Was ist denn schon dabei, wenn ich von ihr rede, als ob...

Ja, ich höre Sie. Ich *höre* Ihnen zu. Ich verstehe Sie. Ich bin doch nicht doof! Sie glauben, daß ich mich den Tatsachen nicht stellen möchte.

Nein, *ich* habe nicht gesagt, daß ich den Tatsachen nicht ins Auge sehen will. Aber ich habe gesagt, daß *Ihrer* Ansicht nach ... Ach, was bringt das schon? Vergessen Sie's.

Nein, ICH WERDE NICHT ZORNIG. UND ICH REGE MICH NICHT AUF. Müssen Sie mich das denn DAUERND fragen?

Soll das ein Witz sein? Wütend, weil Jayne gestorben ist. Wütend auf *Jayne?* Das wäre doch total bescheuert, oder?

Wenn Sie wissen wollen, ob ich auf jemanden wütend bin – auf *Sie*, Mr. Superseelendoktor. Ja, *Sie* machen mich wütend. Bei Ihnen seh ich rot, weiß und blau! Wie wütend Sie mich machen? *So* wütend! *So* wütend! SO WÜTEND SO WÜTEND SO WÜTEND SO WÜTEND!

Was? Ob es ein gutes Gefühl war, mit den Fäusten auf Ihren Schreibtisch zu schlagen? Wieso sollte das ein gutes Gefühl sein? Meine Fingerknöchel tun weh. Ich bin heiser. *Nein*, es ist schon *gut*. Lassen Sie mich in Ruhe. Kann ich jetzt gehen? Sie wollen doch nicht mehr mit mir reden, oder?

Da haben Sie recht, Mr. Specht. Ich will mit *Ihnen* nicht mehr reden. Was glauben Sie denn, wieviel ich davon noch aushalte?

Nichts gegen Sie persönlich. Sie haben gesagt, ich soll sagen, was ich fühle, ganz ehrlich. Also sag ich's. TSCHÜS! Und wenn ich Sie nie wiedersehe, kann mir das nur recht sein!

Halli-hallo, Mr. Froh.

Sind Sie sauer auf mich?

Damit hab ich auch nicht gerechnet.

Ich bin diesmal auf die Minute pünktlich.

Ja, schönes Wetter heute. Mhm, sehr warm. Nein, ich hab nichts dagegen, mich hinzusetzen. Ist es okay, wenn ich mich hier auf die Fensterbank setze? Hier *gefällt's* mir eben besser, deshalb. Wenn Sie sich umdrehen ... sehen Sie, kein großer Schreibtisch mehr zwischen uns. Versetzt uns mehr in die gleiche Lage ...

Warum ich diesen Ausdruck verwendet habe? Welchen Ausdruck? In die gleiche Lage? Ich weiß nicht. Hab einfach so gesagt, daß wir dadurch mehr in die gleiche Lage ...

Was mir dabei einfällt? Ach du Schande, da nehmen Sie mich wieder auseinander, doktern an meiner Seele rum.

Ach, okay, ich bin ja gar nicht so. Also Ihnen zuliebe: Die *Lage* war noch nie so gut.

Noch mehr? Na, großartig.

Sind-Sie-in-der-*Lage*-zu-akzeptieren-daß-wir-vor-Gott-alle-*gleich*-sind? Was soll das Ganze denn überhaupt?

Ob *ich* in der Lage bin, es auszusprechen, daß Jayne to ...

Wieso sollte ich das sagen? Was *ändert* das denn? Ich weiß doch, daß sie ... Ich *weiß*, was passiert ist ...

Ich hab Ihnen doch *gesagt* – ich kann es aussprechen, wenn ich will!

Ich-will-eben-einfach-nicht.

Wie? Ich soll es trotzdem sagen? Nur um zu beweisen – da ist doch nichts weiter dabei! Meine Schwester ist ...

Warum wollen Sie denn unbedingt, daß ich das sage?

Nein, ich habe *keine* Angst davor, es auszusprechen! MEINE SCHWESTER IST TOT.

So! Sind Sie nun zufrieden? Gott, *ich hasse Sie!* Nein, fassen Sie mich nicht an! Lassen Sie mich in Ruhe! *Lassen Sie mich in Ruhe.* Ich gehe jetzt. Ich gehe!

Hallo?

Soll ich, hm, hereinkommen?

Tag...

Ich bin stiller als sonst? Nein, bin ich nicht. Ich bin oft so. Ich hab eben einfach nichts Besonderes zu sagen.

Wie es mir ergangen ist? Gut... Klar, alles okay...

Wie bitte?

Ob mir klar ist... *zehn Minuten?* Ich habe zehn Minuten lang keinen Ton gesagt? Bin nur so dagesessen?

Hab wohl vor mich hingeträumt.

Nein, nichts Besonderes. Nur von einer Sache, die mal passiert ist. Das wollen Sie wahrscheinlich gar nicht hören. Ich meine, Sie stehen mehr auf Schauergeschichten. Sind mehr in der Stimmung für Begräbnisse und Unfälle und...

Jetzt hör ich mich schon wieder normaler an? Mehr nach der kecken Sara, wie gehabt? Warum lächeln Sie, wenn Sie das sagen?

Oh. Hm. Na ja, ich mag Sie auch. Aber bilden Sie sich deshalb bloß keine Schwachheiten ein. Sie sind nämlich nicht der einzige Erwachsene auf der Welt, den ich mag!

Und überhaupt, so sehr mag ich Sie nun auch wieder nicht.

Ach, *das* wieder.

Das ist mal an Halloween* passiert. Die Parkverwaltung hat einen Jahrmarkt veranstaltet. Das würde Sie ohnehin nicht interessie... Es interessiert Sie doch. Okay, wenn Sie *unbedingt* wollen.

Also, da war dieser Jahrmarkt, wie ich schon gesagt habe. Und ich wollte hingehen, und Mama sagte, ich müßte Jayne mitnehmen. Das hat mir nicht gepaßt. Callie und ich wollten alleine gehen. Wir hatten mit Jayne schon die «Streich oder Süßes»-Runde gemacht. Sie war sieben – es war im vorigen Jahr. Oh, bitte nimm mich mit, Sara! sagt sie. Ich bin auch bestimmt ganz lieb! Ich versprech's dir. Du kriegst auch mein Stoffkänguruh.

* 31. Oktober, der Abend vor Allerheiligen, der Walpurgisnacht vergleichbar. Traditionsgemäß ziehen Kinder mit dem Spruch «Streich oder Süßes» *(trick or treat)* von Haus zu Haus, lassen sich Süßigkeiten und kleine Geldbeträge schenken und spielen den Leuten, die nichts geben, einen Streich.

Tolles Angebot. Genau das, was ich mir schon immer gewünscht habe – ihr Stoffkänguruh, an dem sie immer noch herumlutschte, wenn sie schmollte.

Ja, ich hab sie mitgenommen. Ich mußte. Im Park war eine riesige Menschenmenge. Es gab Stände mit Popcorn und kandierten Äpfeln und eine Bude, an der ein Schönheitswettbewerb stattfand, und dann so ein Gruselkabinett, in das man hineinging, irgendwas Schleimiges über den Rücken geträufelt bekam und wo einem dann ein Skelett entgegensprang. Wir sind reingegangen. Es war verrückt. Wir haben geschrien und gelacht. Wir haben auch noch mehr gemacht, aber Jayne wollte immer nur zum Klettermast. Ich mußte sie alle zwei Minuten anbrüllen, daß sie gefälligst bei mir und Callie bleiben sollte.

Dann drehte ich mich mal um, und sie war verschwunden. Zum Klettermast natürlich. Weil man demjenigen, der bis oben hin kletterte, ein Pony versprochen hatte. Ganz umsonst.

Mhm, man hatte den Fahnenmast mitten im Park mit Fett eingeschmiert.

Ach, klar, man konnte die Beine um den Mast schlingen und anfangen zu klettern, aber man kam nicht weit. Dann rutschte man wieder runter, weil man mit den Händen keinen Halt bekam. Und dabei schmierte man sich von Kopf bis Fuß mit Fett voll!

Aber dort war Jayne. Nein, nicht unter den Zuschauern. Sie ist *geklettert.* Kam ein Stück hoch und rutschte wieder runter. Und kletterte wieder rauf. Ich hab ihr zugeschrien, sie soll runterkommen. Sie hat nicht mal zu mir hingeschaut. Hat es nur immer weiter probiert. Und diese buntgemischte Menge guckt ihr zu. Jayne, komm runter, hab ich wieder gerufen. Und sie ruft zurück: Sara, ich muß es bis oben schaffen!

Und sie turnt rauf wie ein Affe. Und rutscht wieder runter.

Sie hat es immer wieder versucht. Und versucht. Ich weiß nicht, wie lange. *Sehr* lange.

Die Leute haben ihr Beifall geklatscht und so Sachen gesagt: Mach weiter, du Sommersprossengesicht! Noch ein Stück, Kleine! Solche Sachen eben.

Sie können sich nicht vorstellen, wie sie aussah, als ich sie endlich nach Hause schleppte. Die Jeans, ihr Hemd, das Gesicht, die Haare, die Arme – alles *total* voll Fett.

Du blödes Kind, hab ich gesagt und sie an der Hand vorwärtsgezerrt. Wieso bist du denn nicht runtergekommen, wie ich dich gerufen hab? Wart nur, wenn Mama dich erst sieht!

Und sie: Ich hätte es geschafft, da raufzuklettern, wenn du mich nicht gezwungen hättest, wieder runterzukommen, Sara!

Jayne und *zwingen!* Ich hab losgelegt: Du bist vielleicht dumm! Niemand kann den Mast hinaufklettern. Was meinst du wohl, warum es hieß, daß man dafür ein Pony bekäme?

Sei bloß still, Sara, sagt sie. Sara, du bist eine doofe Nuß! Dann geht sie auf mich los, macht mich auch ganz fettig und schlägt auf mich ein und brüllt: Sei still, Sara! Sei bloß still, Sara! Dauernd weiter: Sei still, Sara! Sei bloß still, Sara!

Dann kommen wir nach Hause, und meine Mutter schreit mich an. Ich hab dir doch gesagt, du sollst auf sie aufpassen, Sara! Ich dachte, ich könnte mich auf dich verlassen! Ich hab dich für vernünftig gehalten!

Sie machte Jayne sauber, und wir gingen ins Bett. Nach einer Weile fängt Jayne an: Sara?

Und ich: Red nicht mit mir!

Und sie: Ich hab so kalte Füße. Kann ich zu dir ins Bett? Und bevor ich etwas sagen kann, ist sie schon aus ihrem Bett draußen und in meinem drin, schmeißt mich um und erwürgt mich fast, weil sie mir die Arme um den Hals schlingt. Ihre Haare stinken immer noch nach Fett. Also schubse ich sie weg. Aber ich kann sie nicht von mir runterschubsen. Wir sind dann so eingeschlafen, und – und . . .

Was?

Ich weine nicht! Schauen Sie mich nicht an!

Nein, ich brauche kein Papiertaschentuch. Behalten Sie Ihre blöden Taschentücher! Warum mußten Sie mich denn unbedingt zum Reden bringen? Von ihr . . . O *nein.*

Na schön, ich *weine.* Sind Sie jetzt glücklich? Sie haben mich dazu gebracht . . . Lassen Sie mich . . . *Lassen Sie mich . . . gehen Sie weg . . .* Jayne . . . sie ist weg . . . hat mich alleingelassen . . . o nein, nein, nein . . . nein . . . *nein . . .*

Tag. Sind Sie soweit?

Der letzte Termin? Sie glauben nicht, daß ich nach diesem Gespräch noch mal herkommen muß, es sei denn, mir wäre nach Reden zumute? Mir ist immer nach Reden zumute. Aber nicht mit Ihnen, haha.

Oh. Sie sind immer noch so ernst. Richtig. Die Frage. Legen Sie los.

Wie ich mich gefühlt habe, nachdem ich geheult hatte? Müssen Sie unbedingt so persönlich werden?

Na gut, ich will Ihnen diesmal die Frage noch beantworten! Es hat mir nicht gefallen. Nein, ich habe nicht gern geheult!

Sie sind doch gescheit. Können Sie sich das nicht selber denken? *Wissen* Sie das nicht? Wenn man weint, könnte es passieren, daß man alles wegschwemmt. Alles, alles.

Was ich damit *meine?*

Ich meine das, was ich sage. Alles, woran ich mich erinnern kann. Alles, was ich fühle. Wenn ich weine, schwemme ich das dann nicht weg? Vergesse ich dann nicht alles? Ja, und dann – dann ist Jayne wirklich weg, nicht wahr? Das ist meine Frage an *Sie.*

Ja. Ja, ja, ich weiß. Sie haben es mir schon gesagt. Es ist eine Tatsache. Sie ist tot, ich weiß ... Sehen Sie, ich kann es aussprechen, wenn ich will. Sie-ist-tot. Meine-Schwester-ist-tot. Und ich habe geweint. Sie haben allen Grund zur Freude. Das war's doch, was Sie wollten.

Nein, es gibt nichts, was ich noch sagen will.

Mhm, ich glaub schon, daß es ganz gut war, über sie zu reden. Wenn Sie es sagen. Und daß ich geweint habe. Ja. Ich kann Ihren Standpunkt verstehen. Ja, Sie haben bestimmt recht. Mir geht's jetzt besser, ja.

Nur ...

Wie bitte? Ich wollte noch was sagen? Oh.

Ach, nur das eine.

Diesen einen Gedanken kriege ich nicht aus dem Kopf. Finden Sie das gerecht? Daß Jayne tot ist? Finden Sie das wirklich fair?

Sommerzeit – Liebezeit

Im Sommer, als sie fünfzehn war, fanden im Leben von Mary Lewisham (aber nicht in dieser Reihenfolge) folgende Ereignisse statt: Sie schnitt sich die Haare ab, lernte Bobby Nicholes kennen und las in einer Kabine auf dem Klo im zweiten Stock der Stadtbücherei die mit Lippenstift hingekritzelte Aufforderung: *Sommerzeit – Liebezeit!*

«Ich hab Zeit», schrieb Mary darunter, aber ein kühner Schriftzug wollte ihr nicht so ganz gelingen. «Und ich würde gern.»

Anfang Juli hatte Mary Geburtstag. Ihre Eltern führten sie zum Abendessen in ihr Lieblingsrestaurant aus, dem *Chinarestaurant zur Porzellanpuppe.* Ihnen gefiel der Name, sie mochten das Essen dort, und sie mochten den Spaziergang von ihrem Haus in der Linden Avenue zu dem Teil der Greene Street, der ein bißchen heruntergekommen war (aber immer noch ganz okay). Dort lag das Restaurant eingezwängt zwischen einem baufälligen alten Haus und einer Fahrradreparaturwerkstatt. Marys Geburtstagsgeschenk war eine handgefertigte Kabuki-Puppe für ihre Sammlung, die mittlerweile aus neununddreißig Puppen bestand, alles Geschenke von ihren Eltern. Was Mary besaß, kam alles von ihren Eltern. Sie selbst war ihnen erst ziemlich spät im Leben beschert worden, und ihre Eltern erzählten ihr oft, wie lange sie auf sie gewartet hatten, wie heiß sie herbeigesehnt worden war und wie innig ihre Eltern sie vom Augenblick ihrer Zeugung an geliebt hatten.

«Jetzt ist sie also fünfzehn und glaubt wahrscheinlich, daß sie nun den totalen Durchblick hat», sagte Marys Vater, als sie ihre Won-Ton-Suppe aßen. «Vermutlich bildet sie sich so viel darauf ein, daß sie jetzt restlos größenwahnsinnig wird, Mommy.»

«Poppy, du bist schrecklich. Ist er nicht schrecklich, Mary?» Ihre Mutter gab ihrem Vater einen leichten Klaps auf die Hand. Bei dem spielerischen Geplänkel in ihrer Familie bildeten Mary und ihre Mutter immer eine Koalition gegen den Vater – die beiden Frauen hielten wacker zusammen.

Marys Vater hatte einen kleinen, freundlichen Kopf, der auf einem ungeheuer aufgeblähten Leib saß. Als Versicherungsagent war er einmal unter der Rubrik «Aus der Geschäftswelt» in der Morgenzeitung vorgestellt worden. Ihre Mutter, klein und rund, «bekannte sich stolz zu ihrem Hausfrauendasein». Sie hatte Arthritis, so daß ihre nur selten ruhenden Hände lauter Knötchen aufwiesen, während die Hände von Marys Vater, die oft gelassen in seinem Schoß lagen, weich und rundlich waren.

«Jetzt, wo sie fünfzehn ist, entwickelt sie sich vielleicht zu einer jugendlichen Straftäterin», fuhr Marys Vater fort, «und quält uns an unserem Lebensabend mit ihren Eskapaden bis aufs Blut.» Um Mary zu necken, sprach ihr Vater oft über sie, als ob sie nicht anwesend wäre. Er machte dann herabsetzende Bemerkungen über ihren Charakter oder ihr Aussehen. Das lag daran, hatte ihre Mutter ihr gesagt, daß er sie in Wirklichkeit für absolut vollkommen hielt.

Mary lachte über die Neckereien ihres Vaters, obwohl sie auch schon als kleines Mädchen diese Scherze als etwas erniedrigend empfunden hatte. Wenn über sie geredet wurde, als hätte sie keine Ohren und keine Augen und wäre im Hier und Jetzt gar nicht vorhanden, erweckte das in ihr sonderbare, gespenstische Gefühle. Gab es sie überhaupt? Und wenn ja, wer war sie dann? Für ihre Eltern bestand kein Zweifel daran, daß sie jemand war: ihre Mary Frances, ihr einziges Kind, das ihnen zur Freude geboren worden war.

Nach Marys Geburtstagsfeier verstrichen die langen, heißen Tage nur langsam. Einmal in der Woche hatte Mary Klavierunterricht. Sie schwamm im Becken der Greene-Street-Schule und paßte manchmal auf die beiden Kinder der Fellmans auf. Und dann wieder träumte sie stundenlang und wünschte sich, sie wäre nicht ausgerechnet fünfzehn Jahre alt. Es kam ihr schrecklich vor, fünfzehn zu sein, kein Kind mehr und auch noch nicht erwachsen.

«Sommerzeit – Liebezeit», flüsterte Mary vor sich hin. Es gab Augenblicke, in denen sie innerlich Funken sprühte, so als ob sie nicht aus Fleisch und Blut bestünde, sondern aus einem Haufen glühender, zuckender Drähte. Augenblicke, in denen sie dachte, daß sie es nicht ertragen könnte, wenn der Sommer auch nur noch einen Moment länger so verstrich wie bisher, so langsam, heiß und gleichförmig.

Morgens, wenn sie im Bett lag und die Puppenregale an der einen Wand betrachtete (Puppen der Vereinten Nationen, antike Puppen, Shirley-Temple- und Barbie- und Diana-Ross-Puppen), gingen ihr Gesprächsfetzen durch den Sinn und Gesichter von Menschen, die sie kannte.

An einem Morgen, als sie die Puppen in ihren schillernden Kostümen ansah, wurde ihr plötzlich klar, daß sie diese süßlich lächelnden Gesichter, die steifen Arme und Beine und die Köpfe mit dem perfekt frisierten, glänzenden Haar *haßte*. Bei diesem überraschenden Gedanken setzte sie sich auf und sprach in das Dämmerlicht des Zimmers hinein: «Ich konnte Puppen noch *nie* leiden.»

An einem anderen Morgen fiel ihr eine jahrelang zurückliegende Begebenheit wieder ein. Drei Freundinnen und sie hatten es als unbedingt notwendig beschlossen, sich bei einer Neuen an der Schule, der unterwürfigen, widerlichen Ava Smith, deren Brüste anzusehen. Damals waren sie zehn gewesen, ein schmieriges, gefährliches Alter. Sie legten sich einen Plan zurecht – Ava abfangen, sie zum Keller eines leerstehenden Hauses entführen, ihr dort die Bluse herunterziehen und alles begutachten. Es war Mary gewesen, die daran erinnerte: «Wir brauchen Taschenlampen.»

Aber am Tag der Entführung blieb sie mit «Halsweh» zu Hause. «Ich war krank», erzählte sie ihren Freundinnen am nächsten Tag.

«Du hast was verpaßt», sagten sie und stießen sich gegenseitig an und grinsten so seltsam, daß Mary unsicher wurde, ob die Entführung wirklich stattgefunden hatte oder ob die anderen sie nur ärgern wollten, weil sie sich gedrückt hatte. Weil sie «krank» gewesen war.

«Ach», rief sie. «Ach!» So als ob das alles noch einmal passierte. Mit würgender Scham empfand sie, wie falsch ihr Leben verlaufen war. Sie war immer zu vorsichtig, zu brav gewesen. Und eine dieser seltsamen Überlegungen, mit denen sie sich unentwegt befaßte, schoß ihr wieder durch den Kopf: *Wie konnte sie den*

Zauberbann, den die elterliche Liebe um sie gezogen hatte, nur durchbrechen?

An diesem Tag dachte sie das erste Mal daran, sich die Haare abzuschneiden. Lang, glatt und schimmernd reichte es ihr bis über die Hüften. Jeden Samstagmorgen wusch ihre Mutter ihr im Spülbecken in der Küche mit einem Ei die Haare und sagte oft voller Stolz: «Marys Haare sind noch nie geschnitten worden.»

Beim Mittagessen, als sie in ihrem Käsetoast herumstocherte, fragte Mary: «Was meinst du, wie ich aussehen würde, wenn ich mir die Haare abschneide?»

«Die Haare abschneiden?» sagte ihre Mutter so entsetzt, daß Mary einen Rückzieher machte und sagte: «Einen Pony. Ich hatte an einen Pony gedacht.»

«Einen Pony?» Ihre Mutter musterte sie. Allmählich kam ein mutwilliges Lächeln zum Vorschein. «Poppy würde jedenfalls Augen machen!»

Nach dem Mittagessen, unter den aufmerksamen Blicken ihrer Mutter, schnitt sich Mary sorgfältige Ponyfransen quer über die Stirn. «Ach, du meine Güte», flüsterte ihre Mutter. «Ach, du meine Güte. Das ist ja ganz anders. Es steht dir wunderbar, glaube ich, aber ich kenn dich kaum noch! Schau dir deine Augen an, Mary. Die Augen!»

Im Spiegel konnte Mary sehen, daß sie tatsächlich anders aussah. Die Augen waren größer, ihr ganzes Gesicht war irgendwie verwandelt, so als ob die paar Schnitte mit der Schere aus ihr einen anderen Menschen gemacht hätten. Jemanden, der älter war und geheimnisvoller.

«Ich erkenn mich gar nicht wieder», rief sie voller Freude.

«Mary, die *Nachbarn*», sagte ihre Mutter. Sie stellte sich hinter sie, und sie mußten alle beide lachen, als sie die neue Mary im Spiegel betrachteten.

Am nächsten Tag ging Mary zu Jeanne und Ted Fellman zum Babysitten. Unterwegs sah sie Bobby Nicholes. Er stand mit seinem Motorrad an der Kreuzung der South Avenue und der Hurley Street und wartete darauf, daß die Ampel umsprang. Sie kannte ihn von der Schule. Er war älter, schon in der Oberstufe, ein großer, gutaussehender Junge mit dichtem, glattem blondem Haar. Er streifte sie mit einem Blick, einem flüchtigen Blick, der sie nicht weiter beachtete, und schaute dann noch mal hin. «Hallo», sagte er und nahm den Helm ab.

Sie dachte an den Spruch in der Bücherei, an den Rat (oder war es ein Befehl?) *Sommerzeit – Liebezeit*, und schlenkerte mit der roten Plastiktüte, in der sie Sirupkekse und eine Schachtel Buntstifte für Jeanne und Ted hatte. «Hallo», sagte sie.

«Du gehst doch auch auf die Jeff High-School, oder? Ich hab dich da schon gesehen. Wart mal, hm, du bist ...»

«Ich bin Mary Lewisham.»

«Ich bin Bob Nicholes.»

«Ich weiß.»

«Wo willst du hin, Mary? Soll ich dich irgendwo hinbringen?»

«Gern», sagte sie mit bedenklich klopfendem Herzen.

«Steig auf. Du hast ja wohl schon mal auf einem Motorrad gesessen.»

«Es ist das erste Mal für mich», teilte sie seinem Hinterkopf mit.

«Tatsache?» Bobby drehte sich um und grinste. «Dann halt dich fest, dir steht etwas Tolles bevor.» Er setzte den Helm wieder auf, zog den Kinnriemen zu und trat die Maschine an. Als sie um die Ecke bogen, kam der Boden in einem abscheulichen Winkel auf Mary zu. Sie klammerte sich am Sitz fest und behielt die Augen offen. Ich könnte sterben, dachte sie ganz kühl, und wie eine Woge schoß die Freude in ihr hoch, eine Freude, die sich nur als *Wonne* bezeichnen ließ.

Als Bobby sie vor dem Haus der Fellmans absetzte, fragte er: «Na, wie war's?»

«Ein Genuß.» Marys Beine gaben unter ihr nach. Sie hielt sich am Lenker fest.

«Ein Genuß, was?» Bobby lachte. «Du bist süß.»

Ein paar Tage danach war sie mit ihrer Mutter draußen auf der Terrasse, als Bobby auf dem Motorrad vorbeifuhr. Er wendete und hielt an. «Grüß dich, Mary! Möchtest du 'ne Runde mit mir drehen?»

«Ja», sagte sie und stand auf.

Ihre Mutter zog sie an den Jeans. «Ein Motorrad? Mary. Ein Motorrad?» Und beim Aufstehen flüsterte sie: «Wer ist dieser Junge, Mary?»

«Er ist in unserer Schule. Bobby Nicholes. Sein Vater ist Professor. Er ist ein Freund von mir», flüsterte Mary hastig zurück. «Er ist sehr nett.»

«Wenn er doch nur kein Motorrad hätte.»

Bobby auf dem Motorrad, einen Fuß mit Stiefel gegen die Bordsteinkante gestemmt, rief ihr höflich zu: «Schöner Tag heute, nicht wahr?»

«Siehst du», flüsterte Mary. «Er ist *nett.*»

«Ich weiß nicht...»

«Bitte, Mama, *nicht.*»

«Nicht *was?*» sagte ihre Mutter. «Mary...»

Aber Mary war schon am Bordstein, stieg hinter Bobby auf und zog den Kinnriemen des rot-weißen Helms fest, den er ihr hinhielt. Sie saß sehr gerade, griff hinter sich und umklammerte den Sitz.

«Halt dich an mir fest», rief Bobby, als sie um die Ecke bogen.

Die Arme um seine Hüften geschlungen, glaubte Mary zu fliegen, als sie in das Verkehrsgewühl eintauchten. Der Wind peitschte ihr ins Gesicht, das Pflaster wirbelte unter ihren Füßen, und ein frohlockender – oder war es ein höhnischer? – kleiner Jubelruf hallte in ihrem Kopf wider. Hei! Hei! Hei!

Als Bobby sie das nächste Mal abholen kam, ließen sie die Stadt hinter sich, fuhren in die Vororte hinaus und schwirrten auf dem brachliegenden Land um eine Kiesgrube herum. Danach saßen sie in einer Imbißstube draußen an einem kleinen runden Betontisch, die gestreiften Sturzhelme neben sich auf dem Boden, und aßen Hamburger mit Pommes frites. Die Sonne knallte herunter; sie tranken ihre Limonade in kleinen Schlucken und lächelten sich an.

Es ist, dachte Mary, wie eine Szene aus einem Film. Gleich würde Bobby seine Hand auf ihre legen. *Mary. Bobby war innerlich so aufgewühlt, daß seine Stimme brüchig klang. Ich muß dir etwas sagen... Du hast es bestimmt schon erraten... Mary... Mary... Noch nie habe ich das zu jemandem gesagt: Ich liebe dich, Mary. Ach, bitte. Sag mir, hab ich eine Chance?*

«... und eigentlich wollte ich ja einen Job in diesem Ferienlager annehmen», sagte Bobby gerade. «Ich meine, weil doch Corky da arbeitet – das wäre ideal gewesen, aber ich bin zu spät gekommen. Und deshalb hänge ich jetzt also zu Hause fest und packe im Supermarkt an der Kasse Waren ein. Bei *Big G...*»

«Corky?» fragte Mary.

«So nenne ich sie. In Wirklichkeit heißt sie Cornelia. Deshalb also Corky – sonst hätte nur noch ‹Corny› zur Wahl gestanden. Du würdest sie mögen, Mary. Sie ist toll, sie ist einfach...» Bobby zeigte durch ein Kopfschütteln an, daß sich Corky nicht in Worte fassen ließ. «So schön und – ich sage ihr immer, daß sie nur einen Fehler hat: Sie bringt keine Liebe für mein Motorrad auf. Möchte unbedingt, daß ich mir ein Auto zulege.»

«Was macht sie...» fing Mary an und zwang sich dann dazu, tapfer zu sagen: «Corky – was macht Corky in dem Ferienlager?»

«Sie ist dort Betreuerin.»

«Das ist ja großartig», sagte Mary.

«Oh, sie gehört zu den besten. Die Frau, die das Lager leitet, ist ganz begeistert von ihr.»

Corky war mit zwei kleinen Lagerteilnehmern in einem Ruderboot. Plötzlich sprang eines der Kinder auf, um sich irgend etwas im Wasser genauer anzusehen. Das Boot fing an zu schaukeln und kippte dann um! Sie landeten alle im Wasser. Selbstverständlich konnte Corky schwimmen und war als Rettungsschwimmerin ausgebildet, aber als sie ins Wasser fiel, prallte sie mit dem Kopf gegen die Bootswand. Sie verlor das Bewußtsein. Die Leute am Ufer retteten die beiden Kinder, aber Corky wurde erst Tage später aus dem Wasser gefischt. Gramgebeugt kam Bobby zu Mary. Sie legte ihm ihre kühle Hand auf die Stirn und gab ihm einen neuen Lebensinhalt...

Als Bobby sie vor dem Haus absetzte, saß Marys Mutter draußen in einem Plastiksessel, ein Buch im Schoß, und ließ sich die knotigen Hände von der warmen Sonne bescheinen.

«Tag, Mrs. Lewisham», rief Bobby mit einer kleinen Verbeugung.

Marys Mutter lächelte Bobby freundlich zu, aber als Mary sich zu ihr setzte, sagte sie: «Schätzchen, Poppy und ich haben diese Angelegenheit besprochen, und wir möchten nicht, daß du noch mal mit diesem Motorrad fährst.»

Mary schaute ihre Mutter nur an.

«Es ist gefährlich, Schätzchen», sagte ihre Mutter. «Dein Vater hat mit Versicherungen zu tun. Er kennt die Statistiken. Motorräder sind sehr gefährliche Fahrzeuge.»

«Ich habe immer einen Helm auf», sagte Mary. «Und Bobby ist vorsichtig. Er ist ein so guter Fahrer.»

«Schätzchen», sagte ihre Mutter, «wir denken dabei doch nur an dich. Wir möchten nicht, daß dir etwas zustößt.» Und sie sah Mary so bittend an, daß Mary ihr versprach, nicht mehr auf das Motorrad zu steigen.

Am nächsten Morgen wachte sie bedrückt auf. Würde Bobby sich überhaupt noch mit ihr treffen wollen? Schon bevor sie von Corky wußte, hatte sie geahnt, daß es ihm hauptsächlich darauf ankam, den großen Bruder zu spielen. Es machte ihm Spaß, durch die Stadt zu donnern, während sie sich an seiner Taille festklammerte, scharf um die Ecken zu biegen und mit seinem coolen, gefährlichen Fahrstil anzugeben.

Bobby, meine Mutter sagt . . . Bobby, meine Eltern hatten ein Gespräch und . . . Ich weiß, du bist gekommen, um mich auf dem Motorrad mitzunehmen, Bobby, aber . . .

Zuletzt kam sie zu dem Entschluß, daß sie nicht warten konnte, bis er hier auftauchte. Sie würde zu ihm gehen und es hinter sich bringen. *Bobby, rat mal, was los ist! Ich darf mich nicht mehr motorrädern lassen.* Das Ganze als Witz darstellen. Aber später, als sie die Mohawk Street entlangging und der Augenblick, wenn sie es Bobby sagen mußte, immer näher und näher kam, stieg ihr die Scham in der Kehle auf, die gleiche Scham wie damals, als sie bei Avas Entführung nicht mitgemacht hatte.

Vor dem Haus, in dem Bobby wohnte, mähte ein Mann den Rasen. Er trug gammelige Turnschuhe und eine knapp sitzende Hose, an der die Beine abgeschnitten waren. «Hallo. Suchst du jemanden?»

«Bobby Nicholes?» sagte sie.

«Der alte Knabe müßte jede Sekunde hier aufkreuzen. Möchtest du warten?»

Mary nickte.

«Wer bist du?» fragte er und lehnte sich dabei an den Rasenmäher. Es war ein altmodisches Gerät, das man noch schieben mußte.

«Mary Lewisham», sagte sie.

«Ich bin Allan Nicholes.» Er hielt ihr die Hand hin. «Bobbys Vater.»

Mr. Nicholes drückte Mary lange die Hand. Sie fand das alles überraschend – wie Mr. Nicholes sich vorgestellt hatte, den Händedruck und das unverhohlene Interesse, mit dem er sie betrachtete.

Gerade da hörte sie ein Motorrad aufjaulen. «Da ist er», sagte Mr. Nicholes. «Der Arbeitsmann.»

Bobby stellte sein Motorrad in der Auffahrt ab. «Wie war die Arbeit?» fragte sein Vater. «Unter aller Kanone?»

Bobby warf seinem Vater einen unfreundlichen Blick zu. «Kein Mensch sagt mehr ‹unter aller Kanone›. Hallo, Mary, was machst du denn hier? Komm doch rein.»

Das Haus der Nicholes' sah aus, als wäre ein Windstoß hindurchgefahren und hätte Papiere und Gegenstände in sämtliche Richtungen verweht. Es war kaum ein freier Fleck zu sehen. Mary wußte, daß Mr. Nicholes am College unterrichtete und daß Bobbys Mutter im Einkaufszentrum einen Laden für Bilderrahmen hatte. Alles an den Nicholes', dachte Mary, war viel faszinierender als in ihrer eigenen langweiligen Familie.

Sie folgte Bobby in die Küche, wo er eine Schüssel Trauben holte, und dann die Treppe hinauf in sein Zimmer.

«Mary, das ist echt toll, daß du hergekommen bist.» Er legte eine Platte auf. «Ich wollte nämlich, daß du das mal hörst. Kennst du den Song?»

Mit seiner komischen Stimme sang Arlo Guthrie: «I don' wanna pickle. Just wanna ride my *mo-o-ter sickle!*»

Mary schüttelte den Kopf. Sie war erschrocken. Dieses Lied hatte sie noch nie gehört, aber genau wie Arlo Guthrie «motorcycle» zu «motor sickle» verdrehte, hatte auch sie mit dem Wort

«Motorrad» herumgespielt. Hatte sie sich nicht erst gerade eben noch zurechtgelegt, daß sie zu Bobby etwas von «motorgerädert» sagen wollte?

«Setz dich, Mary.» Er fegte Kleidungsstücke und Zeitschriften vom Bett herunter.

«Ich muß dir erst was sagen.» Mary blieb mitten im Zimmer stehen. «Ich kann nicht mehr auf deinem Motorrad mitfahren. Meine Eltern...» Sie wurde rot und kam nicht weiter. Warum hatte sie ihrer Mutter nachgegeben und sich einverstanden erklärt? Einverstanden, einverstanden, einverstanden. Sie war mit allem und jedem einverstanden! Ganz plötzlich ging ihr auf, daß sie an jenem längst vergangenen Tag, als sie bei Avas Entführung mitmachen sollte, alles ihrer Mutter erzählt hatte. Oder ihre Mutter hatte die Geschichte aus ihr herausgeholt. *Ihre Mutter hatte es gewußt.* Davon war sie felsenfest überzeugt. Hatte es gewußt und sie zu Hause behalten. Aber anstatt daß ihr das eine Last von der Seele genommen hätte, schämte sie sich deshalb nur um so mehr.

«Eltern», sagte Bobby. «Die machen einem ganz schön zu schaffen, was?»

Sie stand kerzengerade da, eine Hand an der Kehle. Ihre Stimme verriet nichts von dem Sturm, der in ihr tobte. Niemand, der sie zufällig mit einem Blick streifte, hätte etwas von ihrem Schmerz erahnen können. So ist das Leben, sagte sie, wir müssen eben tapfer sein. Aber Bobby brach zusammen. Du verläßt mich, du willst fort von mir? Mary! Ach, Mary!

«Wir werden uns jetzt also nicht mehr sehen, nehm ich an», sagte sie.

«Sei nicht blöd», meinte Bobby beiläufig. Er ließ sich im Reitersitz auf einem Stuhl nieder und warf mit Pfeilen nach einem riesigen Hitler-Poster. «Paß auf, Mary, ich werde Hitler ins rechte Auge treffen.» Er hob die Hand, den Wurfpfeil auf das Ziel ausgerichtet. «Du kommst einfach her und besuchst mich, wenn du Lust dazu hast», sagte er und schickte den Pfeil ab. Er landete auf Hitlers Nase. «Mist!»

«Du warst aber doch ganz nahe», sagte Mary. Sie griff nach einem gerahmten Foto, auf dem ein Mädchen auf einem Pferd zu sehen war. «Ist das Corky? Sie ist bildschön.»

«Hab ich dir ja gesagt», sagte Bobby.

Corky saß mit kerzengeradem Rücken auf dem Pferd, das Kinn nach vorne gereckt. Sie hat Charakter, dachte Mary. Bestimmt war sie eine ganz wunderbare Betreuerin, und alle Lagerteilnehmer würden sich in sie verlieben. In dem Sommer, als sie elf war und zwei Wochen in einem Ferienlager verbrachte, war Mary ebenfalls ganz verliebt in ihre Betreuerin gewesen.

«Was meinst du, hätte sie etwas dagegen, daß ich hier in diesem Zimmer bin?»

Mit zusammengekniffenen Augen holte Bobby Schwung. «Sie weiß über dich Bescheid, Mary. Wir sind so gut wie verlobt.» Diesmal landete der Pfeil auf Hitlers Kinn.

Mary zog den Pfeil aus Hitler heraus. *Bobby zeigte seine ineinandergeflochtenen Finger vor. So sind Corky und ich miteinander verbunden, Mary, sagte er. Aber das heißt nicht, daß in meinem Herzen kein Platz für dich wäre. Du bist im Grunde meine beste Freundin. Bei dir gibt es so etwas – nun ja, du bist zum Beispiel so verständnisvoll, so mitfühlend. Ich weiß, daß ich dir alles anvertrauen kann. Um die Wahrheit zu sagen, ich habe es nicht gewagt, Corky von dir zu erzählen. Ich fürchte, sie würde das einfach nicht verstehen ...*

«Außerdem bist du erst fünfzehn», sagte Bobby.

«Wie bitte?» fragte Mary.

«Ich meine ...» Bobby grinste. «*Fünfzehn*. Ich klau doch keine kleinen Kinder aus der Wiege.»

Mr. Nicholes, Bobbys Vater, sieht wirklich gut aus, dachte Mary, während sie mit gerunzelter Stirn das Hitler-Poster musterte. Sie hielt den Pfeil zwischen zwei Fingern und hob den Arm. Genaugenommen sah er sogar besser aus als Bobby. Der Pfeil landete fast haargenau in der Mitte zwischen Hitlers Augen.

Eine Woche lang ging Mary nicht mehr zu Bobby. Als sie ihn wieder besuchen kam, war auch Mr. Nicholes wieder da. Diesmal jätete er Unkraut im Garten, hörte aber damit auf, um mit ihr zu reden.

«Schön, dich zu sehen, Mary. Wie wär's mit einer Cola? Es ist heute ein richtiger Hundstag.» Er ging ins Haus, und Mary ließ sich auf den Terrassenstufen nieder. Mr. Nicholes war anders, nicht wie ein Lehrer und auch nicht so wie ein Vater. Er war mehr so wie ein Freund, aber älter und mit guten Manieren.

Marys Großmutter in New Mexico wurde krank. Außer Mary gab es niemanden, der sich um sie kümmern konnte. Alle Flugzeuge waren ausgebucht! Zum Glück stand eine kleine Privatmaschine mit Pilot zur Verfügung. Es war ein unglaublicher Zufall, daß auch Mr. Nicholes damit flog. Sein Gesicht strahlte auf, als sie die Maschine bestieg. Na, sagte er, das ist aber eine freudige Überraschung!

«Machst du in diesem Sommer irgendwas Besonderes?» Mr. Nicholes setzte sich neben sie auf die Treppe und reichte ihr eine eiskalte, beschlagene Flasche. Er strömte einen starken, schweißigen Geruch aus.

«Nur meinen Musikunterricht und – nein, nichts Besonderes.»

Über der gezackten Bergkette der Grand Tetons geriet das Flugzeug plötzlich in einen Sturm, eine wirbelnde Masse aus Eis und Schnee. Der Pilot mußte blind fliegen und ... stürzte ab. Nur Mary und Mr. Nicholes überlebten. In der unermeßlichen, eisbedeckten Wildnis, mit nichts als den paar erbärmlichen Gegenständen, die sie aus dem Flugzeugwrack bergen konnten ...

«Du solltest aber etwas Besonderes machen, Mary.» Mr. Nicholes beugte sich zu ihr vor. «Es ist Sommer. Ferienzeit! *Fe*-ri-en!» Er machte ein kummervolles Gesicht. «Das ganze Jahr über Klassenzimmer und Papierkram. Jetzt ist wieder Sommer, und weißt du was, Mary? Ich komme von Klassenzimmern und Papierkram immer noch nicht los. Tu ich dir da nicht leid, Mary?»

Nach diesem Tag hoffte Mary immer, daß Mr. Nicholes zu Hause sein würde, wenn sie zu Bobby ging. Aber wenn er da war, wußte sie nie, was sie zu ihm sagen sollte. Bei Bobby hingegen war sie kühn, tanzte in seinem Zimmer herum und sang mit veralbernder Arlo-Stimme das *«Motorsickle»*-Lied.

An einem heißen Tag, als sie herkam, waren weder Mr. Nicholes noch Bobby zu Hause. Eine Weile saß sie auf den Stufen. Ringelblumen blühten wie heiße, orangefarbene Sonnen dicht am Haus. Mary ging nach hinten in den Hof, wo es viel üppig wucherndes Gebüsch gab, und setzte sich unter einen mächtigen alten Fliederstrauch. Die Sonne schien flimmernd durch die herzförmigen

Blätter, die Insekten sangen ihr durchdringendes Lied. Wie langsam die Zeit verstrich. Wie lange der Sommer ihr vorkam. Sie war fünfzehn, und nichts hatte sich geändert. Würde sechzehn besser sein als fünfzehn? Ihre Befürchtungen brachten sie zum Gähnen. Vielleicht würde man ihr dann immer noch sagen: *Schließlich bist du ja erst sechzehn.* Würde sie noch länger warten müssen, und noch länger und immer *länger*, bis ihr Leben endlich begann?

Mary Lewisham, die weltberühmte Korrespondentin der größten Zeitung der Vereinigten Staaten, war auf einem Passagierdampfer nach Europa unterwegs. Mr. Nicholes befand sich zufälligerweise auf dem gleichen Schiff. Oft sah ihn Mary Lewisham an der Reling stehen und in die Ferne blicken. Sie überlegte sich, ob sie ihn ansprechen sollte, respektierte es aber natürlich, daß er offenbar für sich sein wollte. Seine Augen waren tieftraurig. Mitten auf dem Ozean kam Sturm auf, dreißig Meter hohe Wellen schmetterten gegen das Schiff, und es erging der Befehl, von Bord zu gehen. In der allgemeinen Panik leisteten Mary Lewisham und Mr. Nicholes Übermenschliches, um andere zu retten. Als letzte verließen sie das vom Unglück schwer betroffene Schiff und begaben sich auf ein Rettungsfloß, wo ...

«He, hallo, mein Mädchen.» Mr. Nicholes stand vor ihr, die Hände in die Seiten gestemmt. «Was machst du denn da in deinem Versteck hier draußen?»

Sie stand rasch auf und putzte sich Gras und kleine Zweige ab. «Es war so heiß», sagte sie atemlos.

«Es war so heiß», ahmte er sie lächelnd nach. «Komm ins Haus.» Und als sie dann auf das Haus zugingen, legte er ihr ganz beiläufig den Arm um die Schultern und sagte: «Du bist ein sehr, sehr hübsches Mädchen. Weißt du das?»

Ihr wurde die Kehle eng. Sie empfand wieder dieselbe Woge aus Gefahr und freudiger Erregung, von der sie auf Bobbys Motorrad erfaßt worden war. (Ach, sie hätte dabei umkommen können! Alles hätte passieren können! Und doch hatte sie die Augen offengehalten.) In Wirklichkeit hatte Bobby gar nichts besonders Verwegenes getan. Dennoch – es war sehr befriedigend, sich an diese Augenblicke zurückzuerinnern.

«Was soll's denn sein, Mary?» fragte er in der Küche. «Cola oder Orangensaft?»

«Orangensaft, bitte.»

Mr. Nicholes goß Saftkonzentrat in den Mixer, schlug es zu cremigem Schaum und füllte das Getränk in zwei hohe Gläser. Bei einem Glas fügte er Wodka hinzu und hielt dann die Flasche über das andere Glas. «Und du?» fragte er lächelnd. Mary machte große Augen, wurde rot und schüttelte den Kopf.

Mr. Nicholes stieß mit ihr an. «Also, trinken wir auf kühleres Wetter, Mary.» Er lehnte sich an den Schrank, daß seine Schulter ihre berührte.

Monate später, als sie nur noch die Schatten ihrer selbst waren, wurden Mary und Mr. Nicholes gerettet. Reporter scharten sich um sie. Wie haben Sie diese unglaublichen Entbehrungen überlebt? Ich, sagte Mr. Nicholes, hätte es ohne Mary Lewisham nicht geschafft. Sie ist mir die ganze Zeit über Trost und Stütze gewesen. Sie war großartig. Sie war . . .

«Sag mir, Mary, was findest du an meinem Sohn? Ich kann mit dem Kerl nicht besonders gut reden.»

«Bobby ist sehr nett», sagte sie leise.

«Und er hat Glück», sagte Mr. Nicholes. «Meinst du nicht auch? Er hat eine sehr hübsche Freundin – du weißt über Corky Bescheid, Mary? –, und auf Abruf steht ihm noch ein weiteres außerordentlich hübsches Mädchen zur Verfügung.» Mr. Nicholes beugte sich zu ihr vor. «Woran denkst du, Mary? So ein geheimnisvoller Gesichtsausdruck!»

Sein Gesicht war jetzt so dicht an ihrem, daß ihr sonderbar zumute wurde, so als ob sie Figurenwerfen gespielt hätte und gerade heftig herumgeschleudert worden wäre.

«Ach, fünfzehn», sagte Mr. Nicholes, und dann seufzte er und küßte sie. Seine Lippen hatten einen süßen, öligen Geschmack. Benommen dachte Mary an Ringelblumen mit ihren flammenden Stellen in der Mitte.

Die Haustür fiel mit einem Knall ins Schloß. Mr. Nicholes trat von ihr weg und machte den Kühlschrank auf. «Möchtest du jetzt eine Cola, Mary?»

Er hielt ihr die feucht beschlagene Flasche hin, und aus alter

Gewohnheit, jahrelang eingeübt, gab sie höflich zurück: «Nein, danke.» Ein Schauder durchlief sie, und sie stürzte aus der Küche. Im Flur setzte Bobby gerade den Helm ab.

«Grüß dich», sagte er. «Bist du auch gerade gekommen? Was ist denn los? Du siehst so komisch aus.»

Sie lächelte ihm wie betäubt zu, ging hinaus und machte die Fliegengittertür sorgfältig hinter sich zu.

An diesem Abend aß Mary mit ihren Eltern im *Chinarestaurant zur Porzellanpuppe.* «Nehmen wir heute doch Frühlingsrolle und süßsaure Rippchen», sagte ihr Vater. Er und ihre Mutter besprachen, was sie bestellen wollten. «Hast du Lust auf Frühlingsrolle, Mary?» fragte ihre Mutter.

Und ihr Vater fügte scherzhaft hinzu: «Sie sieht selbst wie eine kleine Frühlingsrolle aus. Aber sag ihr nicht, daß ich das gesagt habe!»

Ihre Mutter lachte und gab ihrem Vater einen Klaps auf die Hand. «Also, Poppy!»

Es war, wie es immer war. Wie es immer schon gewesen war. Aber Mary kam sich so merkwürdig vor. Das Licht im Restaurant war seltsam, ein wenig grünlich, so als ob sie sich alle unter Wasser befänden. Und Mary fühlte sich schwer, geradezu erschöpft, als wäre sie schon eine lange Strecke durch trübe Fluten geschwommen. Wenn ihre Mutter wüßte, was Mr. Nicholes getan hatte, würde sie bereitwillig mit Fäusten auf ihn losgehen. Um Mary zu verteidigen, würde sie ihm die Haare ausreißen oder die Augen auskratzen. Und was hab *ich* zu meiner Verteidigung getan? dachte Mary. Die Frage überraschte sie und ließ ihr Herz aufgeregt klopfen.

«Ißt du deinen Reis noch auf, Mary?»

«Noch Tee, Mary? Das war aber gut!»

«Ja ... ja ...» murmelte Mary. Die Luft war so dick und grün, ja, ganz so wie Wasser ... und ihr wurden die Arme so schwer ...

Sie schwamm mit kräftigen Zügen, als ein Frosch – ein ganz gewaltiges, häßliches Tier – zu ihr stieß und neben ihr herschwamm. Der Frosch hatte gelbe Glotzaugen, mit denen er sie dreist ansah. Erkennst du mich denn nicht, Mary? fragte der Frosch. Du lieber Himmel, es war Mr. Nicholes!

«Jetzt kommen die Kekse mit den Weissagungen», rief ihre Mutter. «Hört ihr auch alle zu? Das ist mir das Liebste am ganzen Essen.» Sie fummelte ein bißchen herum und brach dann die mürbe Hülle durch.

Der Frosch kam Mary hinterher, als sie ans Ufer stieg. Geh weg, sagte sie. Hau ab! Verschwinde! Du bist häßlich. Aber der Frosch blieb bei ihr, sah sie aus gelben Augen an. Plötzlich sprang er auf sie los. Mary war überrumpelt, reagierte aber schnell und wich ihm gewandt aus. Der Frosch sprang sie wieder an. Also nein, das läßt du bleiben, sagte Mary. Und sie machte einen Satz in die Luft und landete entschlossen mitten auf dem Frosch. Mary, Mary, gurgelte der Frosch, Hilfe, Mary, du zerdrückst mich! Mary . . . Mary . . . Ma . . . r . . . y . . .

Ihr Vater stieß sie an. «Lies deine Weissagung, Schatz.»

Mary faltete das Papierchen auseinander. «Geduld. Mit der Zeit wird aus Gras Milch.»

«Na, das ist ja fein, aber nur dann, wenn man auch wirklich Milch haben will», sagte ihr Vater. Er und ihre Mutter lachten vergnügt über seinen Scherz.

Und Mary, die zwischen ihnen hin und her sah, dachte: Soviel Traurigkeit in allem. Soviel Traurigkeit in allem. Sie wußte nicht, wo dieser Gedanke herkam, wußte nur, daß ihr alles weh tat, ihrer Eltern wegen. Sie hatte sie so lieb und liebte sie doch nicht mehr so, wie sie es früher getan hatte. Das konnte und wollte sie nicht mehr, nie wieder. Und auch um ihrer selbst willen tat ihr alles weh. Daß sie immer noch fünfzehn war – ach! Immer noch fünfzehn zu sein!

Zu Hause machte sie in ihrem Zimmer die Tür zu, nahm die Schere, säbelte gnadenlos drauflos und schnitt sich die Haare. Schnitt all die langen, dunklen, seidigen Strähnen ab, bis sie in kleinen Häufchen um sie herum auf dem Boden lagen und ihr Gesicht zum Vorschein kam. Zwischen ihr und der Welt war nun nichts mehr als ein strubbeliger Haarschopf.

Avie liebt Ric – *forever*

Lieber Stephan,

Du kannst es zwar nicht wissen, aber das ist der fünfundzwanzigste Brief, den ich Dir schreibe. Jawohl! Fünfundzwanzig Briefe, die Du nie bekommen hast. Ich sehe es so richtig vor mir, wie Deine Augen vor lauter Gier nach diesen fünfundzwanzig Briefen ganz dunkel werden. Und lange Briefe obendrein! Es ist eine elende Plackerei für mich, einen Aufsatz schreiben zu müssen, aber wenn ich hier in meinem Zimmer in der gemütlichen Ecke am Schreibtisch sitze, dann ist das etwas ganz anderes. Da schreibe ich Seite um Seite voll. Und hinterher geht es mir auch jedesmal besser – jedenfalls für kurze Zeit, bis die Traurigkeit wiederkehrt.

Es ist nämlich traurig, Dir zu schreiben, lieber Stephan, und gleichzeitig zu wissen, daß Du meinen Brief niemals lesen wirst. Dabei wäre es doch so schön, wenn das ginge. Ich wünsche mir das ganz eigennützig, für mich, weil Du dann über meine tiefinnersten Gefühle Bescheid wüßtest. Aber es gibt dafür auch noch einen anderen Grund, und zwar den, daß Du Dich immer so freust, fast schon triumphierst, wenn Du Post bekommst. Aha! Ein Brief! Du hältst ihn hoch, schwenkst ihn wie eine Fahne. Das habe ich schon hundertmal an Dir beobachtet. Ich dagegen würde ein richtiges Gespräch von Angesicht zu Angesicht tausendmal vorziehen. Oder, als zweitbestes, einen schönen langen Schwatz am Telefon.

Wenn das so ist – wunderst Du Dich da jetzt nicht, warum ich Dir vierundzwanzig Briefe geschrieben habe und gerade beim fünfundzwanzigsten bin, obwohl ich Dich doch täglich sehe und auch jederzeit einfach den Hörer abnehmen und Dich anrufen könnte? Und wieso Du keinen der Briefe jemals erhalten wirst? Ein Rätsel, Stephan!

Du hast mich mal gefragt: «Richie, wie kannst du nur all diese mistigen Krimis lesen?» Ich habe mich ganz schön darüber geärgert, wenn Du Dich noch daran erinnern kannst, und hab Dir gesagt, daß *ich* nicht begreifen könnte, wieso Du diesen ganzen Science-fiction-Mist liest.

«Darin steckt zumindest noch ein Hauch von Geist», hast Du in Deinem hochnäsigsten Professorentonfall gesagt. Um Frieden zu schließen, haben wir uns schließlich darauf geeinigt, daß wir uns in bezug auf unseren Lesestoff nicht einigen können. Als ob wir uns über nichts anderes uneins wären! Ich könnte ohne weiteres eine Liste mit fünfzig Dingen zusammenstellen, bei denen wir völlig gegensätzliche Ansichten haben. Angefangen damit, daß Du ein richtiger Sonnenanbeter bist, über Essen, Filme und Kleidung bis hin zu Leuten, Politik und ob die Schülermitverwaltung tatsächlich Einfluß nehmen kann. (Ich stimme mit Ja, Du mit Nein.)

Und in noch einem Punkt gehen unsere Ansichten auseinander – Du kommst gern ohne Umschweife zur Sache. «Komm zur Sache, Richie!» ist eine Deiner bevorzugten Redewendungen. Ich hingegen tue nichts lieber, als vom Thema abzuschweifen und mich in all den kleinen, interessanten Details zu verlieren. Und gib's nur zu, mein lieber bester Freund, daß Du Dich bei meinen weitschweifigen Geschichten schon oft köstlich amüsiert hast.

Voriges Jahr bei unserem Camping-Wochenende hast Du es sogar ausgesprochen: «Was wären diese beiden Tage, Richie, ohne deine endlosen Geschichten?»

Von dem «endlos» war ich weniger entzückt, aber Du hast beteuert, daß Du's als Kompliment gemeint hättest. Und Du hast mir von Scheherazade erzählt, die sich Nacht für Nacht mit ihren Geschichten das Leben rettete. Jeden Abend ließ der König, der sie eigentlich hinrichten lassen wollte, sie doch am Leben, damit sie in der folgenden Nacht weitererzählen konnte.

Das restliche Wochenende über warst Du der König, und ich war «Zady» und hab Dich nur noch mit «Kingy» angesprochen. Stev – Stephan, weißt Du noch? Wir haben so viele guten Zeiten zusammen erlebt, und ich kann mich noch an fast alles erinnern. Ich weiß, daß *Du* Dir alles merkst, was Du je gelesen hast, und überhaupt alles, was mit Schule und Lernen zu tun hat. (Ich behalte davon so wenig wie möglich. Wie kommt es, daß die Schule Dir nicht langweilig wird?)

Übrigens hast Du hoffentlich gemerkt, wie sorgfältig ich darauf bedacht bin, Dich mit Deinem richtigen Namen anzureden und nicht mit dem altvertrauten, nachlässigen «Stevie». Es kostet mich allerhand Mühe, Dich nicht Stevie zu nennen, aber da Du Deine diesbezüglichen Wünsche so klar und deutlich geäußert hast...

«Ich bin siebzehn, verdammt noch mal!» hast Du am Samstag gesagt, «und Stevie hört sich so schätzungsweise nach sieben an.»

Natürlich habe ich daraufhin das Diskutieren angefangen. «Nein, gar nicht wahr, so *heißt* Du eben.»

«Es ist eine Verkleinerungsform», hast Du gesagt. «Sie bedeutet *Klein* Steven. Wer kann so was schon brauchen?»

Da hab ich dann den Mund gehalten, weil ich ja weiß, was für ein wunder Punkt Deine Körpergröße bei Dir ist. Dabei bist Du doch gar nicht klein. Lieber Himmel, Stephan, einssiebzig ist ja wohl nicht klein. Aber na ja, ich weiß, wenn der Vater fast einsachtzig ist und der Bruder auch – und wenn dann, was alles noch viel schlimmer macht, ich mit meiner Länge von sogar noch etwas über einsachtzig daherkomme... Ja, ich kann Deine Einstellung verstehen.

Ist Dir eigentlich klar, Stephan, daß kaum eine Woche vergeht, ohne daß mich irgend so ein idiotischer Witzbold fragt, wie die Luft da oben ist? Oder ob ich freundlicherweise mal eine Wettervorhersage machen würde, wo mein Ohr doch so nahe an Gottes Mund ist? Und da wir gerade beim Thema sind, will ich Dich an dieser Stelle dazu beglückwünschen, daß Du der einzige Mensch auf der ganzen Welt bist, der sich noch nie dazu berufen fühlte, einen Kommentar über meine Größe abzugeben. Und das schließt auch meine liebe Mutter mit ein, die mir gegenüber ständig aufmunternde Bemerkungen fallenläßt – «Große Mädchen sind etwas Herrliches» ist ihr Lieblingsspruch, und dazu knallt sie mir ihren Ellbogen ins Kreuz, damit ich mich auch ganz bestimmt gerade halte.

Heute abend allerdings hat sie wieder mal davon angefangen,

daß ich unbedingt, unbedingt, *unbedingt* meinen Notenschnitt halten muß, wenn ich aufs College will.

Wenn ich noch einmal etwas von Schülern höre, deren Leistungen hinter ihren Fähigkeiten zurückbleiben, dann glaub ich wirklich, daß ich losschreie. Oder das ganze verdammte Ding in die Luft sprenge. Was, Du hast noch nie von dem Leistungszug gehört, bei dem man den Anschluß nicht verpassen darf? Das ist doch das große Steckenpferd des Gouverneurs – er hat schon Millionen dafür ausgegeben. Es ist mir nur ein Rätsel, warum alle Welt findet, ich würde dem Anschlußzug hinterherhinken.

Wieso können sie denn alle miteinander nicht begreifen, daß das, was ich tue, für meine eigenen Bedürfnisse ausreicht? Du weißt ja, daß ich davon träume, Meeresbiologin zu werden. Aber das erzähle ich gar nicht erst, weil dann doch nur das große Geschrei losginge. Du, Richie, mit deinen Noten, die gerade nur so lala sind, und mit deiner laschen Einstellung der Schule gegenüber!

‹Jetzt hört doch mal her›, sollte ich sagen. ‹Ich lerne das, was ich brauche, und alles übrige kann mich mal!› Wenn sie sich nur mal die Mühe machten, der Sache ein bißchen genauer nachzugehen, dann würden sie merken, daß meine Noten in den naturwissenschaftlichen Fächern völlig in Ordnung sind. Ich lasse nur in den Fächern nach, die mir völlig Wurst sind. Und warum auch nicht? Wo steht denn geschrieben, daß jeder alles lernen muß? «Aber du könntest soviel besser sein», sagt meine Mutter. Und Mr. Pickering, unser lieber Studienberater, hustet und sagt: «Ähem, Disziplin ...» – «Ähem, die richtige Einstellung zum Lernen ...» – «Ähem, bei allem, was man tut, lohnt es sich, das auch wirklich gründlich ...»

Na schön! Heute abend habe ich meine Schularbeiten gemacht. Anstatt mich mit Geschichte zu befassen, denke ich jetzt aber lieber an den nächsten Monat, wenn Du und ich wieder zu unserem großen Camping-Wochenende aufbrechen werden. Obwohl wir das nun schon seit sechs Jahren machen (und es immer überlebt haben), kann ich schon voraussehen, daß uns wie üblich alle Welt für verrückt erklären wird, weil wir Ende Mai zelten gehen wollen, wenn auf dem Waldboden noch mit Schnee gerechnet werden muß.

Im allerersten Jahr, als wir unsere Campingpläne schmiedeten, wollten wir im *März* aufbrechen. Da haben unsere Eltern natürlich quergeschossen. Wir würden uns unsere zarten kleinen Hintern abfrieren! Wir würden uns erkälten! Wir wären zu bibbernden Mumien gefroren, wenn sie uns abholen kämen! Unsere drei Elternteile bildeten gemeinsam eine Front, und zwar gegen uns! Wir haben das als unerlaubte Bandenbildung bezeichnet, aber da wir erst elf waren, beugten wir uns der Übermacht. Unser Campingausflug fand erst im Mai statt, und seither sind wir jedes Jahr am Wochenende vom Memorial Day* ...

Ist ja gut! Ich kann richtig hören, wie Du Dich räusperst und damit genauso deutlich wie mit Worten zum Ausdruck bringst: «Richie, komm zur Sache.»

Es geht um folgendes: Wieso habe ich Dir vierundzwanzig Briefe geschrieben und schreibe jetzt den fünfundzwanzigsten?

Zunächst mal habe ich Dir das alles schon in mindestens einem Dutzend von diesen nicht abgeschickten Briefen erzählt, aber ich schreibe es jetzt noch mal. Und außerdem bin ich fest entschlossen, ernsthaft darüber nachzudenken, ob ich Dir diesen Brief, wenn ich alles dargelegt habe, diesmal nicht vielleicht doch zuschicken soll, anstatt ihn zusammen mit all den anderen in meinem Schreibtisch einzuschließen.

Hört sich das ebenfalls reichlich sonderbar an? Den Brief *zu schicken?* Mir die ganze Mühe zu machen, die Straße hinunterzugehen und den Brief im Kasten an der Ecke einzuwerfen und dabei Gefahr zu laufen, daß er beim Transport in der Postkutsche verlorengeht und niemals ankommt? All das, wo ich doch nur ganz einfach quer über unseren Rasen laufen müßte? Ein Sprung über die bleichsüchtige Hecke, die meine Mutter angepflanzt hat – und ich könnte den Brief ohne jeden Unsicherheitsfaktor durch den Metallschlitz an Eurer Haustür stecken.

Nein, Stevie, wenn ich mich dazu aufraffe, Dir diesen Brief zu

* Erinnerungstag zum Gedächtnis der gefallenen Soldaten, 30. Mai.

schicken, dann soll das ganz ordnungsgemäß durch die Post der Vereinigten Staaten geschehen. Aus dem einfachen Grund, weil ich dann vielleicht nämlich gerade zur Stelle bin, wenn Du den Umschlag aufhebst. Ich könnte möglicherweise direkt danebenstehen, wenn Du vor Freude über den Brief durch die Zähne pfeifst. «Von wem mag der wohl sein?» wirst Du sagen und ihn von allen Seiten betrachten. Du machst ihn bestimmt nicht sofort auf (so wie ich es tun würde); statt dessen wirst Du ihn gegen das Licht halten (wirst Du meine große, schlampige Schrift erkennen?), die Briefmarke genau in Augenschein nehmen – kurz gesagt, Du wirst Dir Zeit damit lassen (so wie Du es mit fast allem tust), während ich vor Ungeduld an allen Gliedern zittern werde.

Es ist zum Wahnsinnigwerden, wie Du alles bis zum letzten auskostest! Ob das nun ein Eis ist, ein Buch oder ein Brief – Du reißt Dich am Riemen und schlingst es nicht einfach hinunter. In dieser Hinsicht bist Du sehr diszipliniert, während ich in solchen Dingen lasch bin. Einmal, als ich mein Eis mit zwei Happen verputzt hatte, hast Du gesagt: «Richie, mach langsamer, dann hast du mehr davon!»

Ja, das will ich doch auch! Aber bis jetzt habe ich noch nicht herausgefunden, wie ich das hinkriegen soll. Ich neige eben in allem zum Überschwang. Wir sind grundverschieden, Stephan, von A bis Z, aber ich habe so eine Hoffnung in mir, daß wir in einem Punkt... Und darum geht es in diesem Brief, um diesen einen Punkt, aber ich schaffe es einfach noch nicht, es frei heraus zu sagen. Kannst Du's erraten, Stevie? Bitte versuch's! Hier, ich gebe Dir auch einen Tip.

Es stimmt, daß wir in unserem Wesen, unserer Art zu denken und vom Charakter her völlig verschieden sind. Und doch sind wir einander so nahe, daß wir zusätzlich zu der Ausstrahlung, die jeder von uns für sich besitzt, noch etwas anderes haben, was ich als «dritte Aura» bezeichne. Du hast mir mal gesagt, daß wir manchmal angestarrt werden, weil bei uns wie bei Dick und Doof der eine große ist und der andere klein, wobei die Größenverteilung aber nicht den Erwartungen der Leute entspricht. Ich habe dafür eine andere Erklärung. Ich glaube, daß es an unserer dritten Aura liegt. *Deshalb* fallen wir auf, weil das so etwas Seltenes ist.

Ach, mach nur, lach mich aus. Ich weiß, Du glaubst nicht an solche Sachen, aber ich schon – an ein anderes Leben, Wiedergeburt und an Ausstrahlung. In meinen Augen ist das alles ein Teil von Gott und der Liebe und...

Lieber Stephan,

ich hatte keine Gelegenheit mehr dazu, den letzten Brief zu Ende zu schreiben, und ich habe es mir zur Regel gemacht (vielleicht eine blöde Regel, aber weil es *meine* blöde Regel ist, versuche ich trotzdem, mich daran zu halten) – ich habe es mir also zur Regel gemacht, einen Brief an Dich entweder am selben Tag fertigzuschreiben, an dem ich ihn angefangen habe, oder ich fange das nächste Mal, wenn ich in Schreibstimmung bin, einen neuen Brief an.

Der Grund dafür ist, daß meine Gefühle von einem Tag auf den anderen oft gar nicht mehr vorhanden sind. Ach nein, nicht bei den großen, wichtigen Gefühlen, aber bei den kleinen Dingen, die man so empfindet – Stimmungen, Sorgen, Ärger und so weiter. Du würdest Dich wundern, wie viele Briefe ich Dir schon im Zorn geschrieben habe. Weil Du selbst so selten auf jemanden zornig wirst, bist Du immer erstaunt, wenn ich ausflippe.

Jedenfalls, gestern kam meine Mutter so gegen Mitternacht zu mir herein, höchst überrascht. «Richie, wieso bist du so spät noch auf?»

Ich habe den Brief mit meinem Arm zugedeckt und dabei etwas von einem Englischreferat gemurmelt. Das war natürlich genau die richtige Antwort. Aber heute abend habe ich ein Handtuch unten vor den Türschlitz gelegt, damit das Licht nicht zu sehen ist.

«Gute Nacht», hat mir meine Mutter zugerufen, als sie an meinem Zimmer vorbei zu ihrem Schlafzimmer ging.

«Gute Nacht, Mama», sagte ich und hörte mich sehr schläfrig an.

Aber in Wirklichkeit war und bin ich überhaupt nicht schläfrig. Ich habe schon gemerkt, daß ich in manchen Nächten erst dann für den Sandmann bereit bin, wenn ich vorher an Dich geschrieben habe. Manchmal nur eine kurze Mitteilung, wie zum Beispiel die folgende:

Lieber Stevie, ich liebe Dich.

Und das ist der Kernpunkt des Briefs, den ich gestern abend nicht mehr zu Ende geschrieben habe, Stevie. Ich schreibe es noch mal, weil es ja nie so weit kommen kann, daß ich es laut ausspreche, es Dir einfach so ins Gesicht sage, auch wenn ich noch so oft davon träume.

Lieber, lieber Stevie, liebster Stephan, ich liebe Dich.

Und nachdem ich das nun hingeschrieben habe, nachdem ich – in Deiner Ausdrucksweise – zur Sache gekommen bin, will ich nichts anderes mehr schreiben. Gute Nacht, Stevie.

Stevie!

Ehrlich, Deine Karens und Kims und Kathis stehen mir bis *hier*. Was hast Du nur immer mit Mädchen, deren Namen mit *K* anfangen? Ist Dir eigentlich klar, daß Du in den letzten zwei oder drei Jahren *jedes Jahr* mindestens von einer und manchmal auch von zwei oder drei großen romantischen Gefühlsanwandlungen befallen wurdest? Und ich Glückspilz kriege dann sämtliche Einzelheiten zu hören. Wie Dir Kay zum erstenmal aufgefallen ist, was an Kitty eine so elektrisierende Wirkung auf Dich hatte, und was meinst du, Richie, sollte ich Karen mal anrufen oder doch lieber warten, bis wir uns ganz von selbst über den Weg laufen, aber andererseits – und so weiter, und so fort...

Ich habe das Ganze oft genug mit Dir durchgemacht, Stevie, um den Ablauf schon auswendig zu kennen. Und ich gebe zu, daß ich bis vor kurzem meinen Spaß daran hatte, Deine Bundesgenossin und Vertraute zu sein. Warum auch nicht? Ich wußte ja, daß höchstwahrscheinlich sowieso nichts draus werden würde. Und *wir* würden so weitermachen wie immer.

Aber jetzt haben wir den neuesten Fall – Katherine, wenn's recht ist –, und ich bringe Deinem Liebesleben gegenüber nicht mehr soviel Toleranz und Freundlichkeit auf, Stevie. Wenn Du nur wüßtest, wie gerne ich Dir gesagt hätte, Du solltest still sein, doch bitte endlich die *Klappe halten*, als Du heute auf dem Schulweg ohne Punkt und Komma immer nur von Katherine Ritter geredet hast.

Katherine mit den dicken Zöpfen. Katherine, die Du plötzlich heiß verehrst (aus der Ferne, versteht sich!). Und ob ich Katherine kenne (ja), die schöne Katherine, die entzückende Katherine? Und habe ich zufälligerweise sogar irgendwelchen Unterricht mit ihr zusammen? Und was dann als nächstes kam, hättest Du mir gar nicht erst sagen müssen! Ob ich vielleicht bei Gelegenheit mal mit ihr reden könnte und ... Ich hab kaum noch zugehört. Ich wußte genau, worum Du mich bitten würdest. Schließlich verlangst Du ja auch nie sehr viel – ein bescheidenes Anliegen. Und es hat mir nie etwas ausgemacht, Dir entgegenzukommen – ganz im Gegenteil. Du willst ja auch nichts weiter als einen kleinen Bericht über Deine Katherine oder Kim oder Kay. Ob Du ihr schon aufgefallen bist? Ob Du Chancen bei ihr hast und so weiter? Mehr wolltest Du auch heute nicht.

Du hast Deine verdammte Bitte vorgebracht und dazu ein so liebes Gesicht gemacht, daß ich mich nur noch mehr in Dich verliebte. Das habe ich Dir ganz furchtbar übelgenommen. Wie kommst Du dazu, mich so anzusehen und dabei von einem anderen Mädchen zu reden?

Zum Teufel damit, Stevie! Zum Teufel damit! Ich lege mein Amt als Deine allzeit bereite Lebensberaterin nieder und auch meine Funktion als Dein getreuer Adjutant und als Dein braver, blöder Wauwau, der seine Pflicht tut und sich dann seine Belohnung abholen kommt – einmal den Kopf getätschelt und einen Hundekuchen dazu. Red gefälligst selber mit Deiner Katherine!

PS: Deine Zeitplanung ist zum Kotzen! Für jemanden, der so gescheit ist wie Du, bist Du unglaublich dumm. Ist Dir denn nicht mal für eine Sekunde aufgegangen, was Du mir damit antust? Wenn ich es nicht besser wüßte, würde ich Dich glatt für einen

Sadisten halten. Ist Dir klar, daß wir gerade auf die Eisenbahnüberführung zugingen und Du mir ausgerechnet zu diesem Zeitpunkt von Deiner neuesten Liebe erzählen mußtest?

Hast Du's jetzt kapiert, Stevie? Ich konnte nicht mal mehr sprechen, weil ich das heulende Elend kriegte, und alles wurde nur noch schlimmer, als ich zufällig nach oben schaute, während Du gerade den Namen Deiner kostbaren Katherine vor Dich hinhauchtest, und da stand AVIE LIEBT RIC – *FOREVER* über uns auf der Überführung. Natürlich hatte ich die Inschrift auch schon früher gesehen! Schon hundert-, nein: tausendmal da oben in ihrer ganzen häßlichen, knallroten Sprühlack-Pracht. Wir beide haben sie gesehen und darüber gelacht und herumgerätselt, wie diese unbekannte liebeskranke Avie das wohl hingekriegt hat – hing sie dabei kopfunter von der Brücke und hat sich mit den Zehen festgekrallt? Baumelte sie unter einem Hubschrauber? Oder hat sie es von einer überdimensionalen Riesenleiter aus gemacht?

Wir kamen uns sehr witzig vor, wirklich pfiffig, wie wir uns darüber lustig machten, daß jemand so plump und naiv und albern sein konnte – (und auch unsozial, haben wir uns gegenseitig mit ehrbarer Entrüstung vorgehalten. Also so was, Inschriften an öffentliche Brücken zu sprühen! Ts! Ts! Ts!). Wir haben uns nicht klargemacht, daß Avie Qualen ausgestanden haben mußte und daß sie etwas Heroisches und Bewundernswertes tat, als sie aller Welt und auch Ric (wer immer das auch sein mag – bestimmt irgend so ein beschränkter Knabe, der nicht weiter sieht, als seine Nase reicht!) ihre tiefsten Gefühle offenbarte.

Ja, Avie, wer immer Du bist – ich zieh den Hut vor Dir! Ich wünschte nur, ich hätte soviel Mut wie Du!

Lieber Stevie,

bist Du nun zufrieden? Freust Du Dich jetzt, weil ich Dir Informationen über Katherine gebracht habe? Nichts Weltbewegendes, das gebe ich ja zu, aber jetzt weißt Du ein bißchen mehr über sie. Sie spielt Tennis, hat zwei Brüder und möchte aufs Smith-College gehen. Vornehm, vornehm! Ich habe einfließen lassen, daß wir beide, Du und ich, zur staatlichen Uni gehen werden. «Soviel ich gehört habe, soll sie sehr gut sein», sagte sie mit einem reizenden demokratischen Lächeln.

In diesem Augenblick hätte ich ihr freudigen Herzens auf ihr zierliches Oberschicht-Füßchen treten können – oder gleich auf alle beide, in der innigen Hoffnung, daß sie für den Rest ihres Lebens humpeln würde. Davon habe ich Dir aber nichts erzählt, Stevie, nicht wahr? Ich habe auch nichts darüber verlauten lassen, daß ich bei dem reizenden, reizenden Lächeln Deiner schönen Katherine die Wände hochgehen könnte. (Ich erkläre es hiermit zum Grundgesetz, daß sich Mädchen *nie* reizend geben dürfen, während Jungen sich *immer* darum bemühen sollten! Dann würde es in der Welt vielleicht mal vernünftiger zugehen.)

Außerdem, Stevie, habe ich Dir nicht erzählt, daß die schöne Katherine eine charmante Bemerkung über mich und meinen «kleinen Freund» fallenließ. Das bist Du, Stephan. An dieser Stelle wäre es mir eine wahre Wonne gewesen, ihr nicht nur alle zehn Zehen zu zerquetschen, sondern ihr zusätzlich noch ans Schienbein zu treten.

Was ich sonst noch in Erfahrung gebracht habe? Nicht allzuviel, außer daß es eine Deiner schlimmsten bisherigen Geschmacksverirrungen ist, Dir diese Katherine als Schwarm oder für eine Romanze auszusuchen. Ich jedenfalls weigere mich, für so etwas das Wort *Liebe* zu verwenden! Und falls Dir in meiner Hörweite jemals dieses Wort in Zusammenhang mit einem Deiner *K*-Schätzchen über die Lippen kommen sollte, Stevie, dann nimm Dich nur ja in acht! Ich bin durchaus dazu fähig, etwas ganz Schreckliches zu tun.

Lieber Gott, Stevie, was ist bloß los mit Dir? Siehst Du denn nicht, wie mir zumute ist? Und warum empfindest Du für mich nicht dasselbe wie ich für Dich? Vielleicht sollte ich statt dessen lieber fragen, was mit *mir* los ist. Bin ich Dir zu riesenhaft, zu unförmig, Stevie? Kann es wirklich meine Körpergröße sein, die zwischen uns steht? Meine langen Beine, mein hoher Wuchs, meine Amazonengestalt?

Ach, das ist Quatsch, was ich jetzt daherrede. Soviel ich weiß, hat Dir meine Länge noch nie etwas ausgemacht. Mache ich mich mit meiner Liebe zu Dir lächerlich? Es stimmt, ich bin aus dem Gleichgewicht geraten und weiß nicht mehr weiter – ich möchte den Grund dafür finden, warum Du mich nicht so liebst wie ich Dich, während ich doch die ganze Zeit weiß, daß solche Sachen nichts mit logischen Gründen zu tun haben. Entweder man hat jemanden lieb oder eben nicht, und damit hat sich's.

Ach, Stevie! Mit dieser Feststellung schneide ich mir selbst ins Herz. Ich sehe schon, Du wirst mich nie lieben. Wie könntest Du, wo Du doch auf zierliche kleine Katherines fliegst? Igitt, Stevie! Wenn ich daran denke, dann nehme ich mir vor, Dich für immer und ewig in den Wind zu schreiben. Das sollte ich auch tun! Ich sollte es tun!

Ich wünschte nur, mir würde jemand mal sagen, warum ich so empfinden muß. Wieso muß ich Dich so lieben, daß mir alles weh tut, wenn ich morgens auf Dich warte und Du dann aus dem Haus gestürmt kommst, das Hemd zusammengeknüllt in die Hose gestopft und mit nassen Haaren vom Duschen? Ich kann Dir sagen, es ist unfair, daß ich solche Gefühle habe. Und das Schlimme daran ist – sie werden nicht erwidert.

Ich frag Dich noch mal: Woran liegt's? Warum nimmst Du mich nicht wahr? Ich bin doch da, direkt unter Deiner Nase. Nun ja, zumindest im übertragenen Sinn, denn eigentlich bist *Du* ja unter *meiner* Nase. Und damit wäre ich wieder am Ausgangspunkt – die große, hünenhafte Richie; das Monster; das Riesenweib; Richie, die Mißgeburt. Ja, eine Mißgeburt kann einen normalen Menschen lieben, aber kann ein normaler Mensch eine Mißgeburt lieben?

Jetzt gehe ich schlafen, und ich wünsche mir Träume, in denen Du nicht vorkommst! Ich brauche ein bißchen Frieden! Wenn Du mich nicht lieben kannst, dann scher Dich aus meinem Kopf und aus meinem Herzen. Gute Nacht!

Grüß Dich, Stevie!

Heute abend habe ich gute Laune, und zwar einzig und allein deshalb, weil es eine wunderschöne, vollkommene Nacht ist. Ich sitze am Fenster und schreibe und schaue zu Deinem Haus hinüber. Der Mond scheint auf Mamas armselige alte Hecke herab, und irgendwie ist alles genau richtig. Ach, Stevie, ist das Leben nicht wunderbar? Und ganz besonders heute, weil es nämlich genau zwei Monate her ist, seit mir klarwurde, wie es um mich steht. Das heißt, seit mir aufgegangen ist, daß meine Gefühle für Dich weit mehr als nur freundschaftlicher Natur sind. Ach, das war vielleicht ein Augenblick! So etwas war mir noch nie passiert, und ich rechne auch nicht damit, daß ich je wieder etwas Vergleichbares erleben werde.

In meinem Kopf strahlten nicht gerade lauter Lichter auf, und es durchfuhr mich auch nicht wie ein Blitzstrahl (heißt es nicht immer so, daß solche Dinge auf diese Weise passieren?). Statt dessen war es ein ganz normaler Nachmittag. Wir sind schon so lange miteinander befreundet, schon seit Jahren und Jahren, und doch hat dieser eine Nachmittag die ganze Welt für mich verwandelt.

Es war ein Nachmittag im März, und Deine Schwester hat Dich gefragt, ob Du auf Anita aufpassen würdest. Weißt Du noch? Nein, warum solltest Du? Für Dich war es so wie sonst, ein Fall von vielen, daß wir als Babysitter für Anita mit dem Bus in die Greene Street zu dem winzig kleinen rosa Haus Deiner Schwester fuhren.

Du warst ganz locker an diesem Tag. Ich auch. «Richie», hast Du zu meinem Fenster hochgeschrien, «komm mal runter.»

Ich war sowieso schon unten und trat vor die Tür. «Sei still, Stevie, du Brüllaffe. Was ist denn jetzt wieder?»

«Möchtest du heute nachmittag mit mir zusammen auf Anita aufpassen?»

«Hinterläßt Sharon dir die ganze Spüle voll mit schmutzigem Geschirr?» wollte ich wissen.

«Wie kannst du nur so argwöhnisch sein?» hast Du gefragt. «Komm schon, du hast doch sowieso nichts Besseres vor.»

Vor zwei Monaten. Am fünfzehnten März. Die Iden des März.

Es war warm für einen Märztag. Du hattest ein grünes T-Shirt an, auf dem *Schildkröten lieben mich* stand, und dazu gräßliche blaßrote Shorts, die Deinen kräftigen, schön behaarten Beinen aber nichts anhaben konnten.

«Willst du in diesem Aufzug weg?» hab ich gefragt.

«Was ist daran nicht in Ordnung?»

«Die Farben!»

Aber Du wolltest Dich natürlich nicht umziehen, und wir haben uns auf den Weg zu Deiner Schwester gemacht. Ach, Stevie, ist es nicht sonderbar, wie kompliziert und verworren es im Leben zugehen kann? Wie kaum mal etwas ganz einfach und gradlinig ist? Zum Beispiel möchtest Du kein Geld von Deiner Schwester, weil Du weißt, wie wenig sie und Randy haben. Andererseits würde sie Dich nicht mehr als Babysitter anrufen, wenn Du Dich nicht bezahlen läßt. Im Bus haben wir uns wieder einmal darüber unterhalten. Ich sagte: «Mach Sharon doch einfach klar, daß du kein Geld willst, es nicht brauchst und daher auch nicht annehmen wirst.»

«Sie meint, sie müßte sowieso jemanden bezahlen», hast Du gesagt. «Und weil es eine wertvolle Arbeit ist, sollte ich auch etwas dafür bekommen.»

In diesem einen Punkt zumindest sind wir uns einig – wir bewundern Sharon und Randy. Wie sie alles miteinander teilen, beide weiterstudieren, beide arbeiten, beide Anita versorgen und bei all dem dennoch kein Geld von Deinen Eltern annehmen.

Genau darüber haben wir gesprochen, als wir in die Bäckerei gingen. Die nette Frau mit der heiseren Stimme war wieder da. Sie stellt uns immer Fragen. Seid ihr neu hier in der Gegend? In welche Schule geht ihr? Seid ihr Geschwister? (Diese Frage mag ich am wenigsten.) Wir haben sie schon früher gesehen und sie als ein bißchen neugierig eingestuft, aber sie ist so nett und vergnügt dabei, daß man es ihr überhaupt nicht übelnimmt. Wir haben eine Eiskremrolle gekauft und sind dann wieder weitergegangen. Erinnerst Du Dich noch an diese Eiskremrolle, Stevie? Ich schon, denn als wir uns darüber hergemacht haben – Du, ich und Anita –, da habe ich's plötzlich *gewußt.*

Wir waren in der Küche, und Du hast Anita ein Stück abgeschnitten und vor sie hingestellt und gesagt: «Paß auf, Schätzchen, das ist kalt.» Und irgendwie – ich weiß auch nicht warum, Stevie, es war so ein ganz alltäglicher Satz –, aber wie Du das gesagt hast, so lieb und zärtlich, das hat mich dazu gebracht, daß ich aufschaute, Dich anschaute, und – na ja, da ist es eben plötzlich passiert.

Mein Herz fing tatsächlich an zu hämmern, so wie das immer in den Büchern steht, Stevie, und ich bekam feuchte Hände und spürte einen schmerzhaften und doch irgendwie wunderbaren Ruck im Bauch. Und ich habe mir nichts sehnlicher gewünscht, als mich vorzubeugen und die Arme um Dich zu legen und ... Ach, ich hätte Dich so gerne angefaßt, Stevie, Dich gedrückt und in den Armen gehalten, Dein Haar berührt und mir von Dir übers Haar streichen lassen.

Natürlich haben wir uns schon angefaßt! Beim Spielen früher haben wir uns kreuz und quer durch die Gegend geschubst, aber das war etwas völlig anderes. Es hat mich meine ganze Willenskraft gekostet, um vor der Eiskremrolle sitzen zu bleiben und mich nicht zu rühren. Ich war wie vor den Kopf gestoßen, konnte gar nicht glauben, was für Gefühle ich hatte. Dir gegenüber, Stevie, ausgerechnet *Du* – mein bester Freund, mein alter Freund, mein-Freund-der-aber-nicht-mein-*Freund*-ist (wie oft habe ich diese Erklärung schon abgeben müssen!), und plötzlich stand alles kopf.

«Richie ißt ihr Eis gar nicht» stellte Anita fest. Ihr Kinn war schokoladeverschmiert.

«Ach, Richie wird ihr Eis schon essen», meintest Du. «Und wenn du nicht aufpaßt, ist sie deins gleich mit, Nita.» Und Du hast gewaltige Schlinggeräusche von Dir gegeben, um sie zum Lachen zu bringen. «Richie ist eine richtige Freßmaschine.» Die übliche Neckerei wegen meines gewaltigen Appetits, aber mir wurde dadurch äußerst schmerzlich bewußt, daß ich das, was ich fühlte, ganz alleine empfand.

Damit habe ich mich jetzt selbst traurig gemacht. Ist das nicht seltsam? Es ist ja immer noch die gleiche wunderbare Nacht. Derselbe Mond scheint auf die kleine Hecke meiner Mutter herunter. Dein Haus ist nach wie vor da, und Du bist drin, und ich habe immer noch das Gefühl, daß es herrlich ist, am Leben zu sein, aber die Traurigkeit hat sich mit allem vermengt.

Gute Nacht, Stevie. Ob ich Dir wohl jemals etwas von alldem erzähle?

Lieber Stephan,

heute abend benutze ich diese Anrede nicht aus Rücksicht auf Deine Wünsche, sondern um auf Abstand zu gehen. Ich habe das Gefühl, daß unsere Beziehung sich verändert. Unsere Freundschaft muß neue Formen annehmen. Es kann einfach nicht mehr so weitergehen.

Ich habe versucht, Dir das heute zu sagen, aber entweder hast Du mich nicht verstanden oder nicht verstehen wollen. Oder, was wahrscheinlicher ist, Du hast mir einfach nicht zugehört. Warst in Gedanken bei Deiner neuesten Angebeteten, wo denn sonst! Und das ist haargenau der Kernpunkt – *so kann es nicht mehr weitergehen.* Was bin ich denn für Dich? Nichts weiter als ein williges Ohr, einen Meter achtzig groß?

«Ich geh rein und spiele Basketball», habe ich gesagt, weil wir gerade am Jugendzentrum vorbeikamen. Ich war ganz abrupt – bin ohne ein weiteres Wort einfach abgeschwenkt und in das Gebäude gelaufen, als würde dort jemand auf mich warten. In Wirklichkeit war die Sporthalle leer, und ich bin eine Stunde lang wie besessen herumgerast, hab gedribbelt und Körbe geworfen, bis mir der Schweiß runterlief und ich nicht mehr dauernd an Stephan und seine ekelhafte Liebe zu einem anderen Mädchen dachte.

Dieser Brief ist *an* Dich, aber er ist *für* mich. Ich muß Ordnung in meinem Kopf schaffen. Ich habe nämlich die Absicht, mit Dir zu reden, Stevie. Die Frage ist nur: Was soll ich alles sagen? Und wann? Und unter welchen Umständen?

Wir sind schon so lange miteinander befreundet, daß ich nicht einfach aufhören kann, mich mit Dir zu treffen (was mir am liebsten wäre), ohne daß von allen Seiten tausend Fragen kämen – von meiner Mutter, Deinen Eltern, Deinem Bruder und sogar von

Deiner Schwester, die das nächste Mal, wenn Du zum Babysitten kommst, unter Garantie fragen wird: «Und wo ist Richie, Steve?» Und dann wissen natürlich auch alle in der Schule, daß wir schon seit Urzeiten befreundet sind, angefangen von Szasz, Deinem lieben Lateinlehrer, bis hin zu unseren sämtlichen Freunden. Das gibt ein heilloses Durcheinander, wenn wir Schluß machen.

Aber ich bin trotzdem fest entschlossen. Ich werde der ganzen Sache ein Ende bereiten. Es tut zu weh, Dich Tag für Tag zu sehen. Soweit es möglich ist, will ich vergessen, daß es Dich überhaupt gibt!

Ja, ich bin sauer, und ich bin verwirrt und auch traurig. Ich hab gar nicht gewußt, daß man so viele Gefühle auf einmal haben kann. (Bei diesem Satz würde Mrs. Roran Krämpfe kriegen. Jedesmal wenn ich in einem Aufsatz schreibe, daß ich etwas «fühle» oder «empfinde», macht sie mir mit ihrem giftgrünen Stift einen Kringel darum.)

Gute Nacht, Stevie, nichts ist geklärt.

Lieber Stevie,

ich hab mich entschlossen.

Mir stehen zwei Möglichkeiten offen, und ich habe über beide lange und gründlich nachgedacht. Die erste Möglichkeit wäre, Dich zu vergessen. Na, und wie soll ich das machen? Genügt es schon, wenn ich's mir vornehme? Soll ich mir die Ohren verstopfen? Die Augen zuhalten? Mir die Zunge abschneiden?

Als zweite Möglichkeit könnte ich Dich abschieben. Dir ein für allemal sagen, daß ich genug davon habe, mir anhören zu müssen, wie Du von anderen Mädchen sabberst – als ob Du ein junger Hund wärst! «Ja», werde ich sagen, «unsere Freundschaft hat sich überlebt. Wir wollen dieser Richie-Stevie-Geschichte ein Ende setzen. Bleib du auf deiner Seite der Hecke, und ich bleib auf meiner Seite, dann werden wir schon lernen, ohne einander auszukommen. Für dich dürfte das sowieso nicht so schwierig sein», werde ich sagen und dabei einen möglichst sarkastischen Ton anschlagen. «Du hast ja so viele andere Interessen.»

Ich werde Dir gar nicht erst die Gelegenheit dazu geben, irgendwelche Einwände zu machen. So brutal wie möglich werde ich klipp und klar sagen: «Du bist mir langweilig geworden, Stevie. Also suchen wir uns grünere Weiden, alle beide.»

Ich sehe Dein Gesicht vor mir – zuerst ungläubig. Soll das vielleicht einer von Richies dummen Witzen sein? Allmählich wirst Du dann begreifen, daß ich's ernst meine. Du wirst wie vom Donner gerührt sein und dann tief getroffen. Ich kenne Dich, Stevie – als nächstes folgt dann ein fassungsloser Blick. Ein Blick, der besagt: Aber was habe ich denn getan, Richie?

Jetzt, während ich das hier schreibe, sehe ich noch eine dritte Möglichkeit. Die einfachste überhaupt: reinen Tisch machen. Alles offen eingestehen. Die Wahrheit sagen. Dir in die Augen schauen und es sagen. «Stevie, ich liebe dich.» Das wäre als Schlußpunkt für unsere Freundschaft doch ganz genauso wirkungsvoll, oder? Und warum nicht die Wahrheit? Muß ich mich für meine Gefühle denn schämen? Angst haben, daß Du mich auslachst? Daß Dir die ganze Sache peinlich ist? Daß Du Dich fragst, wie um alles in der Welt Du auf eine so gefühlsduselige Liebeserklärung reagieren sollst?

Wofür soll ich mich entscheiden? Einmal halte ich die eine Möglichkeit für die beste, dann wieder die andere. Ich komme mir wie der Königssohn in einem Märchen vor, der eine Probe bestehen muß. Welche Tür soll ich öffnen? Hinter welcher sitzt die Prinzessin, und hinter welcher lauert der Tiger? Aber eigentlich ist das auch egal. Denn für *mich* geht die Geschichte ohnehin so aus, daß ich vom Tiger gefressen werde.

Aber jetzt schleicht sich hinterrücks ein Gedanke bei mir ein ... flüstert mir ins Ohr: *Am besten entscheidest du dich für die Wahrheit, Richie, denn vielleicht ...*

Vielleicht *was?* Ach so, ich verstehe. Ich durchschaue den Trick. Reines Wunschdenken, Richie! Das ist idiotisch, Richie! Davon zu träumen, daß es Dich wachrütteln könnte, Stevie, wenn ich Dir sage, wie lieb ich Dich habe. Daß es Dir einen Ruck gibt und Du mich auf einmal so siehst, wie ich Dich an jenem Tag in Sharons Küche gesehen habe.

Ich merke schon, daß ich mir lieber selbst einen Brief schreiben sollte, und zwar mit diesem Wortlaut: *Liebe Richmond Parry, du dumme Kuh, wach auf und krieg endlich Durchblick. Mach die Augen auf. Hör auf zu träumen. Laß diese unmöglichen Gedanken fallen. Stell dich den Tatsachen. Stephan liebt dich nicht. Für ihn bist du etwas ganz Alltägliches. Er stützt sich auf dich. Er benützt dich, und ...*

Wenn ich mir das so formuliere, Stevie, dann merke ich, daß ich durchaus fähig dazu bin, Dich zu hassen. Und das ist nur gut. Wieso sollte ich auch nur *einen Ton* zu Dir sagen? Warum Dir die Befriedigung gönnen, über meine schmerzliche Liebe zu Dir Bescheid zu wissen? Weshalb sollte ich mich von Dir auslachen lassen? Nein, diese Wut in mir ist sehr viel besser. Jetzt im Augenblick, während ich das schreibe, fühle ich mich stark. Ja, und ich weiß, was ich tun werde. Kein Jammern, kein Klagen, kein Geflenne – nur die notwendigen Schritte unternehmen. Ja, ich habe einen Entschluß gefaßt, und das Urteil lautet auf Deine Verbannung aus meinem Leben. Ohne große Reden. Ich werde es einfach tun. Die Tatsachen für sich selbst sprechen lassen. Tschüs, Stephan!

Na schön, Steve, Du hast gewonnen. Wieder mal sitze ich hier und schreibe Dir einen von diesen Briefen, die niemals zugestellt werden. Ich will ihn ordnungsgemäß anfangen:

Lieber Stevie,

heute morgen bist Du mit marmeladegefüllten Krapfen zu uns gekommen, hast Dich am Küchentisch niedergelassen, drei Gläser Milch getrunken und gefragt: «Bist du krank, Richie? Wo warst du denn gestern? Und vorgestern? Was ist los? Hab ich dir was getan?»

Da war sie – die ideale Gelegenheit, Dir mitzuteilen, daß es mit unserer Freundschaft aus und vorbei ist. Und ich habe alles vermasselt. Ich sagte: «Äh, hm, nein, nein, hatte nur allerhand um die Ohren... murmel... murmel...»

Du siehst, erst klopfe ich große Sprüche, und dann entpuppe ich mich als Feigling. Im Unterschied zum standhaften Zinnsoldaten kann ich nicht zu einem zinnernen Herzen zusammenschmelzen, aber *mein* Herz ist dafür furchtsam und zaghaft. Ich bin die einsachtzig große Richmond Parry, die von aller Welt für ach-so-hart-im-Nehmen gehalten wird. Die Frau mit dem Herzen aus Stein, hast Du mich manchmal genannt, wenn Dich ein Film zu Tränen rührte, während ich von Anfang bis Ende mit trockenen Augen dasaß.

Wahrscheinlich würdest Du mir sowieso nicht glauben.

«Du, Richie? Du bist verliebt?» Die Frau mit dem steinernen Herzen verliebt? Vor lauter Staunen würde es Dir völlig entgehen, daß ich in *Dich* verliebt bin.

Ach zum Teufel, Stevie, ich geb auf. Diese Verrücktheiten habe ich hinter mir. Ich wollte mir selbst einreden, daß ich Dir für immer und ewig böse sein würde, während ich doch in Wirklichkeit *nie* lange sauer auf Dich sein kann. Nein, nicht mal dann, wenn wir richtig Krach hatten. Weil Du nämlich am nächsten Tag unter Garantie bei mir aufkreuzt und lächelst und Dein «Richie, du kannst doch unmöglich noch sauer sein»-Gesicht machst. Und ganz allgemein kriegst Du es so großartig hin, lieb und nett zu sein, daß ich mir wie die letzte Laus vorkomme, wenn ich weiterhin knurrig und fies bleibe.

Diesmal hat der Krach bloß in meinem Kopf stattgefunden, aber das Ergebnis ist das gleiche. Du gewinnst. Wir bleiben Freunde. Und ich gewinne dadurch wohl ebenfalls, denn ganz plötzlich bin ich wieder froh, und ich glaube, ich weiß jetzt ganz genau, was mit der Redewendung gemeint ist: «Die Hälfte ist immerhin besser als gar nichts.»

Lieber Stevie,

das ist mein letzter Brief an Dich. Ich schreibe ihn, wie schon so viele zuvor, für mich selbst, um diese fast unerträglichen Gefühle loszuwerden. Seit Stunden sitze ich hier und denke über das Wochenende nach und blicke trotzdem nicht durch. Deshalb hab ich mir gedacht, wenn ich es aufschreibe ... nicht in allen Einzelheiten, nur die wichtigsten Punkte ... vielleicht hilft das ja was.

Am Samstag sind wir früh am Morgen mit den Fahrrädern aufgebrochen, Rucksack auf dem Rücken, alles in schönster Ordnung. Eine dreistündige Radtour brachte uns zum Lombard Forest. Du hast ein bißchen geniest, und einmal ist mir ein Autofahrer zu dicht auf die Pelle gerückt, aber ansonsten war die Fahrt ereignislos verlaufen. Wir hatten nicht mal eine Fahrradpanne, womit wir eigentlich schon rechnen. (Ich hatte Werkzeug dabei.)

Im Wald dann das Übliche – hin zu unserem angestammten Zeltplatz (es war etwas enttäuschend, daß inzwischen andere hier gewesen waren und Bierdosen und Abfälle hinterlassen hatten). Wir räumten den Platz auf und stiegen dann den westlichen Wanderweg hinauf. So wie wir's jedes Jahr gemacht haben. Und genau wie in den früheren Jahren lag auch diesmal noch Schnee unter den Bäumen und weiter oben auch auf dem Weg. Es hat mir gutgetan, wieder mit Dir unterwegs zu sein.

Wir haben ein bißchen geredet, uns daran erinnert, was für Ängste wir früher ausgestanden hatten, daß wir auf Bären stoßen könnten. Im ersten Jahr damals waren wir ja noch Kinder und fuhren jedesmal entsetzt zusammen, wenn ein Backenhörnchen im Gebüsch raschelte. (Zu Hause haben wir dann natürlich wie verrückt angegeben. Wie kalt es gewesen war! Und wie finster in der Nacht! Wie viele Tiere sich an uns herangeschlichen hatten! Wie tapfer wir gewesen waren!)

Als wir von unserer Wanderung zurückkamen, hatten wir schon Appetit aufs Abendessen. Wieder das Übliche: Holz sammeln, Feuer machen, Essen kochen und dann auf gefällten Baumstämmen sitzen und aus unserem Camping-Blechgeschirr essen. «Nirgends schmeckt es so gut wie hier», hast Du gesagt. Das sagst Du jedesmal. Und ich sage dann immer: «Hier habe ich dreimal soviel Hunger wie zu Hause.»

Dann, genau wie jedes Jahr, saßen wir am Feuer, während die Dunkelheit sich herabsenkte, und sangen. Im ersten Jahr haben wir aus blanker Angst vor der Dunkelheit gesungen. Seither ist das bei uns zur Tradition geworden. Mir ist allerdings aufgefallen, daß Deine Stimme heiser war und nicht so kräftig wie sonst.

Es wurde sehr, sehr kalt. Wir mummelten uns in Jacken und Mützen ein und steckten die Hände in die Ärmel. Die Sterne kamen hervor. Eine eisige, funkelnde Nacht. Du hast mehrfach geniest, und schließlich holten wir unsere Schlafsäcke. Ich bin mit sämtlichen Klamotten hineingekrochen, und Du hast es genauso gemacht. Jeder lag auf seiner Seite vom Lagerfeuer. Wie still es doch war. Vollkommen still. Ich hatte das Gefühl, ich könnte die Sterne am Himmel scheinen hören.

Es wurde noch kälter. Ich rollte mich in meinem Schlafsack zusammen und zog mir die Mütze über die Ohren. «Das ist die kälteste Nacht, die wir je hatten», sagte ich. «Da bin ich mir ganz sicher.»

«Das g-g-g-glaub ich auch», sagtest du.

Ich dachte, du hättest absichtlich mit den Zähnen geklappert. Deshalb hab ich nur gelacht. Aber kurz darauf, als ich gerade am Einschlafen war, hörte ich dich sagen: «Richie ... bist du noch wach? Ich friere, mir ist so kalt ...»

Mir ging immer noch nicht auf, daß du krank warst. Ich habe irgendwas gemurmelt und bin wieder eingedöst. Als nächstes weiß ich erst wieder, daß du mich geschüttelt hast. «Richie. *Richie* ... Mir wird einfach nicht warm ...»

Du hattest deinen Schlafsack dabei, kamst aber wie ein Kind zu mir in meinen Schlafsack gekrochen, zitternd und mit klappernden Zähnen. «Mir ist so *kalt*», hast Du ganz kläglich gesagt. Ich breitete zusätzlich noch deinen Schlafsack über uns, damit wir es wärmer hatten. Du hast ständig weitergebibbert, bis ich die Arme um dich schlang und dich festhielt, und schließlich sind wir beide eingeschlafen.

Als ich wach wurde, warst Du schon auf, hast Feuerholz

hergerichtet und dabei völlig normal gewirkt. Ich setzte mich auf. «Steve? Alles in Ordnung mit Dir?»

«Ich bin ein bißchen wackelig, aber okay», hast Du gesagt.

Aber irgendwie war der Wurm drin. (Nein, mit Deinem Gesundheitszustand hatte das nichts mehr zu tun. Was immer Du Dir da eingefangen hattest, war schon wieder vorbei.) Du hast mich nicht angesehen. Du hast kaum einen Ton gesagt. Es kam mir so vor, als wolltest Du auf dem schnellsten Weg nach Hause. Als könntest Du es gar nicht mehr erwarten, unseren Ausflug abzubrechen. Klar, Du warst in der vergangenen Nacht krank gewesen, aber trotzdem – ich hatte das Gefühl, daß da noch mehr dahintersteckte ... Die Stunden, die Du so dicht neben mir zugebracht hast, Stevie, hat Dich das nun endgültig abgeschreckt? Liegt es daran? Du hattest genug von mir, und zwar mehr als genug, wie sich herausstellte.

Auf dem Heimweg (den wir mit Rücksicht auf Dich langsam angingen), hatten wir einander nichts mehr zu sagen. Wo wir doch sonst immer viel zuviel zu bereden haben! Was für eine Stille. Ach, das tat weh. Die ganze Rückfahrt über habe ich Selbstgespräche geführt. *Kapier doch, Richie, es ist totaler Blödsinn, so weiterzumachen. Wie oft willst du denn noch zum immer gleichen Ergebnis kommen? Es ist hoffnungslos, hoffnungslos ...*

Und so konnte es passieren, daß ich zu Hause, als sich unsere Wege gerade trennten, völlig unvermittelt sagte: «Steve, ich muß dir was sagen.»

Du hast dich noch mal umgedreht. «Ja?»

«Steve ...» Ich verschluckte mich, vergaß alles, und dann kam es heraus: «Ich liebe dich!»

Dieser Blick von Dir! War das Entsetzen, was ich auf Deinem Gesicht las? Ist es Dir so widerwärtig, daß ich Dich liebhabe? Bin ich so abstoßend? Ein solches Vieh? Ich geb mir alle Mühe, Dich nicht dafür zu hassen, Stevie, für Dein Schweigen und den Blick, mit dem Du meine Worte quittiert hast.

Ach! Das ist unfair – ich weine jetzt ... weine Deinetwegen ... Du mußt eine Phantasiegestalt von mir sein; ich muß mir meinen wunderbaren Stephan aus der Luft gegriffen haben. Wenn Du nämlich so wärst, wie ich dachte, hättest Du dann nicht *irgend etwas* gesagt? Auch wenn ich mich idiotisch aufgeführt habe – hättest Du nicht trotzdem merken müssen, wie sehr ich litt? Hättest Du mir nicht wenigstens mit ein paar Worten aus der Patsche helfen können? Mir über die Hand streicheln oder freundschaftlich den Arm drücken? Irgendwas! Irgendeine kleine Geste, mit der Du mir gezeigt hättest, daß Du ein Mensch bist, der mit anderen mitfühlen kann!

So aber hast Du mit diesem mörderischen Gesichtsausdruck ewig lange stumm dagestanden (es war vermutlich nicht länger als eine Minute, aber mir kam's wie Stunden vor), warst dann mit einem Satz über der Hecke, bist zu Eurem Haus gestürmt und hast unterwegs vor lauter Eile auch noch Deinen Schlafsack verloren.

Ach, daß unser Wochenende einen solchen Abschluß finden mußte – nein, nicht nur das Wochenende, sondern alles. Zunächst mal unsere Freundschaft – und dann auch noch meine Liebe zu Dir. Denn ich kann Dir versichern, Stephan, daß ich von jetzt an alle Anstrengungen unternehmen werde, um mich von Dir zu heilen.

Es ist aus und vorbei, Stevie. Und mir graut vor morgen früh. Mir graut ganz entsetzlich davor, denn so weh es auch tat, Dich heimlich zu lieben – Dich endgültig verloren zu haben, tut noch mehr weh. Weil keine Hoffnung mehr besteht.

Tschüs, Stevie.

Lieber Steve,

wie oft schon habe ich Briefe an Dich damit angefangen, daß ich schrieb: *Das ist der letzte Brief?* Also, das hier *ist* der letzte. Der Abschluß. Der eine Brief, den ich vielleicht (aber vielleicht auch wiederum nicht) an Dich abschicken werde. Mit diesem Brief will ich Dich fragen: Steve, wie konntest Du? Wie hast Du das gemacht? Du warst es doch, stimmt's? Oder ist es möglich, daß ich das falsch verstanden habe?

Heute morgen bin ich Dir erst mal aus dem Weg gegangen. Das war ganz leicht, weil Du mich genauso gemieden hast. Ich hab mich auf den Schulweg gemacht – oder vielleicht sollte ich besser sagen, daß ich losgeschlichen bin. Ich bin trübsinnig dahingetrottet und habe versucht, nicht an Dich zu denken, aber in Gedanken bin ich wieder und wieder diesen Augenblick durchgegangen, als ich mit der Wahrheit herausplatzte. Was ich gesagt habe, was Du daraufhin für ein Gesicht gemacht hast, wie mir zumute war, was Du getan hast – und so weiter. Und jedesmal fühlte ich mich dann noch elender und machte mir noch heftigere Vorwürfe.

Wieso konnte ich mich nicht damit zufriedengeben, alles beim alten zu belassen? Was war da nur in mich gefahren? Warum mußte ich alles ändern? Und damit das kaputtmachen, was wir hatten – unsere Freundschaft! Und nachdem ich nun dafür gesorgt hatte, daß wir nie wieder so unbefangen wie früher miteinander umgehen konnten, war mir ganz trostlos zumute. Ich fühlte mich einsam und verlassen und richtig schwach. Es kostete mich Mühe, auch nur einen Fuß vor den anderen zu setzen.

Ein Wagen fuhr vorbei.

«Richie!»

Das waren Jasper und Lucille. Ich grinste und winkte, blieb aber nicht stehen, damit niemand merkte, wie mir zumute war.

«Willst du mitfahren?» rief Jasper.

Noch mal Lächeln und Winken, und dann dampften sie wieder ab, verschwanden unter der Eisenbahnüberführung aus meinem Blickfeld. Und ich ging weiter, innerlich wie betäubt, ging den ganzen Weg bis zum Ende der Branden Street, und dann machte ich kehrt und rannte zur Eisenbahnüberführung zurück.

Ich hatte es gesehen, Stevie, hatte gesehen, was Du gemacht hast, aber ich hatte es trotzdem nicht wahrgenommen, hatte die Worte nicht erfaßt. Die Änderung war durch den Nebel in meinem Kopf nicht hindurchgedrungen.

Aber am Ende der Branden Street klickte es bei mir, und ich lief zurück. Dabei habe ich mir den ganzen Weg über immer wieder gesagt: Richie, du hast Halluzinationen. Mach dir bloß keine solchen Hoffnungen!

Und dann stand ich also an der Überführung und schaute hinauf, wo ich schon so oft die Inschrift AVIE LIEBT RIC – *FOREVER* gesehen hatte. Es kommt mir so vor, als stünde das schon immer da, hingesprüht an die Brücke. Und es stand auch jetzt noch da, im gleichen knallroten Sprühlack, aber mit kleinen Abänderungen. Drei Buchstaben waren hinzugefügt worden. Nur drei. So daß es jetzt heißt: STAVIE LIEBT RICH – *FOREVER*.

Stavie? Du, Stevie? Rich? *Mich?*

Stevie. Stephan. Steve! Soll das irgendein schrecklicher Witz sein, um mich noch mehr zu quälen? Das kann ich nicht glauben. So etwas entspricht nicht Deinem Wesen. Du bist nicht gemein und gehässig. Aber dann – ist es die Wahrheit? Heißt das, daß Du – bist Du derjenige, der...?

Später: Lieber Steve, lieber Stevie, *Stavie* – lieber, lieber, liebster Stavie! Du bist gerade gegangen. Wir haben stundenlang geredet, aber ich kann gar nicht genug kriegen. Jetzt weiß ich alles. Jetzt verstehe ich. Ja, Du warst es. Ich konnte es kaum glauben, als Du mir erzählt hast, wie Du kopfunter von der Brücke gehangen bist und diese drei Buchstaben hinzugefügt hast. Du, Stevie! Und dabei die ganze Zeit über höllische Ängste ausgestanden hast, aber entschlossen warst, es zu tun – mir das, was Du mir sagen wolltest, unmißverständlich mitzuteilen.

Du hast mir das alles erzählt, erst einmal, dann noch einmal, und trotzdem möchte ich es unbedingt *noch* mal hören. Wie es bei Dir in der Nacht passiert ist, in der Du krank warst. Ja, genau dasselbe, was mit mir in der Küche bei Deiner Schwester passiert ist. Du hast es auf einmal *gewußt*. Dort, im Schlafsack, hast Du's gewußt. Du wußtest, daß Du mich liebhast, aber Du hattest das Gefühl, es wäre alles ganz hoffnungslos. Bei mir (sagtest Du) hatte es keinerlei Anzeichen dafür gegeben, daß Du für mich noch etwas anderes als nur ein guter Freund sein könntest, und zwar einer, der für mich völlig selbstverständlich und alltäglich war.

Stevie, ich kann das alles immer noch nicht glauben. Gibt es bei Liebesgeschichten im wirklichen Leben einen solchen Schluß? Aber es ist ja auch kein Schluß, nicht wahr? Für uns, Stevie, ist es nur der Anfang – jetzt geht es los. Unser Leben fängt erst jetzt so richtig an. Gute Nacht, Stevie, gute Nacht, aber nie mehr tschüs.

Deine Richie.

Amelia Earhart, wo bist du, wenn ich dich brauche?

Natürlich hatte ich meine Eltern schon über meine verrückte Tante reden hören, fast immer im Flüsterton hinter verschlossenen Türen. Tante Clare war die Schwester meiner Mutter, und sie war sonderbar. Einmal war sie nur mit Clogs und einem Regenmantel bekleidet einkaufen gegangen. Ein anderes Mal hatte sie sich Gäste für eine Party eingeladen und die Leute dann vor der Tür stehen lassen und sie angeschrien, sie sollten weggehen und sie nicht weiter belästigen.

Clare lebte allein in einer anderen Stadt. Ungefähr einmal im Monat rief meine Mutter – ihre einzige Verwandte, so wie Clare meine einzige Verwandte ist, abgesehen von meinen Eltern – bei ihr an. Ich hörte dann, wie meine Mutter «Clare»? sagte, mit einer ganz besonderen Stimme, die nach oben ging und einen munteren Tonfall anschlug. «Wie geht's dir?» – «Brauchst du irgendwas? . . . Geld oder . . .»

Dann hörte sie lange zu und sagte nur: «Mhm . . . ach . . . ja . . .» Und zuletzt sagte sie: «Vergiß nicht – wenn du irgend etwas brauchst, sind Paul und ich immer für dich da.» Danach legte sie auf, ließ sich seufzend in einen Sessel fallen und sagte: «Ach ja . . .»

Ich ahnte, daß bei meiner Mutter Scham und Kummer miteinander verschmolzen, wenn es um ihre Schwester ging, aber ich brachte nur sehr wenig Neugier auf. Da ich Clare nie gesehen hatte – außer als Kleinkind, und daran konnte ich mich nicht mehr erinnern –, kam sie mir unwirklich vor. Wenn ich ihr gegenüber überhaupt irgendwelche Gefühle hegte, dann empfand ich wohl am ehesten eine Art oberflächlichen Stolz. Genauso, wie ich unter Freunden verkündete, daß mein Vater eine echte deutsche Wehrmachtspistole aus dem Zweiten Weltkrieg hatte oder daß meine Mutter, die Sprachen unterrichtete, manchmal als Spanischdolmetscherin vor Gericht gebeten wurde, sagte ich: «Und *ich* habe eine verrückte Tante.» Das sollte erst mal jemand überbieten.

In einem Sommer mußte mein Vater dann operiert werden. Die

Operation wurde nur in einer berühmten Klinik in Kansas ausgeführt. Meine Mutter begleitete ihn, und aus Mangel an anderen Unterbringungsmöglichkeiten sollte ich die drei Wochen, die meine Eltern fort sein würden, bei meiner Tante bleiben.

Alles wurde rasch geregelt. Bei meinem Vater mußte es schnell gehen, und deshalb brachten mich meine Eltern am selben Tag, an dem sie nach Kansas flogen, vorher noch zum Bus. «Wirst du klarkommen, Liebling?» fragte meine Mutter.

Ich hing aus dem Fenster, nickte und fühlte mich etwas benommen. Es war das erste Mal, daß ich von meinen Eltern richtig getrennt sein würde.

«Vergiß nicht, Klarinette zu üben», drängte meine Mutter. Ich nickte wieder. Meine Eltern waren beide Lehrer, und wir führten ein ruhiges, geordnetes Leben. Sie hatten mit mir über einen geregelten Tagesablauf gesprochen (geh rechtzeitig ins Bett, steh zu einer vernünftigen Zeit auf), über höfliche Rücksichtnahme (wasch dein Geschirr ab, mach deiner Tante Clare keine Arbeit) und dann noch über solche Dinge, daß ich ihnen regelmäßig schreiben und jeden Tag eine Stunde lang Klarinette üben sollte.

Der Bus fuhr ab. «Auf Wiedersehen.» Ich streckte die Hand aus und war immer noch nicht in der Lage, an die Krankheit von meinem Vater zu glauben. Er war so groß, so robust und sah mit seiner Schildpattbrille und dem festen Bäuchlein unter seinem grünen Hemd so gesund aus. Er winkte – das taten sie alle beide, meine Mutter warf mir Kußhände nach –, bis der Bus um die Ecke bog.

Meine Tante holte mich am Busbahnhof ab. Ich hätte sie nicht schneller erkennen können, wenn sie ein Schild mit ihrem Namen VERRÜCKTE CLARE vor der Brust gehabt hätte. Als ich in dem qualmigen Busbahnhof ausstieg und mich in der Menschenmenge umsah, die zwischen den Türen hin und her wogte, fiel sie mir sofort auf. Eine Frau mit länglichem Gesicht. Sie hatte einen weiten Rock aus einem raschelnden, papierartigen Stoff in Orange an, dazu ein rosa T-Shirt, auf dem JUBILÄUMSFEIER DER *BURNING BUSH* BANK stand. An den Füßen trug sie Turnschuhe und weiße Söckchen. Ich blieb wie erstarrt stehen und hielt meinen Koffer fest umklammert, aber sie hatte mich schon entdeckt.

«Phoebe? Du siehst ganz genauso aus wie Sally.»

Ich nickte stumm und folgte ihr auf die Straße hinaus.

«Es ist nicht weit. Macht es dir etwas aus, das Stück zu laufen?»

Ich ging neben ihr her, aber doch nicht so ganz, blieb einen halben Schritt hinter ihr, so als ob ich eigentlich gar nicht zu ihr gehörte. Sie schlug eine flotte Gangart an. Ich musterte sie mit verstohlenen Blicken. Ihre Augen waren riesengroß und dunkel, und ihre Haare, die ein verblüffendes Eigenleben entwickelten, standen ihr in wilden, knisternden Locken um den Kopf. An verschiedenen Stellen hatte sie einen Kamm hineingesteckt, aber keiner davon schien ihr Haar auch nur im geringsten bändigen zu können.

Immer wieder kehrte mein Blick zu ihren Augen zurück, die irgendwie anders waren als die Augen, die ich an Erwachsenen sonst kannte. Sie waren voller Licht, das schimmerte und sich bewegte, und gleichzeitig waren sie so tiefschwarz, daß sie mich sofort an die geheimnisvolle Tiefe eines Brunnens erinnerten, in die ich einmal hinuntergeschaut hatte. Das war lange her; ich mußte damals noch sehr klein gewesen sein. Mir fiel wieder ein, wie mein Herz geklopft hatte, als ich in das dicke, dunkle Wasser sah. Und dann hatte mich die Hand meiner Mutter hochgehoben und von der Gefahr weggeholt.

Clare lebte in der Dachwohnung eines alten Holzhauses in der Greene Street. Wir stiegen eine überdachte Außentreppe in den dritten Stock hinauf, an den hinteren Veranden von anderen Leuten vorbei. Zu meiner Überraschung war die Wohnung – drei sehr kleine Zimmer – ausgesprochen bieder und mit peinlicher Ordnung eingerichtet: eine abgenutzte Couch und zwei Sessel standen einander in einem kleinen Viereck haargenau gegenüber, über das Bett war eine faltenlose Quastendecke gebreitet, auf dem Kunststofftisch in der Küche standen nur ein roter Serviettenhalter aus Plastik und gläserne Salz- und Pfefferstreuer. Irgendwie hatte ich wohl damit gerechnet, daß ich ein wildes Halloween-Durcheinander vorfinden würde.

«Hast du Hunger?» fragte Clare. Auf dem Weg vom Busbahnhof hierher hatten wir kaum miteinander geredet. «Du hast doch bestimmt Hunger.»

Ich schüttelte den Kopf und stellte den Koffer und die Klarinette ab. Meine Mutter hatte mir zu Mittag ein Essenspäckchen hergerichtet, aber aus blanker Angst davor, was mich erwartete, hatte es mir den Appetit verschlagen.

«Also, dann», sagte sie und setzte sich in kerzengerader Haltung mir gegenüber an den Küchentisch. «Du bist also Phoebe, meine kleine Nichte.»

«Ja», sagte ich unglücklich. Sonst wußte ich nichts zu sagen. Es erschien mir ausgeschlossen, daß mir irgend etwas einfallen würde, bevor die drei langen, langen Wochen bei ihr wieder um waren.

Ich behielt Clare sorgfältig im Auge und wartete darauf, daß sie ihre Verrücktheit verriet. Dabei saß ich auf der Stuhlkante, hatte nur die Fußspitzen am Boden und war jederzeit fluchtbereit. Ich war auf alles gefaßt. Konnte sie nicht jeden Augenblick aufspringen, in der Küche herumwirbeln und gellende Töne in einer Sprache von sich geben, die kein Mensch jemals gehört hatte? Oder mit funkelnden Augen das Messer nehmen, mit dem sie ein großes Stück Käse abschnitt, und damit auf mich losgehen?

«Hmmm, gut», sagte sie und klopfte sich auf den Bauch. «Magst du auch etwas davon?»

Weil ich es nicht wagte, ständig nur abzulehnen, aß ich vorsichtig ein bißchen von dem Käse. Als sie nach einer Weile sagte, daß ich vielleicht ins Bett gehen sollte, weil die Fahrt doch bestimmt anstrengend gewesen wäre, stand ich erleichtert auf, mit weichen Knien. Ja, sie hatte recht, ich war erschöpft.

Dann lag ich in dem fremden Bett, hielt als Waffe einen Turnschuh umklammert und lauschte den ungewohnten Geräuschen tief unter mir auf der Straße. Mit einem heißen, unerträglichen Schmerz in der Brust sehnte ich mich nach meinem eigenen Zimmer mit den Regalen voller Bücher und Modellflugzeugen, dem weichen, zottigen gelben Teppich und dem Poster von Amelia Earhart mit ihrer Fliegerkappe. Das Poster hing gegenüber von meinem Bett an der Wand, so daß ich ihre klaren, mutigen Fliegeraugen gleich beim Aufwachen sehen konnte.

Ich hatte mir Amelias Tapferkeit oft zum Vorbild genommen. Wenn irgend etwas Schwieriges bevorstand – eine Klassenarbeit, ein Zahnarzttermin, ein Streit mit einer Freundin –, flüsterte ich meine Geheimworte. *Amelia Earhart . . . Amelia Earhart . . .* Etwa seit dem vergangenen Jahr war mir bewußt geworden, daß ich mit meinen Eltern zwar in einer Art ruhiger See aus Liebe und Geborgenheit lebte, daß es aber insgesamt auf der Welt anders zuging, ein brodelnder Ozean mit weißen Schaumkronen auf den Wellen. Trotzdem, mich hatten die brausenden Wogen nicht erreicht. Bis jetzt. Plötzlich, so kam es mir vor, war ich ins Meer geworfen worden. Schwimmen oder untergehen.

Ich hatte mir vorgenommen, die ganze Nacht über wach und auf der Hut zu bleiben. Man konnte ja nie wissen, was eine Verrückte tun würde. Bei jedem Geräusch sträubten sich mir die Nackenhaare. Fußböden ächzten, in den Wänden raschelte es, und draußen vor meinem Zimmer hörte ich Clare herumlaufen und vor sich hinmurmeln. Meine Hand lag starr und unbeweglich auf dem Turnschuh. Ich hielt ihn immer noch fest, als ich am nächsten Morgen aufwachte.

Eine Weile blieb ich im Bett liegen und lauschte. Die Stille machte mir ebenso zu schaffen wie die Geräusche in der Nacht. Auf Zehenspitzen ging ich zur Tür, machte sie einen Spalt auf und linste in die Küche. Keine Clare. Mit klopfendem Herzen schlich ich lautlos über das kühle Linoleum ins Wohnzimmer. Keine Clare. Sie war verschwunden. Oder vielleicht doch nicht? Ich starrte eine Schranktür an. Versteckte sie sich dort drinnen? Sie machte ja so verrückte Sachen.

Ich wischte mir die Hände am Schlafanzug ab und rief: «Clare? Tante Clare?» Ich klopfte an die Schranktür. «Hallo-o!» sagte ich in einem ganz besonders freundlichen Tonfall. «Ich bin wach. Bist du da drin?» Einen Augenblick wartete ich noch ab, dann packte ich den Türgriff. «Ich mach jetzt die Tür auf», sagte ich mit lauter, munterer Stimme. «Okay? Ich mach jetzt auf. Achtung, ich komme!» rief ich neckisch und riß die Tür auf.

Kleiderbügel klirrten in der Zugluft. Ein Regenmantel und ein Sweatshirt mit Kapuze nickten friedlich vor sich hin. Auf dem Schrankboden standen hohe Gummistiefel, rote Turnschuhe und zwei Paar zerkratzte Halbschuhe in säuberlich ausgerichteten Reihen nebeneinander. An der Wand lehnte ein Regenschirm.

Clare war verschwunden, soviel stand fest. Aber plötzlich kam mir ein anderer beunruhigender Gedanke. Und wenn sie mich eingeschlossen hatte? Ich stürzte zur Wohnungstür. Sie *war* abgeschlossen! Mit feuchten, glitschigen Händen riß ich am Türgriff. Dann, nach kurzer Panik und heftigem Durchatmen, sah ich einen Schlüssel an einem Nagel hängen. Auf dem kleinen runden Schildchen daran stand *Phoebe*. Ich steckte ihn ins Schlüsselloch und sperrte die Tür auf. Der Flur war schummrig, das Treppenhaus düster. Atmete da draußen jemand ganz leise? Schnell schloß ich mich wieder ein.

«Wenigstens weiß ich jetzt, daß du dich nicht irgendwo hier drinnen versteckt hast, Tante Clare», sagte ich. Der Klang meiner eigenen Stimme tröstete mich. «Ich habe Hunger», sagte ich laut und ging in die Küche. «Was hast du zu essen da?»

Nicht viel. Ein Stück ausgetrocknete Bologna-Wurst, der Käse von gestern abend, zwei schwarze, überreife Bananen, die beim Schälen in meinen Händen zu Mus wurden, eine Packung Crackers und ein Topf mit kaltem, erstarrtem Haferbrei. Also, ich hatte solchen Hunger, daß ich *alles* gegessen hätte, aber Geschichten von verrückten Leuten spukten mir im Kopf herum: Rasierklingen in Halloween-Äpfeln, vergiftete Milch, Mäuse in der Suppe.

Ich nahm mir die eine Banane vor, teilte das weiche Ding in matschige Stückchen, an denen ich erst roch, bevor ich sie vorsichtig aß und dabei mit der Zunge und den Zähnen kleine Tastbewegungen machte, die Banane auf Gift oder Metallsplitter hin untersuchte. Ich führte mir auch noch die zweite Banane zu Gemüte und aß dann die Crackers auf, direkt aus der Packung, mit Wasser hinuntergespült.

Ich putzte mir die Zähne, machte das Bett und schrieb meinen Eltern einen Brief, in dem ich schilderte, wieviel Spaß mir die Busfahrt gemacht hatte. «Tante Clare ist sehr ...» Ich legte eine

Pause ein und schrieb dann weiter: «. . . ungewöhnlich und interessant. Heute morgen habe ich Bananen zum Frühstück bekommen und so viele Ritz-Crackers, wie ich nur essen konnte – gleich zwei meiner Leibspeisen!» Ich schrieb groß und bekam eine ganze Seite voll, mit jeder Menge Ausrufungszeichen, damit sie wußten, daß ich froh und glücklich war, und sich keine Sorgen machten.

Eine Weile spielte ich auf meiner Klarinette. Zu Hause hielt sich mein Vater immer die Ohren zu, wenn ich einen falschen Ton erwischte, und stöhnte laut.

Ich schlenderte durch die Wohnung. Mein Atem ging schwer. Noch nicht mal Mittag. Die Luft hier drinnen war trübe, stickig. Staubkörnchen tanzten in den Fenstern. Als ich an dem winzigen Küchenfenster vorbeikam, sah ich unten im Hof einen Jungen mit roten Shorts. Er hockte sich hin, packte ein Paar Hanteln und stemmte sie hoch. Ich bildete mir ein, daß ich mit zusammengekniffenen Augen sogar sehen konnte, wie der Schweiß auf seiner glatten, bloßen Brust glänzte. Er hatte lange Beine.

«Lecker, lecker. Tolle Beine», sagte ich. Es war seltsam, ihn zu beobachten und zu wissen, daß er keine Ahnung davon hatte. Einmal hatte ich zusammen mit einer Freundin einem fremden Jungen zugeschrien: «Du bist sexy und *hinreißend!*» Dann waren wir weggerannt, hatten gelacht und gekeucht und uns gegenseitig auf die Arme geschlagen.

Ich lag gerade auf dem Bett und sehnte mich weit fort, als ich im Flur Geräusche hörte. Ich setzte mich auf und griff nach einem Turnschuh, dann packte ich noch ein Buch. Mir schlug das Herz bis zum Hals. Ein Schlurfen an der Wohnungstür. Die Tür ging auf. Stimmen – die eine laut und eklig, die andere hoch und ironisch. Ich rutschte mit den Beinen vom Bett. Sollte ich mich einschließen? Mich den beiden entgegenstellen? Mit dem Buch nach dem einen Eindringling werfen und dem anderen mit dem Turnschuh in den Bauch boxen? Ich schnappte keuchend nach Luft und schlich mich zur Küche, Turnschuh und Buch fest umklammert.

Meine Tante tauchte auf. Sie trug eine Einkaufstüte im Arm und sprach mit sich selbst. «Wischen Sie doch einfach noch mal drüber, ja, meine Liebe?» (Die laute, eklige Stimme.) – «Noch mal? Aber gewiß, *Madam.* Alles, was Sie wollen, *Madam.*» (Die hohe, ironische Stimme.) – «Es ist mir ja so unangenehm, Sie darum zu bitten, meine Liebe . . .» – «Ach, ich weiß, wie unangenehm es Ihnen ist, mich *überhaupt* um etwas zu bitten. Sie sind die *Rücksichtnahme* in Person.» In ihrem Gesicht über der Einkaufstüte arbeitete es: Sie zog eine finstere Miene, verzog die Lippen, blähte verächtlich die Nasenflügel auf. Der Ausdruck auf ihrem Gesicht wechselte ständig, so schnell, wie Gewitterwolken am Himmel entlangziehen.

Mit einem Ruck stellte sie die Einkaufstüte auf dem Küchentisch ab. Sie hatte Jeans und ein T-Shirt an. Ihr Haar war mit einem Gummiband hinten zusammengehalten, ließ sich aber auch davon nicht bändigen.

«Hallo, Tante Clare», sagte ich.

Sie fuhr herum. «Phoebe?» sagte sie schnell.

Ich nickte. Mein Herz machte immer noch unregelmäßige Bocksprünge.

«Drei Wochen», sagte sie, als befänden wir uns mitten in einer Unterhaltung. «Das stimmt doch? Drei Wochen?» Und sie machte eine Fratze wie ein Kind, zog die Mundwinkel nach unten und runzelte die Stirn, daß ihre Augen fast verschwanden. Und dann schloß sie vollends die Augen, so als ob die Vorstellung, drei Wochen mit mir zusammensein zu müssen, ihr unaussprechliche Angst einjagte.

Später, als wir die Spaghetti aßen, die sie gekocht hatte, fragte sie mich, ob mir mein Name gefiele. «Fee-bee», sagte sie in unterschiedlicher Tonlage. Es klang wie ein Vogelruf. «Gefällt dir dieser Name?»

Das hatte mich noch niemand gefragt. Tatsächlich hatte ich mir schon oft gewünscht, ich würde Jamie oder Toby oder Wendy heißen. Oder wenn es schon so etwas wie Phoebe sein mußte, warum hatte es dann nicht Amelia sein können?

«Phoebe ist ein Mondname», sagte Clare. «Phoebe-Mond, Phoebe-Mond, Phoebe-Mond, was hältst du von dem Namen *Clare?*»

«Hübsch», murmelte ich.

«Phoebe sagt, Clare hat einen hübschen Namen», äffte sie mich nach. «Du kleines Lügenmaul!» Dann machte sie mir wirklich Angst, denn sie las meine Gedanken und fragte: «Wovor fürchtest du dich, Poebe?»

«Vor nichts.» Ich war wie betäubt.

«Lügenmaul», sagte sie wieder. «Ein Lügenmaul – und eine trübe Tasse», fügte sie gelassen hinzu. Sie beugte sich so weit zu mir vor, daß ich die Augen zumachte, um nicht in ihre Augen zu stürzen. «Du brauchst dich vor mir nicht zu fürchten», sagte sie. «Schau dich lieber um und nimm die Dinge wahr, vor denen du wirklich Angst haben solltest.»

«Was?» flüsterte ich. «Was meinst du? Wovor sollte ich Angst haben?»

Auf ihrem Gesicht lag die Andeutung von einem Lächeln, triumphierend und wissend. «Vor allem», sagte sie. *«Alles.»*

Am nächsten Morgen war Clare wieder verschwunden, noch bevor ich aus den Federn war. Und wieder streifte ich in der ganzen Wohnung umher, machte sogar unter lauten, fröhlichen Rufen auch den Schrank wieder auf. Leer. «Du führst dich total verrückt auf», hielt ich mir vor. Und ich beschloß, keine Selbstgespräche mehr zu führen, aber die Stille in der Wohnung lastete auf mir. Es dauerte nicht lange, bis ich mich in allen Dingen selbst befragte: «Kalte Spaghetti zum Frühstück? Ach was, warum nicht.» – «Ob der Junge in den roten Shorts wohl wieder nach draußen kommt? Nein, bis jetzt ist er noch nicht da.» – «Noch mal das Küchenfenster kontrollieren – ach, hurra, da ist er ja.»

Wieder kam Tante Clare am Nachmittag zurück und brachte Lebensmittel mit. Weil sie doch verrückt war, nahm ich an, daß sie die ganze Zeit zum Einkaufen brauchte. Vorsichtig erkundigte ich mich, ob es ihr schwerfiele, eine Wahl zu treffen.

Sie goß sich ein Glas Milch ein. «Wieso?» fragte sie.

«Na ja ... weil ... äh ... weil es doch recht lange dauert», sagte ich taktvoll.

«Das Einkaufen geht bei mir ruck,zuck.» Sie machte mir pantomimisch vor, wie sie sich in raschem Tempo Dosen und Schachteln aus den Regalen griff. «Aber du hast Entscheidungsschwierigkeiten?» sagte sie, so als hätte sie mit meiner persönlichen Bekloppptheit Mitleid und wollte sich alle Mühe geben, dafür Verständnis aufzubringen, wenn sie das Problem auch nicht teilen konnte.

Das ärgerte mich. Ich ließ mein taktvolles Feingefühl fallen. «Wenn du nicht einkaufen gehst, was machst du denn dann den ganzen Vormittag über?» fragte ich.

«Arbeiten.»

«Wo?»

«Überall.» Sie schnappte sich einen Besen und tanzte mit ihm herum. «Überall und nirgendwo und irgendwo und hier und dort und da und überhaupt», sang sie beim Tanzen. «Kapiert?»

Ich schüttelte den Kopf, und sie seufzte. «Was macht man mit einem Besen? Man fegt damit. Macht sauber. Okay? Das war der Anhaltspunkt, Phoebe-Mond. Ich mache sauber – mit Besen und Schrubbern und Putzlappen und Eimern.»

«Du machst *wo* sauber?»

«In Häusern.»

«In Häusern? Putzen?»

«Jetzt hast du's begriffen.» Sie verengte die Augen zu schmalen Schlitzen und tippte sich mit dem Finger an die Stirn, um mir zu zeigen, daß aus mir noch ein ganz schlaues Kerlchen werden konnte.

«Warum hast du das denn nicht gleich gesagt?»

«Weil das nicht soviel Spaß gemacht hätte.» Sie streckte mir die Zunge heraus.

O Gott. Sie war so *kindisch*. Kindisch und verrückt.

«Warum fragst du mich jetzt nicht, ob ich gerne putzen gehe, so wie deine Mutter mich dauernd fragt? ‹Clare, du könntest mehr aus dir machen›», sagte sie. Es war unheimlich, wie sie die verlogen-muntere Telefonstimme meiner Mutter bei ihren allmonatlichen Anrufen nachahmte. Sie verzog das Gesicht. «Putzen ist gut. Die Leute lassen mich in Ruhe. *Die* haben ja keine Ahnung vom Saubermachen. Vom Putzen werde ich stark.» Sie krempelte den Ärmel auf und zeigte mir ihre Armmuskeln. «Fühl mal. Mach nur, drück ordentlich», verlangte sie. Dann streifte sie den Ärmel wieder hinunter und fragte: «Und was ist mit dir? Was tust du?»

«Ich geh zur Schule, Tante Clare.»

«Das weiß ich! Was sonst? Wie steht's mit der Klarinette?»

Dann mußte ich mein Instrument holen, es zusammensetzen und ihr zum Probieren geben. «Autsch!» rief sie bei dem Ton, den sie hervorbrachte. Sie legte die Klarinette in den Samtkasten. «Ich bin noch nie musikalisch gewesen.» Danach beugte sie sich vor, als ob ich ihr jetzt gleich eine umwerfende Geschichte auftischen würde, und fragte: «Was noch, Phoebe? Was tust du sonst noch?»

Und ich konnte nicht widerstehen, ihr meinen geheimen Traum zuzuflüstern, ihr von dem zu erzählen, wonach ich mich sehnte und mich gleichzeitig davor fürchtete. «Später werde ich mal Pilotin. Ich will meinen Flugschein machen.»

«Fliegen? Eine Fliegerin? Ach, Phoebe!» Ihr Gesicht ging auf, die riesengroßen dunklen Augen wurden noch größer. «Du wirst wie ein Vogel zu den Sternen fliegen.» Sie flatterte mit den Armen. «Dann hast du ja doch den richtigen Namen, Phoebe-Mond.»

An diesem Abend kam sie zu mir ins Zimmer, nachdem ich eingeschlafen war. Ich wurde wach – ich muß wohl ihren Blick gespürt haben – und sah sie an meinem Bett stehen, eine dunkle Schattengestalt in dem trüben Licht aus der Küche. Sie hatte ein Nachthemd an, und ihr Haar schien sich mit seinem seltsamen Eigenleben in lauter Spiralen um ihren Kopf zu schlängeln. Warum starrte sie mich so an? Woran dachte sie? Hatte sie ein Messer in der Hand? Sämtliche Horrorfilme, die ich je gesehen hatte, schossen mir durch den Kopf. Würden meine Eltern mich jemals wiedersehen? Mich durchrieselte das Mitleid mit mir selbst, dem hilflosen, verlorenen Schäfchen. Ich zitterte unter der Decke. «Amelia Earhart», flüsterte ich. «Amelia Earhart!» Und ich zwang mich dazu, laut zu sagen: «Was möchtest du denn, Tante Clare?»

Sie erschrak, machte einen Schritt rückwärts, murmelte etwas von Bildern und ging hinaus. Nach einer Weile schlief ich wieder ein. Am nächsten Tag fragte ich sie, warum sie in mein Zimmer gekommen war.

«Ich wollte dich nur ganz einfach schlafend sehen», sagte sie.

«Ich laß mich nicht gerne angucken, wenn ich schlafe.»

«Ach. Okay», meinte sie einsichtig.

Jeder Tag war genauso wie der Tag davor. Heiß, langsam, staubig. Ich sah dem Jungen mit den Hanteln zu und führte Phantasiegespräche.

Hallo, du da unten.

Hallo, du da oben.

Ich heiße Phoebe und bin hier gefangen.

Du meinst, bei dieser Verrückten?

Ja. Sie hat mich in dieser schrecklichen Dachwohnung eingeschlossen.

Du lieber Himmel. Phoebe! Was soll ich für dich tun?

Könntest du mit deinen phantastischen Beinen nicht an der Hausmauer hochklettern, damit wir uns besser kennenlernen?

Andere Unterhaltungen gingen nicht so gut aus.

Hallo, Gewichtheber. Du hast schöne Beine und eine tolle Brust.

Hallo, Mädchen-vom-Dachboden. Wie heißt du? Wer bist du?

Phoebe. Ich bin zu Besuch bei meiner Tante Clare. Du bist süß.

Du bist auch süß, Phoebe.

Hu-hu, möchtest du, daß wir uns kennenlernen?

Klar, erzähl mir was von dir.

Also, mein Vorbild ist Amelia Earhart.

Wer ist das? Ein Fotomodell?

Eine Fliegerin! Jeder kennt Amelia Earhart!

Ach ja? Weißt du was, du redest verrücktes Zeug, genau wie deine Tante mit ihrem Dachschaden.

Ein paarmal ging ich auf die Straße hinunter und spazierte herum. Wo meine Tante wohnte, bestand die Gegend nur aus Häusern mit grünen Rasenflächen und geteerten Auffahrten. Aber in der Straße reihten sich auch kleine Fabriken aneinander, Läden, große, unregelmäßig angelegte, verstaubte Häuser und kleine windschiefe Häuschen, die rosa und gelb gestrichen waren und winzige Höfe hatten, in denen auf jedem Fleckchen Erde Blumen und Sträucher wuchsen. Auch Kinder und Jugendliche trieben sich hier herum, aber ich kannte ja niemanden.

An einem Tag kam Clare mit finsterer Miene von der Arbeit nach Hause und brummelte vor sich hin. «Du», rief sie anklagend, und dann lief sie mir eine Stunde lang hinterher und faßte alles, was ich tat, in Worte. «Sie macht den Kühlschrank auf... Sie nimmt einen Teller heraus. Kalte Kartoffeln auf dem Teller. Sie stellt den Teller auf den Tisch... Jetzt ißt sie von dem Teller. Sie kaut, kaut, kaut. Sie geht zur Spüle...»

Ich war vielleicht wütend auf meine Eltern! In diesem Augenblick haßte ich sie genauso leidenschaftlich wie Clare. «Sei still», schrie ich.

Dann, als sie mir ins Bad hinterherkam, passierte etwas noch Merkwürdigeres. «Achte einfach nicht auf Clare», flüsterte sie mir hastig zu. Und dann kam wieder die andere Stimme, leiernd, ironisch: «Sie wäscht sich die Hände... reibt sie ganz fest... nimmt Seife dazu...»

Achte einfach nicht auf Clare... Als ob sie aus zwei Personen bestünde, von denen die eine wie unter Zwang alle meine Handlungen detailliert aufzählte und die andere als interessierte Zuschauerin hilfreiche Ratschläge erteilte.

Ich habe immer gewußt, daß es sonderbare Menschen auf der Welt gibt – Leute, die ich aus den Augenwinkeln wahrnahm. Die alte Frau, die den Rinnstein abging und nach Zigarrenstummeln suchte. Der Mann, der wie ein Seehund aus dem Fenster bellte. Die beiden gesichtslosen alten Leute in dem Haus, das von wildem Wein so überwuchert war, daß man von der Straße aus kein einziges Fenster sehen konnte. Aber solche Leute hatten mit mir nichts zu tun. Ich mochte nicht einmal über sie nachdenken, und deshalb tat ich es auch nicht.

Aber bei Clare konnte ich nicht einfach «nicht auf sie achten». Ich hielt mich in ihrer Wohnung auf, schlief in ihrem Bett, aß an ihrem Tisch und hörte mir ihre seltsamen Geräusche an. Mir tat die Brust weh. Meine Eltern hatten mich dieser Verrückten ausgeliefert! Zum erstenmal stiegen mir die Tränen in die Augen. Ach, Amelia Earhart, wo bist du, wenn ich dich brauche?

Ich schrieb leidenschaftliche Briefe an meine Mutter: «Kannst Du mich nicht schon früher abholen als erst nach drei Wochen?» – «Ich halte das nicht mehr aus! Wenn Du mich hier bleiben läßt, werde ich noch genauso verrückt wie sie.» – «Sie ist schrecklich, sie ist total bescheuert, und ich hasse sie. Komm jetzt gleich und hol mich ab!» Dann zerriß ich die Seiten und schrieb einen anderen Brief. «Wie geht es Papa? Ich denke ständig an Euch. Mit Tante Clare komme ich ganz gut klar. Etwas wird Dich freuen: Sie hat keinen Fernseher. Du brauchst Dir also keine Sorgen zu machen, daß ich die ganze Zeit immer nur vor der Glotze herumsitze.»

Am Tag darauf klopfte die Vermieterin bei Tante Clare an. Sie wollte die Miete kassieren. «Wie ich sehe, haben Sie Besuch, meine Liebe.» Mrs. Bidwell fingerte an ihrer Halskette herum, trat ins Wohnzimmer, sah sich gründlich um und musterte mich mit kühlem Blick von Kopf bis Fuß. Glaubte sie vielleicht, daß ich ebenfalls verrückt war? Sie kam uns beiden nicht zu nahe. Mein Kopf wurde heiß, und ich wußte, wußte es ganz genau, daß mir gleich irgend etwas Schreckliches passieren würde. Womöglich würde ich laut rülpsen oder andere unfeine Geräusche von mir geben, für die es keine Entschuldigung gab.

«Das ist Phoebe», sagte Clare. «Meine Nichte – Mrs. Bidwell.» Ihre Stimme war weder laut noch leise, weder überlegen noch unterwürfig. Fast war es schon gar keine Stimme mehr, sondern glich eher den höflichen, korrekten Tönen und Sätzen, wie sie aus einem Computer oder Roboter kommen mochten. Und sie stand auch wie ein Roboter da, mit steif herabhängenden Armen.

«Es ist bestimmt schön für Sie, Gesellschaft zu haben, meine Liebe», sagte Mrs. Bidwell, während sie erst in die Küche und dann ins Schlafzimmer schaute. Was suchte sie denn nur?

»Ja, es ist schön, Gesellschaft zu haben, Mrs. Bidwell. Hier ist die Miete, Mrs. Bidwell.» Clare strich die Geldscheine glatt, die sie aus der Rocktasche geholt hatte. Es war dieser orangefarbene Rock, der wie eine chinesische Laterne aussah.

«Alles fix und fertig bereit, wie gewöhnlich. Deine Tante gehört zu meinen besten Mietern», teilte sie mir mit einem huldvollen Lächeln mit. «So sauber und ordentlich.»

Ich lächelte wie ein Roboter zurück. Das war offenbar anstekkend. Ich wagte nicht, mich zu rühren, weil ich befürchtete, daß alles, was ich tat, ob ich mich nun an der Nase kratzte oder mit den Füßen scharrte – überhaupt alles und jedes auf Mrs. Bidwell verrückt wirken würde.

Sobald die Tür hinter der Hausbesitzerin ins Schloß gefallen war, kam Clares Gesicht in Gang – und wie! Sie verdrehte die Augen, lächelte geziert und schnitt Grimassen.

«Wenn ich dir ein Geheimnis anvertraue, behältst du es dann für dich? Sie schnüffelt hier herum», flüsterte Clare mir heiß ins Ohr. «Wenn ich nicht da bin, kommt sie herauf und durchschnüffelt die ganze Wohnung.»

«Das ist ja furchtbar», flüsterte ich zurück.

«Sag-nichts-davon-daß-ich-es-weiß.»

«Ich werde es niemandem sagen, meine Liebe», äffte ich Mrs. Bidwell nach.

«Du bist wirklich reizend, meine Liebe», gab Clare mit einem huldvollen Mrs.-Bidwell-Lächeln zurück.

«Und so sauber und ordentlich.»

«Die *aller*beste Mieterin», gackerte Clare, und zum erstenmal lachten wir gemeinsam.

An diesem Nachmittag fingen wir mit unserem Marathon-Monopolyspiel an.

«Möchtest du Monopoly spielen?» fragte Clare. Warum nicht? Das war immerhin eine Beschäftigung. Die weißen Beine in die Luft gereckt, rekelte sich Clare im Wohnzimmer auf dem Fußboden hin. Ich saß im Schneidersitz da und verwaltete die Bank. Das Spiel war alt; die Gemeinschafts- und Ereigniskarten waren schon ganz weich und abgegriffen. Wir spielten den ganzen Nachmittag und ließen alles liegen, um am nächsten Tag zu Ende zu spielen. Aber am nächsten Tag saßen wir immer noch über demselben Spiel und am übernächsten Tag ebenfalls.

Monopoly mit Clare glich keinem anderen Monopolyspiel auf der Welt. Die ganze Zeit über befand sie sich in wilder Aufregung. Fieberhaft kaufte und verkaufte sie, sammelte ihre Miete ein, baute Hotels, nahm Hypotheken auf und krähte jedesmal vor Vergnügen, wenn sie über «Los» kam und ihre zweihundert Dollar einkassierte. Wir spielten stundenlang, tagelang, aßen unser

Abendbrot beim Spielen, spielten nach dem Essen weiter und vergaßen den Abwasch. Monopoly wurde zum Mittelpunkt, zum Höhepunkt meiner Tage. Sowie Clare von der Arbeit heimkam, fragte sie: «Bist du soweit?» Ihre Füße tanzten. Wenn ich gerade aß oder einen Teller spülte, zerrte sie mich ungeduldig weg. «Mach schon, Phoebe-Mond.»

Auf die Bahnhöfe war sie ganz besonders scharf. Die mochte sie am allerliebsten. Wenn ich einen Bahnhof hatte, konnte sie nicht anders, als mich leidenschaftlich zu beschwatzen. «Verkauf mir den Nordbahnhof, Phoebe. Phoebe-Mond, Phoebe-Mond, du kriegst dafür, was du willst.»

«Was willst du denn da am Nordpol?»

«Phoe*be*. Ich biete dir gutes Geld dafür!»

«Na ja . . . Ich werd's mir überlegen . . .» Gleich darauf wies mich meine Ereigniskarte an: «Gehe in das Gefängnis. Begib Dich direkt dorthin. Gehe nicht über Los, ziehe nicht $ 200 ein.»

«Da siehst du's! Das kommt davon, wenn man so geizig ist!» Clare steckte die Finger in den Mund und stieß einen Pfiff aus. Mürrisch machte ich meinen Zug, ließ mein Männchen widerwillig übers Spielfeld wandern. Das brachte sie zum Lachen, ein schallendes, unbefangenes Gewieher. *Hooo! Hooo! Hooo!* Und ich stimmte mit ein, wieherte genauso, ein neues Lachen, laut, frei, derb.

Das Leben, das ich mit Clare führte, kam mir allmählich wirklicher vor als mein «anderes» Leben. Ich konnte spüren, wie sich etwas in mir löste, immer weiter löste, so als wäre ich ein Schiff, bei dem die Anker gelichtet wurden. Mir wurde bewußt, daß es gar keine Rolle spielte, was ich tat, was ich sagte. Nachdem ich mein Leben lang liebevoll beobachtet und überwacht worden war, konnte ich jetzt nackt herumspazieren, mir im Wohnzimmer den Käse zwischen den Zehen hervorpulen oder, wenn es mir gerade in den Kram paßte, den ganzen Tag nur Kürbiseis auf Weißbrot essen.

Ich übte nicht mehr Klarinette, stand jeden Tag später auf und machte mir manchmal gar nicht erst die Mühe, meinen Schlafanzug auszuziehen. Ich wusch mir nicht mehr die Haare, vergaß das

Zähneputzen und hatte ein Brett vorm Kopf, wenn ich den Brief an meine Eltern vor mir liegen sah, an dem ich schon seit Tagen schrieb. Es war mir schleierhaft, wie ich die Seite vollkriegen sollte. Sie waren so weit weg, so fern.

«Natürlich hatte ich mal einen Freund», sagte Clare eines Nachmittags beim Monopolyspielen. Es war eine Angewohnheit von ihr, einfach draufloszureden, so als ob ich wüßte, woran sie gerade gedacht hatte.

«Sah er gut aus?» Ich lag auf dem Fußboden und aß Popcorn.

«Wer?» Sie ließ die Hand griffbereit über den Gemeinschaftskarten schweben.

«Dein Freund.»

«Ach, Egbert. Phoebe! Er war *bildhübsch . . .*» Sie warf den Kopf zurück. «Ich mußte doch einen hübschen Freund haben, nicht wahr? Ich hab ihn Egbert Eierpampe genannt. Dabei war er gar keine Eierpampe.» Sie sah mich von der Seite an. «Er hat ausgesprochen *gut* geschmeckt.» Und sie lachte. *Hoo! Hoo! Hoo!* Dann beugte sie sich über das Spielbrett zu mir vor. «Nachdem er weggegangen war, hab ich immer gesagt: ‹Egbert, komm *zurück.*› Ich hab auf ihn eingeredet. Ich hab ihm gesagt: ‹Ich werde dich auch nicht mehr dauernd fragen, ob du mich liebst. Ich versprech dir, daß ich das nicht mehr tun werde. Komm zurück, bitte. Ich könnte ein Baby von dir bekommen, und wir könnten so glücklich sein.›»

Wieso hatte ich mir das frühere Leben von Tante Clare nie anders vorgestellt als ihr jetziges Dasein? Warum hatte ich sie immer nur als «verrückt» eingestuft – so als ob damit das ganze schillernde, flimmernde, tiefgründige Wesen erfaßt wäre, das Clare ausmachte.

«Ist er denn nie mehr zurückgekommen?» Ich wollte einen Schluß mit «und sie lebten glücklich bis an ihr Ende».

Clare schüttelte den Kopf. «Reden wir nicht mehr davon!» Aber später am Abend holte sie eine runde Blechdose mit Blumenmuster hervor, die mit Fotos vollgestopft war. «Ich zeig dir meine Bilder», sagte sie. «Aber du mußt vorsichtig sein. Hast du gehört?»

«Ich werde nichts kaputtmachen.»

«Das mein ich doch nicht, du Gans. An solchen Bildern kann man sich verletzen.» Sie reichte mir ein Foto. «Sei vorsichtig», mahnte sie noch mal.

Ich hielt das Bild unters Licht. Da war meine Mutter – jung, fröhlich grinsend, einen Baseballschläger flott über die Schulter geschwungen. Erstaunt sah ich sie an. Als nächstes eine Aufnahme von Clare und meiner Mutter. Sie hockten mit gekreuzten Beinen auf der Motorhaube eines Autos, die Arme nach hinten abgestützt. Alle beide trugen sie Bauernblusen, die zurückgeschoben worden waren, so daß sie ihre jungen, glänzenden Schultern frei ließen.

«Hier! Schau dir das an!» Clare war ganz aufgeregt. Ein junger Mann mit Backenbart und sanften Augen, der eine Trompete im Arm hielt. «Egbert! Der süße Egbert!»

Dann noch ein Foto von Clare und meiner Mutter und noch eins und noch eins. Wo war die verrückte Clare auf diesen alten Bildern? Waren ihre Augen ein klein wenig überschattet? War ihr Lächeln nicht ganz so unbefangen wie das meiner Mutter? Hielt sie sich ein bißchen mehr im Hintergrund, als nötig war? Ich musterte die verblaßten Fotos und suchte nach Anhaltspunkten für Clare, ja, und auch für mich.

Meine Mutter. Meine Tante. Die Wörter wirkten geheimnisvoll, voll tiefer Bedeutung. Mein Herz pochte merkwürdig. Und ein sonderbarer Gedanke kam mir in den Sinn: Hätte statt meiner Mutter nicht ebensogut Clare meine Mutter werden können?

Ich nahm ein anderes Bild auf – die beiden Schwestern links und rechts von einem zierlichen Mann mit kleinem dunklem Schnurrbart. Mein Großvater. Er war gestorben, als ich noch ein Baby war. «Wie war er?» fragte ich. «Mein Opa – war er toll?»

Clares Augen verdunkelten sich und wurden wieder zu diesem unergründlichen Brunnen. «Er konnte mich nicht leiden.» Sie riß mir das Bild aus der Hand, raffte dann alle Fotos zusammen und stopfte sie in die Blechdose zurück. «Warum hast du mich denn dazu gezwungen, sie hervorzuholen?» fragte sie anklagend.

«Das hab ich doch gar nicht. Das ist ja *verrückt*», sagte ich.

Clare wich vor mir zurück. In ihrem länglichen Gesicht ging eine Klappe herunter, dann fiel es in sich zusammen.

«Tante Clare, das hab ich doch nicht so gemeint...»

Sie warf abwehrend die Arme hoch. «Geh weg.»

«Es war doch nur...»

«Du hast es gesagt.» Sie drehte sich um, preßte die Stirn und die Handflächen gegen die Wand und wiegte sich hin und her.

«Tante Clare, na komm schon.»

«Geh weg.»

«Möchtest du Monopoly spielen?»

Keine Antwort.

«Ich verkauf dir auch den Nordbahnhof.»

Keine Antwort.

«Komm, wir singen ein paar Lieder.» (Das hatten wir am Abend zuvor gemacht, und ich hatte ihr all meine alten Lieder aus dem Ferienlager beigebracht.)

Keine Antwort.

«Clare, *bitte*», sagte ich verzweifelt.

«Geh weg, Phoebe.» Eine matte Stimme, von Kummer durchtränkt. Ich hätte mich für meinen dummen Fehler am liebsten selber ins Gesicht geschlagen.

«Clare, Tante Clare – es tut mir *leid.*» Das stimmte auch. Es tat mir leid, sie gekränkt zu haben; es tat mir leid, so gedankenlos gewesen zu sein; und nicht zuletzt tat es mir auch leid, sie zu lieben und dabei doch irgendwo in meinem Inneren immer noch – immer noch! – Angst vor ihrer Verrücktheit zu haben.

Mrs. Bidwell gegenüber hatte ich sie starr und beherrscht erlebt. Mir hatte sie schließlich genug Vertrauen entgegengebracht, um die Maske fallenzulassen – hatte schallend gelacht und sich mir in ihrem schelmischen Wesen uneingeschränkt offenbart. Kopf an Kopf hatten wir wie zwei Kinder miteinander Monopoly gespielt, oder wie zwei Erwachsene – vielleicht einfach als Gleichberechtigte. Clare und Phoebe.

Da war es gemein von mir, daß ich zitterte, wenn ich vorsichtig den Arm um sie legte. Daß ich bei der Umarmung ein furchtsames Pochen im Magen spürte. Meine Tante Clare war ganz und gar keine «gefährliche Irre». In ihr war nicht die geringste Spur von Gemeinheit oder Gewalttätigkeit zu finden. Sie war sonderbar – o ja, sie war exzentrisch, sie war wie niemand sonst auf der Welt. Aber «verrückt»? Ich wußte nicht mehr, was dieses Wort bedeutete.

Am nächsten Tag versöhnte ich mich mit Clare. Zwei Tage danach befand ich mich wieder auf dem Weg nach Hause.

Eine Zeitlang kam mir alles seltsam vor. Ich mußte dauernd an Clare denken. Meine Eltern, Nachbarn, Freunde – alle wirkten so eingeengt, verklemmt und langweilig. Ich war inzwischen an die Welt der «verrückten Clare» gewöhnt, wo sich Gefühle vom Gesicht ablesen ließen und Erwachsene «Lügenmaul», «trübe Tasse» und ähnliche Dinge dieser Art sagten, vor Freude herumtanzten und sich in ihrem Kummer in die Ecke drückten.

Ein paarmal fing ich Briefe an sie an. «Ich vermisse das Monopolyspielen mit Dir.» – «Vergiß ja nicht, der lieben Mrs. Bidwell schöne Grüße von mir zu bestellen.» – »Ich habe ein neues Lied, das ich Dir beibringen kann.» Aber mein wirkliches Leben hatte mich wieder im Griff. Freunde. Musik. Schule. Meine Eltern, mein eigenes Zimmer, Kino und Fernsehen und Tennisspielen lernen. Der Freitagabend war zum Haarewaschen da, und am Sonnabendnachmittag gab es eine Ausfahrt aufs Land in unserem *Willys Jeep*.

Meine Mutter rief meine Tante immer noch einmal im Monat an. Seltsamerweise hat Clare noch nie den Wunsch geäußert, mich zu sprechen, und ich habe das genausowenig getan. Nun ja, bei mir war das nicht so besonders merkwürdig. Ich hatte Schuldgefühle, wenn ich daran dachte, wieviel Angst ich davor gehabt hatte, sie zu berühren, wieviel Angst vor *ihr*. Und sie – hatte sie diese Furcht gespürt? Hatte sie es nicht vergessen, daß ich sie als verrückt bezeichnet hatte?

Ein Jahr ist vergangen. Ich denke kaum noch an Clare. Manchmal allerdings sehe ich ein Gesicht, das mich an sie erinnert – ich glaube, das liegt an den Augen. Und wenn das passiert, dann überkommt mich sofort die Sehnsucht, sie zu besuchen, auf dem Fußboden zu liegen und im Schlafanzug Monopoly zu spielen und Clares schallendes Gelächter zu hören.

Aber dann denke ich an diese kleinen dunklen Kammern unterm Dach, und mir fällt wieder ein, wie sie sich mit dem Gesicht zur Wand gestellt hat und wie sie mir an einem Tag ständig hinterhergelaufen ist. *Jetzt macht sie den Kühlschrank auf ... holt die Kartoffeln heraus ... kaut, kaut, kaut ...* Und ich habe Angst. Ja, das ist die Wahrheit.

Trotzdem, wenn ich in Amelias mutige Fliegeraugen schaue, fasse ich mir ein Herz, und dann weiß ich, daß es keine Rolle spielt, wenn man sich fürchtet. *Das ist wirklich ganz egal.* Ob man Angst hat, darauf kommt es nicht an. Darauf kommt es überhaupt nicht an. «Amelia Earhart, Amelia Earhart», flüstere ich, und dann weiß ich, daß ich eines Tages Clare wieder besuchen werde, genauso, wie ich eines Tages fliegen werde.

Das Mutter/Tochter-Lied

(Ach, mein Schätzchen, ach, meine Tochter, ach, mein Liebes. Das Leben ist kurz, das Leben ist lang. Das Leben ist traurig, das Leben ist süß. Ach, mein Schätzchen, ach, meine Tochter, ach, mein Liebes.)

Mit 14 täglich eine Szene
Mit 16 die Zeit der großen Pläne
Mit 17 dann unsicher, ob . . .

(Ach, mein Schätzchen, ach, meine Tochter, ach, mein Liebes.)

Mit 20 voller Sehnen
Mit 22 Lernen dabei
Mit 23 fast schon frei.

(Ach, mein Schätzchen, ach, meine Tochter, ach, mein Liebes.)

Mit 25 einander gefunden
Mit 27 ein Kind entbunden
Mit 28 begann das Lied.

(Ach, mein Schätzchen, ach, meine Tochter, ach, mein Liebes. Das Leben ist kurz, das Leben ist lang. Das Leben ist traurig, das Leben ist süß. Ach, mein Schätzchen, ach, meine Tochter, ach, mein Liebes.)

Der Engel und Bibi Waff-Wuff

Nachts, wenn sie als kleines Kind in ihrem schmalen Bett lag, während Regen oder Schnee am Fenster Streifen zogen, hörte Bibi ihre Mutter und die beste Freundin ihrer Mutter, Zenetta mit den mächtigen roten Armen, in der Küche reden. Sie hörte die Tassen klappern, die tiefe Stimme ihrer Mutter und Zenettas lautes Lachen. Draußen hörte sie Hunde bellen und den Rettungswagen mit gellender Sirene zum Krankenhaus fahren; und sie hörte, wie in der Wohnung nebenan die Nachbarn sangen, und in dem kleinen dunklen Zimmer vorne in der Wohnung gab ihr Großvater, ein dünner alter Mann, der das ganze Jahr über hochgeschlossene Schuhe trug, dem Fernseher Widerworte. «*Basta!* Ich weiß gar nicht, was du daherredest!»

Zenetta arbeitete in der Bäckerei Christopher und brachte immer eine Tüte voll Brötchen und Brot vom Vortag mit. Sie hatte einen Mann und Zwillingstöchter und wußte über alles Bescheid, was irgendwo in der Greene Street passierte. Es war Zenetta, von der sie erfuhren, daß Ed Wixner, der mit der Schuhreparaturwerkstatt, für eine Blinddarmoperation ins Krankenhaus kam und dort feststellen mußte, daß er Krebs hatte. Zenetta informierte sie darüber, wenn die Rechtsanwältin zu Besuch kam, die gescheite Tochter von Mrs. Lillian. Und Zenetta wußte immer als erste, wer heiratete, wer im Sterben lag und wer verborgen hinter den Wänden bei sich zu Hause allmählich verrückt wurde.

Noch bevor Bibi Celia oder Jimmy kennenlernte, hatte Zenetta bereits ihre Namen in die Küche ihrer Mutter gebracht. Celia war «dieses entzückende kleine Mädchen der Vronskys. Sagt nie einen Ton. Hast du schon mal so große blaue Augen gesehen?» Und was Jimmy DeAngelo und seine Mutter anbetraf, so kam es Bibi so vor, als wüßte Zenetta alles, was es über sie zu wissen gab. Nicht nur deshalb, weil (laut Zenetta) Mrs. DeAngelo dauernd von ihrem wunderschönen Jimmy erzählte, sondern auch, weil sie in einem heruntergekommenen kleinen Haus direkt neben der Bäckerei Christopher wohnten. Mrs. DeAngelo, berichtete Zenetta, mochte das Haus, weil es eine Auffahrt hatte, wo sie ihren weißen Cadillac abstellen konnte. Wer in der Greene Street sonst noch ein Auto besaß, mußte zumeist auf der Straße parken. Das Haus gefiel Mrs. DeAngelo auch deswegen, weil die Miete billig war.

Mrs. DeAngelo arbeitete in Autolite und verdiente eine schöne Stange Geld, aber, wie Zenetta sagte, sie gab es lieber für Jimmy aus, anstatt es einem dicken Hausbesitzer in den Rachen zu schmeißen. «Der Junge ist von allen Kindern hier in der Gegend am besten angezogen. Lauter Pullover für fünfzig Dollar das Stück. Du weißt, daß sie noch einen anderen Jungen hat, einen älteren, der in San Diego ist? Um den schert sie sich keinen Pfifferling. Der kriegt keinen roten Heller von ihr.»

«Das finde ich nicht richtig – eine Mutter, die ihre Kinder nicht alle gleich liebt», sagte Bibis Mutter.

«Nein», pflichtete Zenetta ihr bei. «Also, ich jedenfalls mache keinen Unterschied zwischen den Zwillingen. Manchmal kann ich sie noch nicht mal unterscheiden. *Er*» – damit war immer ihr Mann gemeint – «kann sie *nie* auseinanderhalten.» Aber es machte Zenetta mehr Freude, von anderen Familien zu erzählen als von ihrer eigenen. Deshalb kam sie auf die DeAngelos zurück. «Der ältere Junge, der ist ausgezogen, sobald er sechzehn war. Ssssst, weg war er.»

In ihrem Zimmer hörte Bibi, wie ihre Mutter seufzte. «Man hat's nicht leicht im Leben.»

«Ja», gab Zenetta zurück, «aber das ist nun mal alles, was wir haben.»

Und dann lachten die beiden so vergnügt, daß Bibi wußte: Mehr als alles andere auf der Welt, sogar mehr als einen Arzt-Spielkoffer oder eine Barbie-Puppe, wünschte sie sich ebenfalls eine beste Freundin.

Im Kindergarten lernte sie Celia Vronsky kennen. Wegen ihrer Namen wurden sie nebeneinander gesetzt, als sie ihre Plätze im Kreis angewiesen bekamen. Zuerst kam Andrew, dann Bibi, als nächste Celia, dann David und so weiter. So lernte Bibi das Abc – Andrew Bibi Celia David, aber dann ging es im Kreis mit Frankie weiter, und sie mußte immer einen Augenblick unterbrechen und das *E* zwischen dem *D* und dem *F* einfügen.

In der ersten Woche, die sie im Kindergarten waren, heulte sich Celia jeden Tag die Augen aus. Saß einfach auf ihrem Stuhl im Kreis oder stand neben den großen roten Bauklötzen oder an der Tür und weinte. Eines Tages sagte Miss Loden: «Celia Vronsky, wenn du mit der Heulerei nicht aufhörst, dann stell ich dich in den Garderobenraum und mach die Tür zu.»

Celia weinte noch heftiger. Bibi, die den dunklen Garderobenraum nicht leiden konnte, sagte: «Miss Loden, tun Sie das nicht!»

Miss Loden hatte schwarzes Haar, das sie in einer großen Rolle oben auf dem Kopf trug. «Bibi Paladino, du kommst als nächste dran, wenn du so mit mir redest.»

Das machte Bibi keine Angst, aber sie dachte, daß Celia überhaupt nicht mehr aufhören würde zu weinen, wenn sie in den Garderobenraum mußte. Sie flüsterte ihr zu: «Wenn Miss Loden dich da reinstellt, dann komme ich mit.» Und sie drückte Celias feuchte Hand. Danach war sie die einzige, die Celia dazu bringen konnte, mit Weinen aufzuhören.

Die beiden Mädchen waren in allem verschieden. Als sie älter wurden, sagte Bibi manchmal: «Zusammengenommen ergeben wir beide ein vollkommenes Wesen.» Denn sie traute sich etwas, und Celia sah dafür entzückend aus: ein zartes blondes Mädchen mit Augen wie Blaufische. Sie war so schön, daß Bibi oft aus reiner Bewunderung und Freude den Arm um ihre Freundin legen wollte, aber dann wurde Celia ganz steif und machte ein verschrecktes Gesicht.

«Ich laß mich nicht gern anfassen», erklärte sie einmal.

«Wir sind wirklich zwei Gegensätze», sagte Bibi. Sie hatte nichts lieber als Schmusen und Herumtollen und Küssen. Ihr Großvater rief immer ihre Mutter herbei: «Marie, sorg dafür, daß dieser dürre kleine Teufel aufhört damit.» Am Morgen griff sich Bibi nämlich den alten Mann und küßte ihn ab und schmiegte sich mit dem Kopf an seinen Hals. «Haaach, Opa, du riechst so gut.» Und wenn ihre Mutter nicht zu müde war, setzte sie sich abends vor den Fernseher und nahm Bibi auf den Schoß. Auch als sie schon ein ganz hübscher

Brocken war, saß Bibi beim Fernsehen immer noch auf dem Schoß ihrer Mutter.

Bibi und Celia spielten alle üblichen Spiele – das Knöchelspiel mit den Spielsteinchen, ließen den Kreisel tanzen, spielten «Wer bleibt oben auf dem Stuhl stehen?» und Fangen und auch ihre eigenen, ganz persönlichen Spiele. Sie spielten «Was wünschst du dir am allermeisten auf der Welt?» Celia sagte dann: «Ich möchte an einem stillen, gepflegten Ort wohnen und ein *eigenes* Haus haben, bei dem man erst *anklopfen* muß, bevor man zu mir hereinkommt.»

Bibi sagte: «Ich möchte herumreisen und alles sehen und jede Menge Geld haben und Kleider und Möbel kaufen und alles, was ich haben will.»

Als sie neun Jahre alt waren, schlossen sie einen Vertrag miteinander ab. «Wir wollen niemals heiraten, Bibi», sagte Celia.

«Da bin ich einverstanden.»

«Du mußt schwören.»

«Ich schwöre», sagte Bibi.

«Schwörst du bei deinem Leben?»

«Ich schwöre es bei meinem Leben.»

«Und du wirst es auch nie vergessen?» fragte Celia.

Bibi schüttelte den Kopf.

«Dann sag's», sagte Celia.

«Ich werde es nie vergessen.» Später, als sie etwas älter war und von einer Hochzeit in einem langen weißen Kleid träumte, mochte sie Celia nichts davon erzählen.

«Warst du eine schöne Braut?» fragte Bibi ihre Mutter.

«Aber sicher», sagte Marie, «und dein Vater sah aus wie ein Filmstar.» Das Hochzeitsfoto stand auf dem Fernseher, in einem Rahmen aus goldenen Blättern. «Es wär so schön, wenn du deinen Vater gekannt hättest, Schätzchen», sagte Marie. «Er war ein lieber, lieber Junge.»

Beinahe hätte Bibis Mutter noch einmal geheiratet. Sie lernte Red kennen, als er die Wäschetrockner in der Schnellwäscherei reparierte, wo Marie arbeitete. Red erzählte ihr Witze und lustige Geschichten, führte sie ins Kino aus und einmal zum Abendessen ins Restaurant *Zur Muschelschale*. Die Woche darauf kam er zum

Abendessen zu ihnen nach Hause. Er nannte Bibi «Bibi Biskuit» und schenkte ihr fünfzig Cents. Schon ziemlich bald kam er fast jeden Abend zum Essen.

«Du lieber Himmel», sagte Bibi zu Celia, «er hat überall rote Haare und Sommersprossen. Ich wette, daß er selbst am Hintern noch rote Haare hat.»

«Du bist verrückt, Bibi», sagte Celia und mußte so lachen, daß sie Schluckauf bekam.

Es gefiel Bibi, daß Red Witze erzählte und ihre Mutter so zum Lachen brachte. Aber nach einer Weile fand sie seine Witze gar nicht mehr so komisch. Wenn er hereinkam, putzte er sich die Schuhe auf der Matte an der Küchentür ab, schaute Bibi an, schüttelte eine ganze Weile lang den Kopf und sagte dann: «Also, wer ist dieses häßliche Kind da? Was will die denn hier?» Einmal sagte er mit leiser Stimme: «Bei dir kriegt man das kalte Grausen, wenn man dich anguckt.» Bibi wußte nicht genau, ob er das wirklich gesagt hatte, denn im nächsten Augenblick fragte er mit sanfter Honigstimme: «Essen fertig, Marie?»

«Noch nicht, Red.»

«Okay, dann wasch ich mich inzwischen.»

Jeden Abend ging Red ins Badezimmer und blieb etwa eine Stunde lang drin. Opas Blase funktionierte nicht mehr so besonders gut. Er mußte oft pinkeln, stand vorm Badezimmer herum und klopfte ab und zu an die Tür. «Willst du die ganze Nacht da drin bleiben?»

Eine Weile später klopfte er wieder. «Es gibt hier noch jemanden, der das Bad mal benutzen muß.»

«Halt die Hosen fest, Alter!»

An dieser Stelle ließ Bibis Mutter einen Topfdeckel laut klappern oder knallte eine Schranktür zu. Sie war in der Küche und kochte etwas Gutes. Dabei trug sie immer ihre alten gelben Turnschuhe, aus denen ihre Zehen hervorlugten. Sobald Red herauskam, sagte sie: «Ist das eine Art, mit einem alten Mann zu reden?»

«Er nervt mich», klagte Red.

«Er ist mein Vater, und du hast ihm mit Respekt zu begegnen. Vergiß nicht, das hier ist *mein* Haus.»

«Gib's ihm, diesem Scheißkerl, Marie», rief Bibis Großvater aus dem Badezimmer.

An einem Abend fing Red bei Tisch davon an, wie komisch Bibi aussah. Er redete immer so weiter und merkte gar nicht, daß Bibis Mutter und Großvater ihm finstere Blicke zuwarfen.

«Marie, du bist eine kräftige, hübsche Frau. Wie bist du nur an so ein dürres, häßliches Ding wie diese Bibi geraten?»

Der Großvater haute ihm eine runter. Red brüllte. Bibis Mutter brüllte lauter. Danach kam Red nicht wieder.

«Auf Nimmerwiedersehen und fort mit Schaden», sagte Bibis Mutter zu Zenetta.

Und Celia meinte zu Bibi: «Du kannst froh sein, daß er weg ist. Es würde dir nicht gefallen, einen Stiefvater zu haben. So wie ich.»

«Warum nicht?» fragte Bibi. Aber mehr wollte Celia darüber nicht sagen.

In einem Punkt hatte Red allerdings recht gehabt: Bibi *war* dürr, und an ihrem spitzen, mageren kleinen Gesicht gab es nichts, was hübsch oder sympathisch gewesen wäre. Die Augen standen zu dicht nebeneinander, die Nase war zu groß. Manchmal gaben die Jungen in der Schule höhnische Elefantentöne von sich, wenn sie an ihr vorbeigingen. Und einmal, im Speisesaal der Schule, hatten bei ihrem Anblick sämtliche Jungen an einem Tisch angefangen zu würgen.

«Wie kommt es, daß ich nicht hübsch bin?» fragte sie ihre Mutter.

«Was macht das schon aus, ob man hübsch ist?» sagte Marie. «Du hast Schwung und Elan und Mut. Damit hast du etwas viel Besseres, als wenn du bloß hübsch wärst.» Und sie spuckte seitlich aus dem Mundwinkel, um Bibi zu zeigen, was sie von *hübsch* hielt.

«Celia ist hübsch», sagte Bibi. «Sie ist sogar schön.»

«Celia heult andauernd», sagte ihre Mutter.

«Jetzt nicht mehr soviel», nahm Bibi sie in Schutz. Je älter Celia wurde, desto hübscher war sie geworden. Auf der Straße sahen die Leute sie an und lächelten. Sie wurde von Lehrern zur Lieblingsschülerin auserkoren, und die Jungen ließen sie nicht in Ruhe. Aber Celia kaute an ihren Fingern und meinte: «Sie kennen mich nicht,

Bibi. Du bist die einzige, die ich liebhabe. Die einzige, mit der ich reden kann.»

Bibi und Celia stimmten darin überein, daß sie sich um diese Sache mit hübsch/häßlich nicht scherten. Sie waren ganz einfach gerne zusammen.

In dem Herbst, als sie beide elf waren, veranstaltete die Parkverwaltung zu Halloween einen Jahrmarkt auf dem Spielplatz in der Greene Street. Es gab Stände, Preise, Spiele und Wettkämpfe. Als erstes sahen sie ein Transparent: HIER ANMELDUNG FÜR DEN SCHÖNHEITSWETTBEWERB. «Celia, da mußt du mitmachen», sagte Bibi.

«O nein, das könnte ich nicht.» Und Celia fing an, auf ihren Fingern herumzukauen.

«Du mußt, weil du nämlich gewinnen würdest.»

«Ach nein, nein, sag das doch nicht, Bibi.»

«Vielleicht würdest du fünf Dollar gewinnen», argumentierte Bibi weiter. Aber als sie sah, wie betroffen Celia war, gab sie nach. «Na, egal. Dann machen wir eben etwas anderes.» Und um Celia zum Lachen zu bringen, sagte sie: «Ich werde den mit Fett eingeschmierten Mast raufklettern.»

Genau in diesem Augenblick rempelte ein Junge Bibi an und verpaßte ihr einen festen Schlag auf den Rücken. «Du Trampeltier, David Kowalski», schrie Bibi ihm nach. «Ich reiß dir gleich den Kopf ab!»

Dann kam ein anderer Junge angelaufen, schaute sie an und bellte. Noch weitere Jungen rannten vorbei, lachten und bellten sie an. «Wau, wau! Waff, wuff!»

Celia entdeckte dann das Blatt Papier auf Bibis Rücken. ICH BIN EIN HUND. BELL MICH AN, WENN DU DAS AUCH FINDEST! Celia wurde rot im Gesicht und wollte das Papier zerreißen.

«Hier, gib her», sagte Bibi. Ihr Bauch fühlte sich an, als hätte sie gerade ein Stück von dem Stinkkäse ihres Großvaters gegessen. Sie klebte sich das Schild mitten auf die Brust.

«Was *machst* du denn da?» rief Celia.

«Es ist *mein* Schild», sagte Bibi und spuckte seitlich durch den Mundwinkel aus.

Celia bekam zittrige Lippen. «Du bist verrückt.»

«Ja, das bin ich wohl, die verrückte alte Bibi», stimmte Bibi ihr zu. Die ganze Zeit über, die sie auf dem Jahrmarkt verbrachten, trug sie das Schild. ICH BIN EIN HUND. BELL MICH AN, WENN DU DAS AUCH FINDEST!

Einer der Jungen, der sie anbellte, war Jimmy DeAngelo, der mit seiner Mutter weiter unten in der Straße neben der Bäckerei Christopher wohnte. Die Hälfte der Mädchen in der Schule war in Jimmy verliebt. Ein Junge mit langbewimperten dunklen Augen und mit guten Umgangsformen. Die Mädchen scharten sich um ihn und trieben sich bei ihm zu Hause vor der Tür herum, warfen mit Blicken um sich und lachten viel. Auch Celia und Bibi redeten über Jimmy. «Findest du ihn eingebildet?» – «Meinst du, daß er hochnäsig ist?»

Sie hatten einen Geheimnamen für Jimmy – der Engel. Bibi sagte zu Celia: «Du und der Engel, ihr müßt zusammenkommen.»

«O nein, nicht mit mir!» rief Celia.

Dann spielten sie ein Spiel, Mann und Frau, und übernahmen abwechselnd die Rolle vom Engel. Wenn Celia damit an der Reihe war, den Engel zu spielen, tastete sie mit den Fingerspitzen nach Bibis Hand und sagte: «O Bibi, ich bete dich an. Möchtest du mich heiraten?»

Das war Bibis Stichwort für die Antwort: «Jimmy Engel, ich habe meiner besten Freundin versprochen, daß ich niemals heiraten werde.»

Bei dieser Antwort schwankte Celia dann zwischen einer finsteren Miene in ihrer Rolle als der Engel und einem Lächeln für sich selbst. Und Bibi konnte es sich nicht verkneifen, noch hinzuzufügen: «Aber, mein herrlicher Engel, wir können trotzdem Spaß miteinander haben.»

Wenn sie den Engel spielte, legte sie die Arme um Celia, aber nur ganz leicht, ganz behutsam, um sie nicht nervös zu machen, und sagte: «O Celia, du bist so schön, und ich sehe so gut aus. Wir sind wie zwei Filmstars. Es ist die reine Wahrheit, daß wir ein vollkommenes Paar sind, nicht wahr?»

Celia war in ihrer Antwort niemals wankelmütig: «Jimmy

Engel, ich habe kein Interesse am Heiraten, egal, um wen es sich handelt.»

Inzwischen wußte Bibi, daß Celia von ihrem Stiefvater belästigt worden war, bis ihre Mutter ihn schließlich hinauswarf. Bibi war die einzige, die davon wußte. Celia hatte ihr das Versprechen abgenommen, daß sie darüber schweigen würde. Sie hatten einen Bluteid geschworen, sich mit Nadeln in die Finger gestochen und ihr Blut miteinander vermischt.

Während der ganzen Mittelstufe und auch in der High-School blieben sie Freundinnen. Manchmal, wenn sie ein, zwei Stunden lang miteinander telefoniert hatten, sagte Marie: «Ich weiß nicht, was du ohne Celia anfangen würdest, Bibi.»

In dem Sommer, als sie sechzehn waren, arbeiteten Celia und Bibi im Kaufhaus *K mart* und sparten das Geld, gingen jeden Freitag gemeinsam zur Bank, um es dort einzuzahlen. Sie waren sich darüber einig, daß sie genug zusammensparen und dann nach Mexiko oder Alaska fahren wollten, je nachdem, wofür Bibi sich entschied. Dann würden sie noch mehr Geld sparen und sich ein Haus kaufen, in dem sie zusammen leben wollten. Celias Mutter hatte wieder geheiratet, und obwohl ihr neuer Stiefvater ganz in Ordnung war, dachte Celia immer noch an eine eigene Wohnung.

«Versprich mir, daß du bei mir wohnen wirst, Bibi.»

«Das muß ich dir gar nicht erst versprechen. Wer sonst würde mich denn schon haben wollen?» Bibi lachte. Sie lachte immer, wenn sie solche Sachen sagte. Mit sechzehn war Celia schöner denn je, während Bibi genauso dürr und reizlos geblieben war. *Häßlich* war das Wort, mit dem sie sich insgeheim bezeichnete, aber das konnte sie vor ihrer Mutter oder Celia nicht sagen, ohne sich damit ein großes Geschrei einzuhandeln.

Den Sommer über fuhren sie jeden Tag mit dem Bus in die Innenstadt zur Arbeit, und jeden Abend fuhren sie wieder nach Hause. Bibi studierte Landkarten, und Celia knabberte an ihrem Bleistift und sah die Anzeigen von Grundstücksmaklern und von Möbelsonderangeboten durch. Abgesehen von ein paar Kinobesuchen gaben sie alle beide kein Geld aus. Sie wollten weiterarbeiten, auch wenn die Schule wieder anfing, und sie waren sich einig, daß jeder, der ihnen künftig etwas zum Geburtstag schenken wollte, Geld für ihre Reisekasse und das Haus geben sollte.

Dann, direkt nach dem Sommer, in der Woche, bevor die Schule wieder anfing, zog Celias Familie nach Alaska. Dort hatte Ted, ihr Stiefvater, einen neuen Arbeitsplatz bei der Pipeline gefunden. Niemand hatte Celia vorher auch nur gesagt, daß sie umziehen würden.

«Sie sind schon im Aufbruch, und ich *muß* mit.» Celia weinte so heftig, daß nichts von dem, was Bibi sagte, sie zum Aufhören bewegen konnte. Drei Tage später war sie fort.

Es war, als ob Bibi in einen Kasten gesteckt worden wäre. Von der Luft abgeschnitten. Eingesperrt. Ihr tat die Brust weh. Sie wollte von der Schule abgehen, aber Marie bat sie, noch eine Weile durchzuhalten. «Du wirst eine andere Freundin finden», sagte Marie.

Es regnete den ganzen September hindurch. Regnete den ganzen Oktober hindurch. In der Zeitung stand, daß es der regenreichste September und Oktober der Geschichte war. Im November wurde es kalt. Bibi war das Wetter egal. Sie hatte aufgehört zu weinen, ging in die Schule und kam wieder heim und arbeitete an den Wochenenden bei *K mart.* Aber der Schmerz in ihrer Brust war immer noch da.

Eines Morgens schaute sie beim Aufstehen aus dem Fenster und sah, daß die Telefonleitungen vor lauter Eis durchhingen. Straßauf und straßab waren auf der ganzen Greene Street die Autos mit Eis überzogen, Äste kamen von den Bäumen heruntergekracht, und der Bürgersteig war so spiegelblank und glatt wie eine Eisbahn. Bibi fragte sich, ob Alaska wohl so aussah. Alles hatte zu – Schulen, Geschäfte, Kaufhäuser. Ihre Mutter ging nicht zur Arbeit; sie blieben alle in der Küche, hörten Radio und aßen Spiegeleier mit Tomaten.

Später kam Zenetta vorbei, setzte sich mit an den Tisch, verschränkte ihre prallen roten Arme und fragte: «Habt ihr schon gehört? Habt ihr schon gehört, was mit der armen Mrs. DeAngelo passiert ist? Ich hab sie gefunden.»

Trotz des Sturms hatte sich Zenetta auf den Weg zur Arbeit

gemacht. Zentimeter um Zentimeter schob sie sich auf dem glatten Bürgersteig vorwärts und war an dem kleinen Haus der DeAngelos schon fast vorbei, als sie sah, daß auf der Auffahrt neben dem weißen Cadillac etwas lag.

«Zuerst dachte ich, es wäre ein Hund oder so. Wollte nicht mal stehenbleiben, es war so rutschig.» Als sie der Sache dann doch nachging, fand sie Mrs. DeAngelo, noch in Morgenmantel und Pantoffeln, halb unter dem Wagen liegend, mit aufgeschlagenem Kopf. Der Rettungswagen kam, aber obwohl es gleich unten in der Straße ein Krankenhaus gab, war es schon zu spät.

«Ich wette, sie ist hinausgegangen, um nach ihrem Wagen zu sehen», sagte Zenetta. «Wollte sich vergewissern, daß der Sturm keinen Schaden angerichtet hatte. Ist auf dem Eis ausgerutscht, und das war's dann.» Zenetta schnippte mit den Fingern.

Beim Gottesdienst für Mrs. DeAngelo war die Meekham's Leichenhalle brechend voll mit Nachbarn und Jimmys ehemaligen Schulkameraden aus der Abschlußklasse vom vorigen Jahr. Jimmys älterer Bruder, ein dünner Mann mit Brille und finsterer Miene, war mit dem Flugzeug aus Kalifornien gekommen.

Jimmy weinte den ganzen Gottesdienst hindurch. Danach gingen alle zu ihm und sagten etwas. Als Bibi an der Reihe war, sagte sie: «Mensch, Jimmy, es tut mir so leid, daß du deine Mutter verloren hast», und sie drückte ihm die Hand. Er sah sie aus nassen schwarzen Augen an. *Was* für ein Gesicht, dachte sie und schämte sich ein bißchen, daß sie bei diesem traurigen Anlaß so oberflächliche Gedanken hegte. Zum Ausgleich dafür drückte sie seine Hand noch fester und sagte: «Mach dir keine Sorgen, Jimmy, du hast jede Menge Freunde.»

«Danke, Bibi», sagte er, «aber niemand könnte mir ein solcher Freund sein, wie es meine Mutter war.» Und wieder stiegen ihm Tränen in die Augen. Das brach Bibi fast das Herz, genauso wie früher bei Celia, wenn deren Augen in Tränen schwammen.

Als sie ein paar Tage später auf dem Heimweg von der Schule an Jimmys Haus vorbeikam, dachte Bibi: Wenn Celia hier wäre, würden wir einfach reingehen und Jimmy aufmuntern, würden ihm ein paar Witze erzählen oder so was Ähnliches. Sie hatte mit angehört, wie Zenetta ihrer Mutter erzählte, daß Jimmy seit dem Begräbnis keinen Fuß mehr vor die Tür gesetzt hatte. «Ich frag mich, was aus dem armen Jungen werden soll», hatte Zenetta gesagt. «Wie soll er denn alleine klarkommen? Du weißt ja, seine Mutter hat ihm alles gemacht.»

Bibi ging weiter, aber nachdem sie erst einmal angefangen hatte, über Jimmy nachzudenken, konnte sie nicht mehr aufhören. Er tat ihr leid, und – nun ja, da war auch noch etwas anderes. War sie nicht die einzige gewesen, die Celia vom Weinen abbringen konnte? Sie aufheiterte? Zum Lachen brachte? Ein komischer Gedanke kam Bibi in den Sinn. Gott schuf manche Menschen so wie Jimmy und Celia – so schön, daß man gar nicht damit aufhören mochte, sie anzusehen. Und dann machte er auch Leute wie sie – Affengesichter. Vielleicht hatte das alles seinen guten Grund – zum Beispiel den, daß Affengesichter und Engelsgesichter zusammengehörten.

Am nächsten Tag ging sie über den schmalen Weg bis hin zur Haustür der DeAngelos und klopfte laut und fröhlich an. Nach ein paar Minuten machte Jimmy auf. Zuerst befürchtete Bibi, daß er sie gar nicht erkannte. Dann sagte er: «Ach, Bibi. Grüß dich.» Er sah schlecht aus, hatte Flecken auf dem Hemd, und an einigen Stellen wucherte ihm der Bart.

«Hey, kann ich irgendwas für dich tun?» fragte Bibi.

«Was?» Jimmy rauchte und wirkte wie benommen.

Bibi schaute an ihm vorbei ins Haus. Das war vielleicht ein Durcheinander! Alles lag voller Kleider – sie sah ein paar schmutzige Socken direkt auf dem Tisch, verkrustetes Geschirr auf der Fensterbank und auf dem Fußboden, überall Staubflocken, und im ganzen Haus roch es nicht besonders gut.

«He, Jimmy», sagte sie, «deine Mutter hat den Haushalt bestimmt nicht so geführt, da wette ich drauf. Komm, ich helfe dir dabei, ein bißchen aufzuräumen.» Sie ging einfach hinein und mußte fast lachen, als ihr einfiel, wie Celia immer gesagt hatte, daß sie sich allerhand traute.

Jimmy ließ sich in einen Sessel sinken und schaute mit großen Augen zu, als Bibi anfing, den herumliegenden Kram aufzuheben. Sie stapelte das Geschirr in die Spüle, warf Zigarettenstummel in den Müll, fegte den Fußboden und machte zum Lüften ein Fenster auf.

«Wie wär's denn, wenn du deine Kleider aufheben würdest, Jimmy?» sagte sie. «Tu sie in den Wäschekorb oder so.»

Er nickte und stand auf.

«Was hast du denn heute gegessen?» fragte sie. Abgesehen von saurer Milch und einem Stück schimmeliger Salami war der Kühlschrank leer. Im Schrank entdeckte Bibi eine Dose Muschelsuppe, machte sie warm und kochte einen Topf Nudeln dazu.

«Komm schon, setz dich her.» Sie goß die Suppe in eine Schüssel und stellte die mit Butter übergossenen Nudeln vor Jimmy hin. «Hau rein», sagte sie, während sie sich ihm gegenübersetzte. «Du mußt was essen, Jimmy.» Ihr Tonfall war frisch und unbefangen, so wie sie immer mit Celia gesprochen hatte. Jimmy saß einfach da und sah wie ein Kriegsopfer aus.

«Du vermißt sie wohl sehr», sagte Bibi.

«Soll ich dir mal was erzählen? Von dem Morgen, an dem sie nach draußen ging – um nach dem Wagen zu sehen? Da hat sie vorher noch ein Glas frischen Orangensaft für mich hingestellt. Nicht diesen tiefgefrorenen Saft aus der Dose, den hat sie nie verwendet. Sie hat ihn für mich frisch ausgepreßt, jeden Morgen, noch bevor sie irgend etwas anderes tat.»

«Sie hat gut für dich gesorgt», sagte Bibi.

«Sie hat mich verstanden», sagte er. «Es war nicht nur der Orangensaft. Sie hat mich immer verstanden. Und jetzt schäme ich mich so.» Ihm stieg das Wasser in die Augen.

«He», sagte Bibi, «du hast überhaupt keinen Grund, dich zu schämen, Jimmy. Du warst ihr ein guter Sohn.»

«Nein», sagte er. «Ich habe ihr nie gesagt, wie lieb ich sie habe.»

Ein paar Tage später ging Bibi wieder hin, räumte auf und kochte für Jimmy. Allmählich wurde es ihr zur Gewohnheit, nach der Schule bei ihm vorbeizuschauen, das Abendessen zu machen und dann noch eine Weile bei Jimmy zu sitzen und mit ihm über seine Mutter und über seine Arbeit zu sprechen. Kurz vor dem Tod seiner Mutter hatte Jimmy seine Stelle bei den Highgate-Motorenwerken verloren.

«Sie sagten, ich wäre der beste Verkäufer gewesen, den sie je hatten, Bibi.»

«Das glaube ich, Jimmy.»

«Aber sie mußten jemandem kündigen, und ich stand ganz unten in der Rangordnung, war als letzter gekommen.»

«Du wirst schon etwas anderes finden, Jimmy.»

«Das war eine gute Stelle. Die hätte ich gern wieder.»

«Vielleicht holen sie dich wieder zurück. Das tun sie bestimmt!»

Manchmal spielten sie Karten oder sahen fern. Jimmy hatte es ganz besonders gern, wenn Bibi ihm aus der Zeitung vorlas, während er zu Abend aß. Das hatte seine Mutter immer gemacht. Sie lachten über die Antworten der Lebensberaterin, sahen sich die Leserbriefe an und redeten darüber, welche Filme gerade liefen.

Jimmy sah schon besser aus. Wenn Bibi vorbeikam, war er rasiert, trug saubere Jeans und einen von seinen Wollpullovern mit V-Ausschnitt. Manchmal aß sie mit ihm. Er lud sie immer dazu ein, aber normalerweise lehnte sie ab, weil ihre Mutter sie ebenfalls zum Abendbrot erwartete. In der Schule schmiedete Bibi den ganzen Tag über Pläne, was sie Jimmy kochen würde, und legte sich Themen zurecht, über die sie sich unterhalten konnten. Dadurch gingen die langweiligen Stunden schneller herum, und außerdem half ihr das dabei, nicht mehr daran zu denken, wie sehr Celia ihr immer noch fehlte.

Bibi konnte gut kochen. Schon als kleines Mädchen hatte sie dicht neben Maries Ellbogen in der Küche gestanden. Jimmy war ganz verrückt danach, wie sie Huhn mit Ananas und Estragon zubereitete. «Nichts gegen meine Mutter», sagte er einmal, «aber beim Kochen schlägst du sie um Längen.»

«Hey, zum Ausgleich für dieses Gesicht muß ich ja wohl auch etwas gut können», sagte Bibi.

«Wie man aussieht, spielt doch keine Rolle», sagte er und drückte sie an sich.

«Das spielt nur dann keine Rolle, wenn man gut aussieht», sagte sie mit einem breiten Lachen. Jimmy hatte immer noch den Arm um ihre Hüften liegen.

«Jimmy, weißt du noch, wie mir die anderen auf dem Halloween-Jahrmarkt dieses Schild umgehängt haben? ‹Ich bin ein Hund. Bell mich an, wenn du das auch findest!›»

«Daran kann ich mich nicht mehr erinnern», sagte Jimmy.

«Na, ich schon», sagte Bibi.

An diesem Abend schrieb sie Celia einen Brief. «Ist das Leben nicht komisch? Du bist in Alaska, und ich freunde mich mit dem Engel an. Wenn Du hier wärst, wäre alles vollkommen.»

Als sie ein paar Tage später bei Jimmy zum Haus hereinkam, fand sie ihn auf der Couch liegend vor, weil er sich so elend fühlte. «Ich mußte an meine Mutter denken.»

Bibi streichelte ihm das Gesicht und fuhr ihm über den Kopf. «Jimmy, mit dir wird schon wieder alles okay. Hör zu, Jimmy, sie ist doch jetzt im Himmel.» Sie brachte ihn dazu, daß er aufstand und sich das Gesicht wusch, während sie ihm das Abendessen kochte. Sie hatte eine Packung von seinem französischen Lieblings-Vanilleeis mitgebracht.

Später stellte sich heraus, daß er noch aus einem anderen Grund so niedergeschlagen war. Kein Geld. Die Miete war fällig. Die Cadillac-Leute wollten kommen und den Wagen abholen. Er hatte schon zwei Raten nicht mehr bezahlt.

«Glaubst du, daß dein Bruder dir helfen würde?»

«Dem wäre es ganz egal, wenn er mich nie mehr wiedersehen würde. Wir hatten schon Glück, daß er überhaupt zum Begräbnis meiner Mutter gekommen ist. Ich brauche wieder eine Stelle, Bibi.»

Schon seit ein paar Wochen suchte Jimmy jetzt Arbeit.

«Kein Glück heute?» fragte Bibi. «Wo warst du denn?»

«Bei McPharry's, dem Möbelgeschäft auf dem Boulevard.»

«Du wärst ein guter Möbelverkäufer, Jimmy.»

«Mir wär das auch sehr recht, wenn ich Möbel verkaufen könnte.»

«Vielleicht kann ich dir aushelfen», schlug Bibi vor. «Ich hab mir im Sommer Geld zurückgelegt ...»

«Ich kann doch kein Geld von dir annehmen!»

«Klar kannst du das. Es liegt doch bloß auf der Bank. Du kannst es mir ja zurückzahlen, wenn du wieder Arbeit hast.»

«Bibi, du bist die Beste», sagte Jimmy, und er stand auf und drückte sie und sagte ihr, sie wäre der einzige Mensch, der ihn noch gern hätte. Und dann küßte er sie. Mensch! dachte Bibi, ich bin im Himmel! Und als ihr einfiel, wie sie und Celia gespielt hatten, sie würden den Engel küssen, mußte sie lachen.

«Was ist daran so lustig?» fragte Jimmy. «Magst du es nicht, wie ich küsse?»

Bibi merkte, daß ihm das etwas ausmachte. «Es ist mein Fehler, daß ich immer zum falschen Zeitpunkt lache», sagte sie. «Du küßt himmlisch.»

Dann küßten sie sich noch weiter, und als sie aufhörten, um wieder zu Atem zu kommen, sagte Jimmy: «Bibi, komm, wir heiraten. Ich möchte mit dir verheiratet sein. Du bist das netteste Mädchen, das ich kenne.»

Bibi konnte nicht mal sprechen und nickte nur ihr Einverständnis. Und sie küßten sich wieder auf die Wangen und auf den Mund, und sie umarmten und küßten sich so heftig, daß sie das Gleichgewicht verloren und auf den Fußboden purzelten. Und dann mußten sie alle beide ganz furchtbar lachen, und Bibi wußte, daß sie noch nie so glücklich gewesen war.

Auf dem Heimweg war sie immer noch wie benommen. Ich und Jimmy der Engel! Aber zu Hause, als sie in den Spiegel schaute, wurde sie rasch wieder nüchtern. Nein, ach nein, das konnte nicht die zukünftige Frau von Jimmy dem Engel sein. Sie bedauerte sich nicht, sondern sah ganz einfach ein, daß sie so war, wie sie war. Ihre Liebe zu dem Engel war zu groß, um es zuzulassen, daß er Bibi Waff-Wuff heiratete.

Am nächsten Tag ging sie wie immer zu ihm, machte ein spanisches Omelett und Pillsbury-Zwieback, und dabei fiel ihr etwas an Jimmys Tischmanieren auf. Er benutzte den Zwieback, um seinen Teller damit blankzuwischen.

«Wann wollen wir heiraten?» fragte er.

Bibi hatte sich schon den ganzen Tag über zurechtgelegt, was sie darauf antworten würde. «Jimmy, das mußt du nicht tun. Ich gebe dich frei», sagte sie. Es klang ziemlich großartig. (Sie hatte das mal im Fernsehen gehört.)

«Du willst nicht?» sagte er, und seine Hand, mit der er die Gabel hielt, erstarrte in der Luft.

«Nur weil du das gestern gesagt hast, werde ich dich nicht beim Wort nehmen, Jimmy.»

«Du willst nicht?» fragte er noch mal.

«Oh, ich würd schon wollen.»

«Na, ich doch auch», sagte er.

Ihre Mutter wollte die Einwilligung nicht geben. Sie sagte, Bibi sollte warten, bis sie achtzehn war. «Es ist nicht gut, wenn du so jung schon ein Baby kriegst, Schätzchen.»

«Mit dem Baby warte ich noch», sagte Bibi. Und sie dachte dabei, wie hübsch Jimmys Kinder sein würden.

«Na, liebt er dich denn auch?» wollte Marie wissen.

«Hey, meinst du denn, daß sich niemand in diese Visage verlieben könnte?»

«Also, das hab ich nicht gesagt, Bibi!»

Sie waren immer noch zugange, als Zenetta hereinkam, ihre prallen roten Arme auf den Tisch legte und sagte: «Bibi, du weißt, ich habe dich so lieb, als ob ich deine Mutter wäre. Also versteh mich jetzt nicht falsch, aber Jimmy DeAngelo könnte jede kriegen, die er haben will. Wieso kommt er also ausgerechnet auf dich?»

«Warum er auf Bibi kommt?» Marie schlug mit der flachen Hand auf den Tisch. «Weil der Junge sie liebt – deshalb! Bibi, möchtest du die Hochzeitsfeier gleich hier bei uns zu Hause abhalten?»

Danach brachte Jimmy seine Kleider und das Doppelbett seiner Mutter und sonst noch so dies und das, und sie stellten alles in Bibis Zimmer. Das war im Dezember, und an einem Samstagnachmittag gingen sie in die Kirche und ließen sich trauen. Ihre Mutter weinte, aber Jimmy blinzelte Bibi zu, so daß sie beinahe lachen mußte, obwohl es eine ernste Angelegenheit war. Sie hatte ein neues gelbes Kleid und einen Brautstrauß aus Teerosen. Mrs. Lillian war da, Zenetta, die Nachbarn, die immer zum Singen kamen – nahezu dieselben Leute, die auf Mrs. DeAngelos Beerdigung gewesen waren. Ihr Großvater fühlte sich schwach auf den

Beinen und konnte deshalb nicht kommen, aber als sie wieder zu Hause waren, gab er Bibi zehn Silberdollar und sagte: «Du bist ein liebes Mädchen, Bibi. Ich wünsch dir alles Glück der Welt.»

Im Januar ging Bibi von der Schule ab und arbeitete jetzt ganztags bei *K mart*. Marie wollte das nicht, aber Bibi konnte sich nicht vorstellen, als Schnorrer bei ihrer Mutter zu leben. Jede Woche gab sie ihrer Mutter Geld für Unterkunft und Verpflegung, behielt einen kleinen Betrag für sich und trat den Rest an Jimmy ab, um ihm eine Freude zu machen. Er hatte noch keine Stelle gefunden.

Celia schrieb ihr einen Brief. «Ich kann's immer noch nicht glauben, daß ich Dein Hochzeitsfoto vor mir liegen habe. Wir waren wohl ganz schön albern als Kinder – erinnerst Du Dich noch an unsere Schwüre und all das Zeug? Vielleicht gehe ich zum College. Ich habe mich noch nicht entschieden.»

Jeden Morgen frühstückte Bibi mit ihrer Mutter, und dann brachen sie gemeinsam zur Arbeit auf. Abends kamen sie ungefähr zur gleichen Zeit heim und machten das Abendessen. Beim Kochen wechselten sie sich ab, seit Bibi ja nun eine richtige, verheiratete Frau war. Dann, wenn alles fertig war, riefen sie Jimmy und den Opa, und sie setzten sich alle zusammen zu Tisch. Jimmy lächelte Marie zu und sagte ihr, wie gut es schmeckte. Marie wollte nicht zurücklächeln, das konnte Bibi sehen, aber sie tat es dann fast immer doch. Nach dem Essen erledigten die beiden Frauen den Abwasch und bügelten und legten Kleidungsstücke zusammen, während sich Jimmy im vorderen Zimmer mit dem Großvater unterhielt.

Und später, in ihrem Zimmer, erzählten er und Bibi einander, was sie den Tag über gemacht hatten. Für Bibi war das die schönste Zeit des Tages, außer manchmal am Morgen, wenn sie aufwachte und Jimmy ansah, der neben ihr schlief, und dabei dachte: Das ist Jimmy der Engel, der jetzt wirklich und wahrhaftig mein Mann ist.

Zenetta kam zu Besuch, brachte eine Tüte mit Milchbrötchen mit. «Wie geht's der alten, verheirateten Dame?» Manchmal kamen Mädchen aus der Schule zu *K mart*. «Mensch, Bibi, ich hätte nie gedacht, daß du so früh heiraten würdest. Das ist vielleicht ein Ding, daß du mit Jimmy DeAngelo verheiratet bist.»

«Verheiratet sein ist Spitze», sagte Bibi und ließ ihren Ehering funkeln. «Du solltest es auch mal versuchen.»

Aber es gab kleine Probleme. Kaum genug Zeit, um alles zu erledigen. Manchmal wurde sie arg müde. Und Jimmy war immer noch arbeitslos. Es machte ihm auch zu schaffen, daß er kein Auto mehr hatte. Sie sprachen darüber und beschlossen, für eine Anzahlung auf einen Wagen zu sparen – keinen Cadillac. Einen preisgünstigen Kleinwagen. Das gesparte Geld bewahrten sie in einer *Paul-deLima*-Kaffeedose auf. Sie hatten ihre Freude daran, es gemeinsam zu zählen und festzustellen, wie sie der Anzahlungssumme immer näher kamen. Jimmy studierte die Autozeitschriften, damit sie auch wirklich einen guten Kauf machen würden.

«Nun ja», sagte Marie eines Abends, als sie zusammen mit Bibi den Abwasch erledigte, «es ist ganz nett, einen Mann im Haus zu haben. Das geb ich ja zu. Und Jimmy ist ein lieber Junge. Sogar Zenetta gesteht ihm zu, daß er sich gut eingewöhnt hat.»

Alles ging gut, und dann war es so, als wären sie auf dem Gipfel angelangt und als müßte nun naturgemäß der Abstieg folgen. Bibi war nicht überrascht. Sie hatte schon die ganze Zeit auf diesen Abstieg gewartet. Jimmy bekam eine Ohrenentzündung, war ein paar Wochen lang krank, und die Arztrechnungen waren fürchterlich. In die *Paul-deLima*-Dose kam kein Geld mehr. Während seiner Krankheit war Jimmy ständig mißgestimmt, und auch als es mit ihm wieder aufwärtsging, wurde seine Laune nicht besser. Er wollte nicht reden und nicht fernsehen und nicht einmal auf ein Bier weggehen. Manchmal lag er auf dem Bett, die Hände hinter dem Kopf, starrte zur Decke und sprach stundenlang kein Wort. Das war Bibi unheimlich.

«Habt ihr beiden schon Streit?» fragte Marie.

«Keinen Streit», sagte Bibi. Das stimmte auch. Jimmy stritt nicht gerne, er war nie ausfallend oder gemein, sondern sagte nur: «Laß mich in Ruhe.» Bibi wäre es viel lieber gewesen, wenn er mit ihr gestritten hätte. Damit kannte sie sich besser aus als mit «Laß mich in Ruhe».

Es war Februar, und anstatt Schnee hatten sie jeden Tag Regen; die ganze Stadt war grau, und im Badezimmer und an den Küchenwänden tauchten Schimmelflecke auf. Jimmy haßte dieses Wetter und blieb den ganzen Tag im Haus.

An einem Abend putzten Bibi und Marie das Bad. «Meinst du, daß dein Mann noch mal Arbeit finden wird?» fragte Marie.

«Ja, bestimmt», sagte Bibi. «Er hat Pech gehabt.»

«Mit dem Pech wird es nicht besser werden, wenn er den ganzen Tag nur herumliegt und unanständige Zeitschriften liest.»

«Laß ihn in Frieden», sagte Bibi.

«Ich tu ihm ja nichts. Ich geb nur das wieder, was Opa sagt.»

«Opa ist alt.» Bibi wrang einen Lappen aus.

«Sei nicht so respektlos. Jimmy sucht gar nicht nach Arbeit. Er läßt dich arbeiten, Schluß, aus. Macht sich's im gemachten Nest behaglich, mein Mädchen. Das sind meine Befürchtungen.»

Bibi beugte sich über die Wanne und rieb an einem Fleck herum. «Er hat sich von der Ohrenentzündung noch nicht ganz erholt.» Ihr Herz hämmerte, weil sie so heftig scheuerte. Der Fleck ging nicht ab. Sie rieb noch fester.

«Du erfindest Ausreden für den Jungen.»

«Ich will nichts mehr hören!» Sie warf den Lappen hin und ging in ihr Zimmer. Jimmy lag auf dem Bett und las in einer Zeitschrift. Bibi stellte sich ans Fußende. «Hallo.»

Jimmy sagte nichts, lag einfach da in seiner grünen Schlafanzughose aus Flanell, ließ seine glatte Brust sehen und schaute schön und traurig aus.

Bibi hielt das neue rosa Nachthemd hoch, das sie in der Mittagspause gekauft hatte. So hübsch, daß sie nicht widerstehen konnte. «Gefällt dir mein neues Nachthemd?» Sie rüttelte ihn am Arm. «Jimmy!»

«Wieviel hat es denn gekostet?»

«Es genügt, wenn ich das weiß – aber du kannst ja raten.»

«Zehn Mäuse.»

Sie schüttelte den Kopf.

«Zwanzig?»

«Damit kommst du der Sache schon näher.»

«Mehr?» Er stützte sich auf dem Kissen auf. «Jetzt haben wir wieder nichts für die Kaffeedose.»

«Na, ich wollte auch mal etwas Hübsches haben. Ich arbeite die ganze Woche lang, und da wollte ich mal was Schönes für mich.» Und dann konnte sie es sich nicht verkneifen, noch hinzuzufügen: «Wenn du Geld in die Kaffeedose tun willst, dann besorg dir Arbeit.»

Ihm schoß die Röte ins Gesicht. «Du wolltest also etwas Hübsches haben? Das war's doch?»

Sie merkte, daß sie herausgefordert wurde. «Ja», sagte sie. «Willst du das hochspielen?» Und es war ihr sogar egal, daß sie ihm diesen Hieb mit der Arbeit versetzt hatte, weil der Krach ihn zumindest zum Reden brachte.

«Du wolltest etwas Hübsches?» wiederholte er. Und er lächelte, daß seine Zähne zu sehen waren.

«Was ist daran so komisch?» fragte Bibi. «Muß ja wirklich was Lustiges sein, wenn es dir ein Lächeln entlockt.»

«Ja, es ist lustig.» Er zeigte auf das Nachthemd, dann auf sie und sagte: «Bibi Waff-Wuff.» Er sagte auch noch etwas anderes. Aber dieses andere hörte Bibi nicht mehr. Sie geriet in einen richtigen Betäubungszustand, genau wie damals an dem Tag, an dem er ihr den Heiratsantrag gemacht hatte. Konnte nicht sprechen und fiel hintenüber aufs Kissen. Sagte nichts. Kein Wort. Atmete kaum.

«Bibi?» fragte er. «Hey, sag doch, was ist denn los, Bibi?»

Konnte immer noch nicht sprechen.

«Hey, *Bibi.*» Ein Blick, ein Ausdruck in seinen Augen, als ob er es mit der Angst zu tun bekäme. «Es war doch nur Spaß», sagte er. Er nahm sie am Arm. «Nur so dahingesagt. Du nimmst das doch nicht ernst, oder?»

Und immer noch konnte Bibi nichts sagen. Ach, dieser Schmerz, ein Druck hinter ihren Rippen, der schlimmste, der allerfürchterlichste Schmerz, den sie je gespürt hatte, schlimmer als an dem Tag, an dem Celia wegzog. Sie hob die Hand, machte den Mund auf, ließ die Hand wieder sinken. Und aus dem einen Auge lief ihr eine Träne.

«Hey, hey, hey.» Jimmy beugte sich über sie. «Bibi, hey! Hey, Bibi, ich *liebe* dich.»

Dann sah sie ihn an, ihren bildschönen Mann, ihren Jimmy Engel mit den langen Wimpern. «Ich liebe dich auch», sagte sie und küßte ihn auf die Schulter. Und dann biß sie ihn, genau auf dieselbe Stelle, wo sie ihn geküßt hatte. Biß fest zu, durch die Haut hindurch.

Er jaulte auf. Ihre Zähne hatten einen Halbkreis hinterlassen, in dem sich kleine Blutstropfen bildeten. «Du hast mich gebissen», sagte er. Er faßte das Blut an. «Du hast mich gebissen.» Er hörte sich so überrascht an, so gekränkt. «Warum hast du das getan?»

«Ich weiß nicht», sagte Bibi. «Ich glaub, ich bin ganz einfach verrückt.» Und in diesem Augenblick fiel ihr ein, wie ihre Mutter zu Zenetta sagte: «Man hat's nicht leicht im Leben», und wie Zenetta darauf antwortete: «Ja, aber das ist nun mal alles, was wir haben.» Und wie sie dann beide lachten, so vergnügt und gleichzeitig traurig.

«Ich weiß nicht», sagte sie wieder. «Man hat's nicht leicht im Leben.» Und sie schmiegte ihr Gesicht an das von Jimmy und lachte und lachte. Und schon nach einer ganz kleinen Weile mußte er mit ihr lachen.

Wie ich von zu Hause abhaue und meine Mutter kleinkriege

Meine Mutter heißt Marlene Marie Theresa Thornton. Ich bin Marlene Nadia Theresa Thornton. Meine Mutter schreibt ihrer Schwester Briefe nach San Diego in Kalifornien. Die unterschreibt sie mit «Viele Grüße für meine Ginny-Schwester von Deiner Schwester Marlene M. T. Thornton.»

Seit ich Schreiben gelernt habe, schreibe ich meinen Namen so: Marlene N. T. Thornton. Überall, wo ich zur Schule gehe, in Rochester im Staat New York oder sonstwo, fragen die anderen: «Was bedeutet das *N. T.?*» Ich sag dann: «Nadia Theresa.» Die andern kichern. «Nein, das heißt *Ente!*» Ich werde sauer, wenn sie das sagen. Dann krieg ich richtig Wut. Ich denke dann: Warum hat mir meine Mutter so einen doofen Namen gegeben! Aber ich schreibe trotzdem auf alle meine Schulsachen *Marlene N. T. Thornton.* So heiße ich eben.

Ich schreibe den Namen mit großen Buchstaben. MARLENE N. T. THORNTON. Manchmal meint ein Lehrer: «Eine sehr schöne Schrift, Marlene.» Ich sage zu Lucy, meiner Freundin: «Die andern sollen bloß nichts über meinen Namen sagen. Sonst tret ich sie nämlich in 'n Arsch.»

Lucy lacht. «Du kriegst das fertig», sagt sie.

Lucy ist mager und gescheit. Ich bin kräftig und dumm. Ich weiß, daß ich dumm bin. Einmal habe ich gehört, wie eine Lehrerin das gesagt hat. «Diese Marlene ist strohdumm! Aber man kann sie nicht sitzenbleiben lassen. Das wäre ja, als würde man eine Frau in die unteren Klassen stecken.» Die Lehrerin, die das gesagt hat, ist nicht meine jetzige Lehrerin, Miss Shelby. Das war in Rochester im Staat New York. Mensch, bin ich froh, daß ich da weg bin.

Ich mußte ein ganzes Jahr lang in Rochester im Staat New York bleiben, nachdem meine Momma erklärt hatte, daß sie von uns *allen* die Nase voll hat. Erst hat sie den Vater von meinem Bruder rausgeschmissen. Das war Lonny Greenwood, mein Stiefdaddy.

Meine Momma wurde so sauer auf Lonny Greenwood, sie kriegte richtig Wut auf ihn, weil er mit einer anderen Frau gegangen ist. Mir hat das leid getan, daß Lonny Greenwood, mein Stiefdaddy, weg ist. Er war ein echt netter Mann. Als nächstes hat meine gemeine, alte Momma meinen Bruder, Lance Vern Greenwood, zu seiner Großmutter nach Washington, D.C., geschickt. Und dann hat sie *mich*, Marlene Nadia Theresa, zu *meiner* Großmutter nach Rochester im Staat New York geschickt.

Meine Mutter sagt, sie will alleine leben und all diese Blutegel loswerden, und das war's dann! Ich war so *sauer*. *Mich* hätte sie doch gar nicht rauszuschmeißen brauchen. Mein kleiner Bruder, Lance Vern – der hat unheimlich viel Ärger gemacht. Hat geraucht und so Sachen. «Zehn Jahre alt», hat meine Mutter gesagt, «und meint, er wüßte schon über alles Bescheid. Also mir reicht's. Ihr kommt zu euren Großmüttern, damit ihr mal ein bißchen Respekt lernt, alle beide.»

Und so bin ich nach Rochester im Staat New York gekommen und war dort bei meiner Großmutter Ruth. Ein ganzes Jahr lang hab ich bei ihr in ihrem Haus gewohnt. Ein süßes kleines Haus mit einem richtigen Dachboden, einem Hof und allem Drum und Dran. Meine Großmutter arbeitet mit großer Begeisterung im Garten. Sie zieht schöne, große Blumen und die *besten* Tomaten.

Meine Großmutter konnte in bestimmten Fällen ein ganz schön mieses, böses Gesicht machen, aber sie war eine nette alte Dame. Hat mich nicht gehauen und nichts, nur wenn ich richtig schlimm gewesen war. Ich durfte so viele Blätterteig-Apfeltörtchen zum Frühstück essen, wie ich nur wollte, und sie hat auch nie verlangt, daß ich mein Bett mache, bloß einmal in der Woche mußte ich's frisch beziehen. Aber trotzdem hab ich das ganze Jahr über dauernd zu ihr gesagt: «Ich wollt, ich könnt nach Hause zu meiner lieben, süßen Momma.»

Jeden Abend vor dem Abendbrot legte meine Großmutter ihre Zähne auf den Tisch. Legte ihren Spearmint-Kaugummi oben auf die Zähne drauf. Danach stellte sie die Nachrichten im Fernsehen an. Ziemlich bald sagte sie dann: «Auf der Welt geht es häßlich und böse zu, Marlene Nadia Theresa.» Sie schaute sich noch mehr

Nachrichten an. Ausgebombte Häuser. Kleine Kinder, die von ihren Familien weggeklaut worden waren. Arme Männer ohne Arbeit. Schon bald machte Großmutter Ruth ihr fieses Gesicht. Dann sah sie ganz genauso aus wie eine Hexe, die einem Angst machen möchte. Puh! Jeden Tag hab ich zu mir selber gesagt: «Es würd mir überhaupt nichts ausmachen, wenn ich diese miese, alte Visage von meiner Großmutter *nie wieder* sehen müßte.»

Ich hab meiner Mutter einen Brief geschrieben. «Holst Du mich hier weg? Ich krieg jeden Abend die Zähne von Großmutter Ruth auf dem Tisch zu sehen. Und muß zugucken, wie sie miese Gesichter macht. Außerdem hat sie einen Schnurrbart.»

Hab noch einen Brief geschrieben. «Ich bin ganz brav. Ich hab noch nie etwas Böses gemacht. Ich hab so Sehnsucht nach Dir. Du bist doch meine ganz süße Momma. Ich wär so froh, aus Rochester im Staat New York wegzukommen. Diese Stadt kann ich einfach nicht leiden.» Unter die Briefe hab ich geschrieben: «Viele Grüße an meine liebe Mutter von Marlene N. T. Thornton.»

An einem Tag ist meine Mutter mich dann abholen gekommen. «Rat mal, was passiert ist, Marlene Nadia Theresa», sagt sie. «Ich hab eine neue Stelle, in einem Schreibbüro.»

Ich denk: Was ist denn ein Schreibbüro? Ich bin so dumm, daß ich meine, es würde doch in *jedem* Büro geschrieben.

Momma sagt: «Eine neue Stelle und eine neue Wohnung. Na, ist das was?» Und sie sagt: «Marlene Nadia Theresa, Schätzchen, du wirst wieder bei deiner Mutter sein, Kleines. Zu Hause, wo du hingehörst.» Und sie lächelt mich an und sagt tausendmal «Marlene Nadia Theresa, Schätzchen» zu mir.

Mensch, war ich froh. Und Mensch, war ich blöd! Ratet mal, was dann passierte. Schon nach kurzer Zeit bei meiner Mutter ist mir nämlich so elend und unglücklich zumute, daß ich gleich wieder zu meiner Großmutter Ruth zurück will!

Meine Mutter läßt mich überhaupt nichts machen. Hier darf ich nicht hin, und dort darf ich nicht hin. Muß gleich nach der Schule nach Hause kommen. Muß meine Schularbeiten machen. Jeden Tag fragt sie: «Hast du die Schularbeiten schon gemacht?» Schreit die ganze Zeit rum. Und ich muß den ganzen Haushalt machen.

«Wasch das Geschirr ab! Feg aus! Bring den Müll runter!»

Damit hat sie's ganz besonders. Den Müll runterbringen! «Marlene Nadia Theresa, hast du den Müll runtergebracht?» Jeden Tag: «Bring den Müll runter.» Warum bringt sie den Müll denn nicht selber runter?

Sie sagt: «Ich arbeite den ganzen Tag. Wenn ich heimkomme, bin ich müde. Du mußt dich an der Hausarbeit beteiligen.»

Ich sag: «Ich muß immer *alles* machen.»

Sie sagt: «Also, du weißt doch, daß das nicht stimmt. Wer kauft ein? Wer kocht? Wer bezahlt die Rechnungen? Hast du heute morgen dein Bett gemacht?»

Jeden Tag muß ich das Bett machen. Warum? Das sieht doch keiner. Bei Großmutter Ruth hab ich mein Bett doch auch nicht gemacht. Meine Mutter sagt, ich muß das Zimmer sauberhalten und immer alles ordentlich wegräumen. «Es gehört sich nicht, seine Unterhosen auf dem Fußboden zur Schau zu stellen», sagt sie. «Tu sie in den Wäschekorb. Häng deine Bluse auf. Leg die Socken zusammen und räum sie in die Kommode.» Ich kann überhaupt nichts draußen liegenlassen, oder sie schreit wie eine böse, alte Hexe mit mir rum.

Ich sag: «Schrei mich nicht so an!»

Sie sagt: «Red nicht in so einem Ton mit mir.»

Ich sag: «Du bist hier doch diejenige, die diesen Ton drauf hat!»

Peng! Haut mir voll eine runter. Ich heule und schrei auch ein bißchen. Es macht mich so *wütend*, wenn ich geschlagen werde.

Meine Mutter sagt: «Ach, ein so großes Mädchen wie du – und dann plärrst du so. Du störst die Nachbarn», sagt sie. «Hör mal lieber damit auf. Die Leute brauchen ihre Ruhe. Alle müssen hart arbeiten. Ich auch», sagt sie. «Ich bin *so* müde. Völlig erledigt.»

Sie will, daß es mir leid tut. Ich bin aber bloß wütend. Mir fällt ein, wie sie immer sagt: «Ach, ich hab halt das Temperament einer Rothaarigen!» Aber das weiß doch jeder, daß sie ihr rotes Haar aus der Flasche mit Miss-Clairol-Haarfärbemittel hat.

In meinem Zimmer reiß ich alle Bettdecken runter, die ich am Morgen ordentlich glattgezogen habe – für *sie*. Schmeiß alles auf den Boden und wünsch mir, ich könnte wieder in Rochester im

Staat New York sein. Ich wisch mir das Gesicht am Kissen ab und denke darüber nach, ob man immer bei seiner Mutter bleiben muß. Ganz egal, was los ist? Steht das so im Gesetzbuch?

Am nächsten Tag in der Schule frag ich meine Freundin Lucy: «Muß man immer bei seiner Mutter bleiben? Ganz egal, was los ist? Steht das so im Gesetzbuch?«

Lucy, meine Freundin, nickt. Sie ist acht Jahre alt. Meine Mutter sagt: «Wieso bist du mit Lucy befreundet? Du bist doch schon zwölf.»

Ich sag: «Ich mag Lucy.»

Wir gehen jeden Tag zusammen in die Schule. Lucy nervt mich nicht so wie andere Leute. Ich meine, die andern glotzen immer so. Bei mir ist alles dran, wie bei einer Frau. Die Jungen gucken mir dauernd auf die Brust. Diane ist das hübscheste Mädchen bei mir in der Klasse. Ich bin die Größte, am meisten entwickelt. Ich bin größer als alle anderen Mädchen und größer als die meisten Jungen. Auf jeden Fall größer als Miss Shelby. Sie hat Angst vor mir und kichert jedesmal, wenn ich sie etwas frage. Wieso fürchtet sie sich denn vor mir? Ich tu ihr doch nichts. Ich geb mir große Mühe, etwas zu lernen. Ich will nicht so dumm bleiben.

Lucy bekommt in ihrer Klasse noch keine Schularbeiten auf, deshalb hilft sie mir manchmal. Liest mit mir, hilft mir bei den Rechenaufgaben, solche Sachen eben. Lucy macht das nichts aus. Sie hilft mir gern.

Dann sagt meine Mutter mit einer ganz gemeinen Stimme: «Mach deine Schularbeiten selber. Wozu brauchst du dafür so eine achtjährige Rotznase? Du hast Schwierigkeiten beim Lesen. Deine Lehrerin sagt, daß du im Lesen nicht auf dem Niveau der sechsten Klasse bist. Mach deine Schularbeiten alleine!» Und sie haut mich auf den Arm.

Ich sag: «Warum haust du mich?»

Und sie sagt: «Marlene Nadia Theresa, du mußt lernen. Du mußt deine Arbeit selber machen. Es wird nicht immer jemand da sein, der sie für dich tut. *Ich will, daß du was lernst.* Ich kann dich nicht jede Minute beaufsichtigen. Du mußt lernen, und du mußt brav sein.»

«Ich bin doch brav», sag ich.

Da sagt sie: «Hast du den Müll runtergebracht?»

Sonst weiß sie wohl überhaupt nichts? Den Müll runterbringen! Schularbeiten machen! Zimmer aufräumen! Abendessen kochen! Ihr fallen tausend Sachen ein, die ich machen soll.

«Ich will nicht, daß du dich herumtreibst», sagt sie. «Es gibt hier viele böse Jungen. Halt dich von denen fern. Lern ordentlich und sei brav.» Sie sagt, daß es mich von allerhand Unfug abhält, wenn ich fleißig bin, meine Schularbeiten mache und den Müll runterbringe.

Ich mach keinen Unfug.

Bevor ich abgehauen bin, hab ich noch nie etwas Böses gemacht.

Es war nämlich so, daß Lucy und ich an diesem Tag unbedingt Obstsalat essen wollten.

«Ich hab Lust auf Obstsalat», sagt Lucy auf dem Heimweg.

«Ach ja, ich auch», sag ich. «Ich will Obstsalat haben. Du nicht auch, Lucy?»

«Ja, ich hab so schrecklich Lust darauf», sagt Lucy. «Ich kann den Obstsalat schon so richtig auf der Zunge schmecken.»

Wir gehen zu mir nach Hause, um Obstsalat zu machen. Meine Mutter ist von der Arbeit noch nicht zurück. Am Kühlschrank hängt ein Zettel für mich. Auf dem Zettel steht: «Marlene Nadia Theresa, mach den Küchenboden sauber. Wasch die Süßkartoffeln gut ab und leg sie in die Backröhre. Deck den Tisch und fang mit Deinen Schularbeiten an.» Der Zettel ist mit einem kleinen Magneten an der Kühlschranktür befestigt. Der Magnet sieht wie ein kleiner Teddybär aus.

«Der Teddy ist ja drollig», sagt Lucy. Sie zieht ihn von der Tür ab, um ihn genauer zu betrachten, und der Zettel fällt auf den Boden. «Oh, oh, entschuldige», sagt Lucy. «Ich hab deinen Zettel ganz versaut.»

«Ach, was macht das schon?» sag ich. «War doch nur so ein blöder, alter Zettel.» Und ich sage: «Marlene Nadia Theresa, mach den Küchenfußboden sauber», mit so einer ganz hohen, komischen Stimme. Lucy lacht. Also sag ich: «Marlene Nadia Theresa, leg die süßen Süßkartoffeln in die süße Süßbackröhre.» Lucy lacht noch mehr. Deshalb stemm ich die Arme in die Seiten und lauf in der ganzen Küche rum und wackle dabei und sag, daß ich meine Schularbeiten machen soll und das alles, und Lucy muß so lachen, daß sie fast hinfällt.

«Ach, hör auf», sagt sie. «Ich mach mir sonst noch in die Hosen.» Und dann lachen wir noch mehr. Wir sind immer noch am Lachen, wie wir eine Dose Fruchtcocktail aufmachen. Der sieht so *lecker* aus, ganz voll mit diesen kleinen, roten Maraschino-Kirschen und Trauben und lauter saftigen Sachen. Ich kippe alles in eine große, rote Schüssel.

«Hast du Walnüsse?» fragt Lucy.

«Klar», sag ich. «Meine Mutter hat nämlich gerade erst eine ganze Tüte voll gekauft. Sie ißt *so* gern Walnüsse.»

«Obstsalat mit Walnüssen schmeckt wunderbar«, sagt Lucy.

Wir knacken ungefähr die halbe Tüte auf und werfen die Nüsse in die Schüssel. Lucy probiert den Obstsalat. «Da fehlt immer noch was, damit es richtig perfekt wird», sagt sie.

Ich probier auch. «Schmeckt doch prima», sag ich.

Aber Lucy sagt nein, und wir beschließen, daß in den Obstsalat noch Hüttenkäse hineingehört. Wir geben den Diät-Hüttenkäse von meiner Mutter hinein und rühren um.

«Jetzt schmeckt es so richtig, so ganz richtig *saftig*», sag ich.

«Also, ich weiß nicht», sagt Lucy. «Willst du nicht, daß er wirklich *perfekt* wird?»

«Klar», sag ich. Und Lucy sucht im Schrank, ob sie noch etwas anderes findet, das den Obstsalat perfekt macht.

«Ich hab's», sagt sie und holt eine Packung mit Moccabohnen hervor. Sie macht die Packung auf. Ich mach mir allmählich ein bißchen Sorgen. Erst die Walnüsse von meiner Momma, dann ihren Diät-Hüttenkäse, und jetzt ihre Moccabohnen.

«Meine Momma braucht die Moccabohnen zum Keksebacken», sag ich.

«Ach, auf ein paar mehr oder weniger wird's ihr bestimmt nicht ankommen», sagt Lucy. Sie kippt eine ganze Tonne von den Moccabohnen in den Obstsalat. Ich reiß ihr die Packung aus der Hand. Moccabohnen fliegen kreuz und quer durch die Küche und landen auf dem Fußboden. «Guck mal, was du gemacht hast», sag ich zu Lucy.

«Das warst doch du», sagt sie.

«Du warst das, du dürre Bohnenstange», sag ich.

«Du warst das mit deinen großen Pranken», sagt sie.

Wir lachen wieder alle beide wie die Irren.

«Feg das auf», sag ich zu Lucy.

«Feg du's doch weg», sagt sie.

«Du bist die Kleinere, also machst du's», sag ich.

«Du bist die Größere, also machst du's», sagt sie.

«Ich tret dich in'n Arsch, wenn du's nicht machst», sag ich und zieh so ein richtig mieses Gesicht wie meine Großmutter bei den Fernsehnachrichten.

«Du kannst mir keine Angst machen, Marlene Nadia Theresa.» Lucy streckt mir die Zunge raus. Sie weiß, daß ich sie nie anrühren würde. Ich sag immer ‹Ich tret dich in'n Arsch›, aber ich tu niemandem was zuleide. Nicht aus Angst – ich hab nur einfach keine Lust. Ich halte mir selber vor: Marlene Nadia Theresa, du sollst niemanden hauen. Das ist nicht nett.

Ich mag Lucy nicht schlagen, viel lieber nehm ich sie in die Arme und drück sie. Aber ich lange trotzdem nach ihr, nur so aus Spaß, und tu so, als ob ich sie zwingen wollte, die ganzen Moccabohnen aufzufegen. Sie ist ein fixes kleines Ding und weicht aus. Wir tun so, als hätten wir eine Schlägerei, quer durch die ganze Küche. Dabei zertrampeln wir die Moccabohnen. «Ein Schokoladenfußboden», sagt Lucy. «Hm, lecker!» Wir müssen so lachen, daß wir auf dem Fußboden landen und dabei noch mehr Moccabohnen zerquetschen.

Ungefähr zu diesem Zeitpunkt kommt meine Mutter nach Hause. Sieht Lucy und mich auf dem Schokoladenfußboden. Sieht die Walnußschalen auf dem Küchentisch. Sieht die leere Packung von ihrem Diät-Hüttenkäse. Sieht Moccabohnen herumkullern und überall Schokoladenmatsch.

Sie fängt an zu schreien und zu brüllen. «Marlene Nadia Theresa Thornton, was *treibst* du denn da? Das ist ja der reinste Saustall hier! Bist du verrückt geworden? Was soll dieses Durcheinander?»

Lucy und ich schauen uns an. Meine Momma brüllt richtig laut, aber wir können nicht gleich aufhören zu kichern.

«Lucy, du gehst jetzt nach Hause», schreit meine Mutter. «Marlene, räum dieses Chaos auf. Mach schon, Lucy! Los, mach schon!»

«Red nicht in diesem Ton mit Lucy», sag ich. «Sie hat doch nichts getan.»

«Doch», sagt Lucy. «Mir sind die Moccabohnen runtergefallen, Mrs. Thornton.»

«Nein, das war sie gar nicht», sag ich.

«Doch, ich war's», sagt Lucy. «Mrs. Thornton, das war ich.»

«Haltet alle beide den Mund, ihr dummen Dinger», sagt Momma. Sie schubst Lucy zur Tür hinaus und gibt mir drei oder vier tüchtige Schläge. Dabei sagt sie, daß ich ihr immer soviel Ärger mache. Dann läuft sie in ihr Zimmer und knallt die Tür zu.

Ich heb Moccabohnen auf. Und denk mir, daß ich lieber die Zähne meiner Großmutter samt Kaugummi auf dem Küchentisch herumliegen sehe, als dauernd für nichts und wieder nichts gehauen zu werden.

Momma macht die Tür von ihrem Zimmer auf und schreit noch ein bißchen weiter. «Ist alles aufgeräumt? Marlene Nadia Theresa Thornton, sieh bloß zu, daß du ordentlich saubermachst! Sieh bloß zu, daß du das im Nu aufgeräumt hast! Ich halte nicht mehr viel aus.»

Ich heb noch ein paar zermatschte Moccabohnen auf und muß daran denken, wie Momma Lucy geschubst hat. Das hätte sie mit meiner Freundin nicht machen dürfen. Wenn ich nur dran denke, werde ich *so* wütend. Meine Momma ist fies und gemein. Ich trete ein paar Moccabohnen beiseite. Hab keine Lust, weiter aufzuräumen. Vielleicht tu ich's einfach nicht. Es ist ihr Fußboden. Soll die doch ihren blöden, alten Küchenfußboden selber saubermachen. Warum schreit und brüllt sie denn immer gleich und haut? Ich geh zur Hintertür hinaus.

Ich geh die Straße entlang. Es ist ein warmer Abend. Viele Leute sitzen draußen auf der Veranda oder auf den Stufen zum Haus. Zwei Hunde bespringen sich. Irgend jemand macht etwas richtig

Gutes zum Abendessen. Ich kann Hamburger riechen. Wär schön, wenn ich jetzt einen Hamburger hätte. Weitergehen. Die Straße überqueren. An der Schule vorbei. Und ich sag mir, daß ich von zu Hause abhaue.

Das ist gut, sag ich zu mir selbst. «Hau ab, Marlene Nadia Theresa. Hau ab, dann wird es ihr schon leid tun, daß sie so gemein zu dir war.»

Ich geh weiter, am nächsten Häuserblock vorbei.

«Hey, Marlene.»

Ich schau mich um, sehe Diane aus meiner Klasse. «Hey, Diane.»

«Was machst du?» fragt sie. Sie hat große, wunderschöne Augen.

«Nichts.»

«Wohin gehst du?»

«Nirgendwohin.»

«Mhm», sagt Diane. Sie ist mittelgroß. *Echt* hübsch. *So* hübsch. Sie ist *schön*. Hat ihr Haar zu lauter kleinen Zöpfen geflochten. Hat an allen Fingern kleine Ringe stecken. Sie ist auf der Terrasse von so einm alten, leeren Haus. Die Fenster mit Brettern zugenagelt, solche Sachen eben.

«Was machst du?» frag ich.

«Nur so ein bißchen Zeitvertreib. Kartenspielen.»

Ich schau mich um. Kann keine Karten sehen.

«Wir spielen da drin», sagt Diane. Sie meint das leere Haus. «Willst du mitspielen?»

«Ich weiß nicht», sag ich. «Vielleicht.» Ich lehne mich an die Mülltonne. Igitt! Das stinkt!

«Außer mir ist noch mein Bruder da und mein Cousin», sagte Diane.

«Habt ihr was zu essen?» frag ich.

«Klar. Kartoffelchips und Limo und einen ganzen Haufen von diesen kleinen Cremekuchen – *Hostess Twinkies*.

«Habt ihr Hamburger?»

Diane schüttelt den Kopf.

«Okay, *Hostess Twinkies* sind mir auch recht.»

Wir gehen rein. Ich bin heilfroh, von der Mülltonne wegzukommen. «Gib mir deine Hand», sagt Diane. Es ist dunkel hier drinnen. «Fürchtest du dich?»

«Wieso?» sag ich. «Ist doch nur ein leerstehendes altes Haus.»

«Ach, du weißt schon – manche sagen, daß es hier spukt. Die sind blöd.»

Ich drücke ihre Hand ganz fest. Überleg mir, ob sie vielleicht meine zweitbeste Freundin sein könnte, nach Lucy.

Sie haben Kerzen in der Küche und einen Tisch und ein paar Stühle. Dianes Bruder, Andrew, kippelt auf dem einen Stuhl nach hinten. Er hat einen großen Strohhut auf. Ich sag: «Hallo.» Er sagt: «Hallo.» Den anderen Jungen kenne ich nicht. Das ist John, Dianes Cousin. Er ist süß. Ich sag: «Ich bin Marlene Nadia Theresa. Du kannst Marlene zu mir sagen.» Er wirft mir einen ganz süßen Blick zu.

«Wie alt bist du, Marlene?»

Ich sag: «Rat mal!» Weil ich nämlich weiß, daß er falsch raten wird.

«Ich wette, du bist sechzehn», sagt er.

Ich sag: «Ach ja? Ich bin zwölf Jahre alt.»

Er lacht, als ob ich was Lustiges gesagt hätte, und guckt mich wieder so süß an.

Wir spielen Karten. Ich esse zwei *Hostess Twinkies.* «Magst du ein paar Chips?» fragt Andrew. Er ist echt nett, gibt mir dauernd Kartoffelchips und Limo und so.

Dann sagt John: «Du bist doch sechzehn, stimmt's?»

Und ich sag: «Zwölf.»

Und er lacht. «Ach, he, hem hem, he he.» Ein richtig unheimliches Lachen. Je mehr ich sage: «Zwölf», desto mehr lacht er. *Ach, he, hem hem, he he . . .*

Andrew sagt: «Sie ist zwölf. Marlene ist zwölf.» Er setzt mir den Strohhut auf den Kopf.

«Das stimmt», sagt Diane. «Sie ist zwölf, so wie ich.»

John muß furchtbar lachen, so als ob wir Witze mit ihm machen würden.

«Na, und wie alt bist du?» frag ich.

«Ich bin fünfzehn», sagt er. «Oder bin ich achtzehn?»

Wir unterhalten uns so gut. Wir spielen Rommé und Poker und essen alle Kartoffelchips auf und die *Twinkies*. John fragt: «Wer will ein Bier?» Er geht raus und kommt kurz darauf mit einer Sechserpackung wieder.

Andrew haut donnernd auf seinen Stuhl. «Wo kommt das denn her?»

«Hab ich versteckt», sagt John. «Ganz schön hinterhältig, was? Hey, Marlene, komm. Du und ich, wir nehmen uns ein Bier mit und gehen nach oben.»

«Nach oben?» sag ich.

«Ja», sagt er. «Im Oberstock gibt es eine richtig tolle Matratze.»

«Ach, du Schmutzfink», sag ich. Und alle lachen.

Dann spielen wir wieder Karten, und die Jungen trinken Bier, und ich und Diane nehmen ab und zu einen kleinen Schluck. «Oh, hm, das schmeckt aber gut», sag ich, aber ich mag den Biergeschmack nicht. Wär schön, wenn ich noch ein bißchen Limo hätte.

Ganz plötzlich steht Andrew auf und geht weg, geht einfach zur Tür hinaus. «Wo geht er hin?» fragt John.

Und Diane sagt: «Du weißt doch, daß ihm immer schlecht wird, wenn er Bier trinkt.»

John sagt: «Das hab ich ganz vergessen.»

«Gar nicht wahr», sagt Diane.

«Da kann ich doch nichts dafür, wenn Andrew einen schwachen Magen hat», sagt John.

Ich sag mir still für mich: Marlene Nadia Theresa, John wußte, daß Andrew schlecht werden würde. Da ist er mir dann nicht mehr so sympathisch. Und überhaupt, seit Andrew weg ist, macht es auch nicht mehr soviel Spaß. Außerdem wird John frech zu Diane, zieht sie an den Zöpfen und grapscht nach ihr und dies und das und lauter so Sachen.

Deshalb sagt Diane: «Ich geh jetzt. Du bist zu eklig. Kommst du mit, Marlene?»

«Ja, ich komme», sag ich. «Kann ich über Nacht bei dir bleiben?»

«Wieso denn?»

«Ich bin von zu Hause abgehauen.»

John fällt vor lauter Lachen um. «Abgehauen», sagt er. «Ach, he, hem hem, he he.»

«Warum bist du denn abgehauen?» fragt Diane.

«Weil meine Momma so gemein zu mir ist. Kann ich bei dir zu Hause schlafen?»

«Du willst deine Momma wohl kleinkriegen?» fragt John. «Oh, he, hem hem, he he.»

«Ja, du kannst bei mir bleiben», sagt Diane.

«Ich will nicht, daß Marlene weggeht», sagt John. Er packt mich am Arm.

«Marlene will aber gehen», sagt Diane. Sie packt meinen anderen Arm.

«Bleib da, Marlene», sagt John. «Wir werden schon Spaß miteinander haben.» Er zerrt heftig an meinem Arm.

«Nein, ich hab genug Spaß gehabt», sag ich. «Und ich werde allmählich schläfrig.»

«Okay, gehen wir nach oben und schlafen auf der Matratze.»

«Nein, ich geh mit Diane», sag ich.

Er verdreht mir den Arm. «Du bleibst», sagt er.

«Nein, ich bleib nicht», sag ich.

«Doch, du bleibst, weil ich es nämlich sage.» Er grinst. Er zieht an meinem Arm. Diane zieht am anderen.

«Nein, ich bleib nicht hier bei dir», sag ich noch mal.

«Doch.» Er verdreht mir den Arm ganz besonders stark. Das brennt.

«Ach, du gemeiner Kerl!» Ich reiß mich von Diane los und boxe John in den Bauch, jedenfalls so ungefähr, nur noch ein bißchen tiefer. Er macht «Oh, ah» und bekommt einen richtig unheimlichen, fiesen Gesichtsausdruck. Dann renn ich mit Diane nach draußen.

Dianes Momma ist schon im Bett. «Bist du's, Schätzchen?» ruft sie. Wir gehen gerade die Treppe rauf.

«Ja, ich bin's, Mom», sagt Diane.

«Wo warst du denn, Schätzchen? Es ist schon fast zehn Uhr. Spät.»

«Nur so draußen.»

«Dein Bruder, Andrew, ist schon früh nach Hause gekommen.»

«Ja, ich weiß. Mom, ich hab eine Freundin dabei, die bei mir übernachten will. Okay?»

«In Ordnung, Schätzchen, aber unterhaltet euch nicht die ganze Nacht lang.»

Wir gehen in Dianes Zimmer. Ihre beiden kleinen Schwestern schlafen schon in ihrem Etagenbett. Diane und ich legen uns in ihr Bett. Wenn ich doch nur nicht so groß wäre. Ich rücke ganz an eine Seite. Ich will ihr nicht den ganzen Platz wegnehmen. «Deine Mommy hört sich richtig nett an», sag ich.

«Ja, das ist sie auch.»

«Schreit sie mit dir rum?»

«Nein, nicht soviel.»

«Haut sie dich?»

«Nein.»

Wir flüstern, damit wir ihre kleinen Schwestern nicht aufwecken.

«Meine Momma ist krank», flüstert Diane.

«Was meinst du damit: krank?»

«Sie hat ganz schlimm Arthritis. Ihr tut jeder Handgriff weh.»

Ich sag: «Ach.» Ich suche nach etwas, was ich Diane sagen könnte, damit sie nicht traurig ist, daß ihre Momma krank ist. Es dauert eine Weile, bis ich sage: «Na ja, sie ist ja wahrscheinlich ohnehin schon eine alte Dame.» Aber Diane gibt mir keine Antwort, weil sie schon schläft.

Als ich am Morgen dann das Haus richtig zu sehen kriege, finde ich es ganz toll. Das Wohnzimmer ist vielleicht eingerichtet! Ein wunderschöner, roter Teppich auf dem Boden, alle Möbel blank poliert, Blumenbilder an den Wänden. «Das ist aber schön», sag ich zu Diane. «Wunderschön.»

Diane und ich gehen in die Küche. «Komm, wir machen uns französischen Toast», sagt Diane. «Mit Zimt. Möchtest du Marmelade oder Sirup?»

«Marmelade», sag ich mit meinem allerbesten Lächeln. Sie ist *so* nett. Ich schlage die Eier auf, und sie holt das Brot und die Marmelade.

Dianes Mutter kommt herein. Sie hat ein langes, grünes Gewand mit Reißverschluß an und ist genauso hübsch wie Diane. Ich finde nicht, daß sie krank aussieht. Bis ich dann ihre Finger sehe, ganz verkrümmt und komisch.

«Na, wen haben wir denn da?» fragt sie und lächelt mich an.

«Marlene Nadia Theresa Thornton», sag ich. «Sie können Marlene zu mir sagen.»

«Marlene Thornton», sagt sie. «Das hab ich mir gedacht. Deine Mutter sucht schon alle Welt nach dir ab, hast du das gewußt? Du hast die arme Frau zu Tode geängstigt.»

Diane gibt einen großen Klumpen Butter in die Pfanne. Ich sage nichts.

«Du solltest deine Mutter mal lieber anrufen, Schätzchen», sagt Dianes Mutter. «Sie ist gestern abend die Straße auf und ab gelaufen und hat überall nach dir gefragt.»

«Kann ich erst noch etwas von dem französischen Toast essen?» frag ich. Dieser Toast riecht so gut.

«Aber natürlich, Schätzchen. Möchtest du, daß ich sie anrufe?»

Ich weiß nicht, ob ich das möchte oder nicht. Dianes Mutter schaut mich an, als ob sie will, daß ich ja sage. Ich sag: «Okay.» Ich setz mich zu Diane und esse französischen Toast. *Echt* gut. Dann kommt Andrew herein und will auch französischen Toast. «Mit Zimt eß ich ihn schrecklich gern», sagt er. Wir reden vom Kartenspielen und ihrem Cousin John. «Er ist ein richtig gemeiner Kerl», sag ich.

«Und hält sich selber auch noch für so unwiderstehlich», sagt Diane.

Dann kommt Dianes Mutter zurück und sagt: «Marlene, da kommt deine Mutter die Straße entlang.»

Ich krieg einen solchen Schreck, daß ich vom Stuhl aufspringe und zur Tür hinausrenne. Die Sonne scheint so richtig kräftig, und der Himmel ist ganz blau. Meine Mutter sieht mich und ruft: «Marlene Nadia Theresa!» Sie tritt direkt vor mich hin. «Wo warst du? Du bist die ganze Nacht über weggeblieben!»

«Ich haue von zu Hause ab», sag ich.

«Du hast mir richtig Angst eingejagt. Ich hab die ganze Nacht nicht geschlafen.»

«Du bist so fies und gemein», sag ich. Ich gehe schnell.

Sie läuft hinter mir her. «Komm mit nach Hause», sagt sie.

«Ich will nicht nach Hause.»

«Also, du weißt doch selbst, daß du das gar nicht so meinst.»

«Doch.»

«Wo willst du hin?»

«Ich weiß nicht. Irgendwohin. Weit weg von dir. Du schreist ja nur dauernd», sag ich. «Schreist mich an und haust mich. Sagst, daß ich *böse* bin.»

«Nun ja, ich komme müde von der Arbeit heim», sagt sie. «Und der ganze Fußboden ist voller Moccabohnen. Keine Süßkartoffeln fürs Abendessen im Backofen.»

Ich überquere die Straße. Sie geht auch über die Straße. Sie nimmt mich am Arm. «Komm mit nach Hause», sagt sie wieder, und dann fängt sie an, *Marlene Nadia Theresa, Schätzchen* zu sagen, so wie damals, wie sie mich von meiner Großmutter in Rochester geholt hat.

«Du willst ja nur, daß ich den Müll runterbringe und arbeite und lauter so Sachen.»

«Ich hab dich lieb, Marlene Nadia Theresa, Schätzchen.»

«Na, da bin ich mir nicht so sicher», sag ich.

«Doch», sagt sie. «Ich hab dich wirklich lieb. Du warst mein erstes Kind, Schätzchen.» Ihr steigen Tränen in die Augen. Da komm ich mir ganz gemein vor, aber ich geh trotzdem weiter. Will mit dem Weglaufen noch nicht aufhören.

Momma fächelt sich Luft zu. Sie hat lauter kleine Schweißtropfen auf der Stirn. «Ich hab dich wirklich lieb, Kleines», sagt sie wieder. «Dich und deinen Bruder, Lance Vernon. Ich wollte, er wäre auch bei uns zu Hause. Vielleicht machen wir in ein paar Monaten mal eine kleine Reise nach Washington, D.C., und holen ihn. Was hältst du davon, Marlene Nadia Theresa, Schätzchen?»

Ich schau sie von der Seite an. Sie lächelt mich *so* lieb an. «Puh! Heute ist es aber heiß», sag ich.

«Ach, das kann man wohl sagen», sagt Momma.

«Die Sonne ist wirklich *heiß*», sag ich. Wir kommen am Schulhof vorbei. Draußen gleich neben der Schule ist ein Trinkbrunnen. Ich bleibe stehen und trinke. Das Wasser schmeckt richtig kühl.

«Das ist so gutes Wasser», sag ich. «Trink doch auch, Momma.»

Sie trinkt. «Oh, hmmm, *gutes* Wasser», sagt sie.

«Trink doch noch mehr», sag ich, und ich halte den Hebel für sie fest. «Schmeckt das nicht gut?» frag ich.

«Ach, das ist das allerbeste Wasser», sagt sie. «Da bin ich aber froh, daß du mir gesagt hast, ich soll mal davon trinken. Das Wasser ist wirklich prima.«

Wir gehen wieder weiter und halten uns dabei an den Händen, und schon ziemlich bald nehmen wir uns in die Arme und küssen uns und lauter so Sachen. Ich erzähl ihr von Andrew und Diane, und dann erzähle ich ihr von John. Da wird sie so wütend, daß sie zu Johns Mutter gehen will, um ihr zu sagen: «Halten Sie Ihren Sohn von meiner Tochter fern!» Sie drückt meinen Arm und küßt mich noch ein bißchen.

Wir gehen nach Hause. Die Küche ist aufgeräumt. Das Haus sieht richtig gut aus. Kein roter Teppich auf dem Boden, aber was macht das schon. Momma hat hübsche, kleine, runde Teppiche in Blau und Schwarz. Einen Lampenschirm, auf dem eine Drossel gemalt ist. Alle Fensterbänke voller Blumentöpfe.

«Hast du Hunger, Marlene Nadia Theresa, Schätzchen?» fragt sie.

«Nein, Momma. Diane hat mir zum Frühstück gute Sachen zu essen gegeben. Den allerbesten französischen Toast und Marmelade. Echt lecker.»

«Okay», sagt sie. «Was willst du jetzt also machen? Heut ist Samstag, da hast du den ganzen Tag Zeit.»

«Ich weiß nicht», sag ich. «Mir nur so die Zeit vertreiben.»

«Na, zuerst bring aber den Müll runter», sagt sie.

Ich schau sie an. Trau meinen Ohren nicht.

«Dann solltest du wohl mal die Küche putzen. Ich hab einmal

durchgewischt, aber der Boden ist immer noch klebrig von der Schweinerei, die du mit Lucy veranstaltet hast.»

Ich schau sie weiter an. Bin ich verrückt geworden? Bring den Müll runter? Geh die Küche putzen?

«Und dann kannst du deine Schularbeiten machen», sagt sie. «Du willst ja bestimmt nicht hinter den anderen zurückbleiben. Du mußt tüchtig arbeiten, um Schritt halten zu können. Du mußt fleißiger sein als andere.»

«Ach ja», sag ich und denk mir: Muß ich denn *noch* mal von zu Hause abhauen?

Momma drückt meinen Arm. «Meine Güte, hat das Wasser gut geschmeckt, Kleines!»

«Ja, es schmeckt wirklich toll», sag ich.

Momma drückt mich noch mal. «Es war das allerbeste Wasser», sagt sie. «Ich werde es *nie* vergessen.»

«Ich auch nicht», sag ich.

Dann bring ich den Müll runter.

Warum hat Elena geweint?

Als ich in der ersten Klasse war, hatte meine Lehrerin, Miss Dooty, mich sehr gern – nicht nur so gern, wie sie auch alle anderen Kinder in der Klasse mochte, sondern vielleicht sogar noch lieber. Ja, also die Wahrheit ist, daß sie mich lieber hatte. Sie hat mir auf ganz besondere Art zugelächelt, ich durfte in der Ruhestunde meine Decke neben den Lehrertisch legen, und sie hat mir oft übers Haar gestreichelt, wenn ich am Morgen an ihr vorbei in die Klasse ging.

Sie war groß – mir kam sie sehr groß vor – mit langen, langen, schlanken Beinen und weicher gelber Haut und schmalen, schwarzen Augen. Im Winter trug sie helle, senffarbene Kostüme und im Frühling knisternde Kleider in einem ganz, ganz zarten Violett. In der ersten Klasse war die Schule wie der Eintritt in eine vollkommene Welt. Die Welt von Miss Dooty. Wo man mich *lieber* mochte.

Meine Eltern zu Hause hatten mich ganz gern, aber meine Schwester, Elena, hatten sie lieber.

«Wieso kannst du nicht so wie Elena sein?» sagte meine Mutter einmal aufgebracht, als ich wegen irgendeiner Kleinigkeit in Tränen ausgebrochen war.

«Das kann ich nun mal nicht!» schrie ich. Ihre Dummheit versetzte mich in Wut, denn von allen Dingen im Leben, die ich mir wünschte, stand *so zu sein wie Elena* ganz oben auf der Liste. Ach, wenn ich doch nur ihre großen, feuchten, glänzenden Augen anstelle von meinen kleinen, grünen Schielaugen gehabt hätte! Ihr dichtes, dunkles Haar anstelle von meinem wirren Lockenkopf! *Ihr* Naturell, *ihre* Veranlagung, *ihre* Intelligenz, *ihre* Begabung, Leute für sich einzunehmen und bewundert und geliebt zu werden! Was war denn nur *los* mit meiner Mutter? Wußte sie denn nicht, daß ich fraglos und ohne Zögern sofort so wie Elena sein würde, wenn mir das möglich gewesen wäre?

Später, als ich schon halb eingeschlafen war, kam meine Mutter in mein Zimmer und setzte sich zu mir ans Bett.

«Carol ...» Sie legte mir die Hand auf den Kopf. «Was ich

vorhin gesagt habe, tut mir leid. Weißt du, ich hab das nicht so gemeint. Du bist ganz prima, so wie du bist. Du bist du, und ich hätte das nicht sagen sollen.»

«Mmm.» Ich stupste mit dem Kopf an ihre Hüfte und kuschelte mich an. Für ihre Bemerkung vorhin hatte ich volles Verständnis, und was sie jetzt sagte, nahm ich ihr nicht ab. Es war nett von ihr, zu mir zu kommen und mir zu erzählen, daß ich ganz prima wäre, aber wir wußten es alle beide besser. Ich war eine Nervensäge. Eine weinerliche, nervtötende Landplage erster Güte.

Es wurde nie direkt ausgesprochen: *Wir haben Elena lieber als Carol*, aber es stand im Raum – und wir wußten es ohnehin alle. Genauso, wie wir wußten, daß unser Dackel Max, diese Knackwurst auf Watschelbeinen, die eklige Angewohnheit hatte, den Müll nach den widerlichsten und verfaultesten Sachen zu durchstöbern, die er nur finden konnte, und sie dann mit großer Befriedigung in einem Haps hinunterzuschlingen.

«Igitt, Max, du alter Widerling», hieß es mindestens einmal am Tag. Und genauso konnte man damit rechnen, daß irgend jemand zu mir sagte: «Carol, weinst du denn *schon* wieder?»

Wasserhahn, wurde ich genannt. Der *tropfende* Wasserhahn. Meine Mutter sagte, ich würde schon losheulen, wenn mich nur jemand schief anguckte. Es stimmte, mir kamen schneller die Tränen als sonst irgend jemand, den ich kannte, und zwar bei allen möglichen Gelegenheiten. Das war etwas, was ich an mir selbst haßte, ein Teil von mir, den ich überhaupt nicht kontrollieren konnte. Sobald ich mich auch nur das kleinste bißchen aufregte oder traurig oder besorgt wurde, fing ich an zu weinen. Meine Augen füllten sich mit Tränen, die Nase verstopfte, ich plärrte los, und die Tränen flossen.

Ich habe es nie für ungerecht gehalten, daß meine Eltern Elena lieber hatten als mich. Es war ja nicht nur, daß sie niemals heulte. Sie war auch älter, hübscher, gescheiter und ganz ohne Zweifel *viel* sympathischer. Zum Beispiel half Elena ohne Murren meiner Mutter bei der Hausarbeit, während ich bei der geringsten Andeutung, ich sollte mal was im Haushalt machen, schon anfing zu ächzen und zu maulen. Es machte Spaß, mit Elena zusammenzusein. Sie hatte ein tolles Lächeln, war großzügig mit ihren Sachen und ging auch mit anderen Menschen großzügig um. Als sie mal über Nacht bei einer Freundin blieb und meine Eltern und ich am Morgen gezwungen waren, ohne sie am Frühstückstisch zu sitzen, seufzten wir alle und schauten uns trübe um. Elena fehlte uns.

Ja, Max war unser Müllhund, und ich war unsere Heulsuse, und Elena – ach, Elena! Elena war unsere Prinzessin. So nannte sie ein Onkel von uns immer. «Hallo, Prinzessin», pflegte er zu sagen, und dann kam es mir immer so vor, als ginge von ihrem Kopf und ihren Händen eine Art strahlender Glanz aus. In Elenas Hände war ich ohnehin vernarrt: Sie waren, wie ihre ganze Haut überhaupt, honigfarben und dazu schmal und kräftig.

Ich möchte keinen falschen Eindruck erwecken. Natürlich war Elena ganz normal – es kam vor, daß sie verstimmt war, sie stritt mit mir und ärgerte gelegentlich sogar meine Eltern. Aber zum überwiegenden Teil war sie eben Elena, ein strahlendes Wesen, etwas ganz Besonderes.

Und ich war Carol, manchmal eine Kichererbse, häufiger aber eine Heulsuse und Zimperliese. N. L. Nervtötende Landplage. Ich wunderte mich darüber, daß Miss Dooty mich so gern haben konnte. Sie nannte mich Lachtäubchen. Ihre Zuneigung war mir ein ungemein süßes Rätsel, und mein ganzes erstes Schuljahr über habe ich kaum jemals geheult. In der Schule schon gar nicht.

In der zweiten Klasse wurde alles anders. Meine Lehrerin, Chelia Woodenhead, mochte mich nicht lieber – oder überhaupt auch nur ein bißchen mehr – als die anderen. Zuerst war das ganz okay so, denn Chelia Woodenhead schien für unsere ganze unruhige Schar keinerlei Gefühle aufzubringen. Sie sprach zu allen mit der gleichen neutralen, aber festen Stimme.

«Jungen und Mädchen, ich heiße Chelia Woodenhead. Ihr werdet mich mit ‹Miss Woodenhead› anreden. Ihr hebt die Hand, wenn ihr etwas sagen wollt, und steht ohne Erlaubnis nicht von euren Plätzen auf.»

Chelia Woodenhead war jünger und hübscher als Miss Dooty. Sie trug die Haare offen um die Schultern, nicht hinten zu einem Knoten hochgesteckt, wie Miss Dooty es gemacht hatte. Jeden Tag zog sie ein anderes hübsches Kleid an, und sie hatte sogar verschiedene Brillen mit wunderbar getönten Gläsern, die sie beim Korrigieren aufsetzte.

Und dann war da ihr Mund – wie alles an ihr hübsch und voll, sogar üppig. Aber wenn sie nicht gerade sprach, dann war er ganz verbissen. Ich meine damit nicht, daß sie die Lippen fest aufeinanderpreßte oder ihr Mund eine strenge Linie bildete. Ich meine, daß die Lippen zusammen*gebissen* waren. Sie waren verzerrt, irgendwie spitz, mit einem angespannten, verkniffenen Zug um den Mund und um Zähne, Kinn und Kiefer, der ihr ganzes Gesicht veränderte. Ich wußte nie, wann ich mehr Angst vor ihr hatte – wenn sie sprach oder wenn sie still war.

Da waren also ihre Lippen und die Art, wie sie den Mund verzog, was ich furchterregend und gleichzeitig faszinierend fand. Und dann war da ihr Name, der mir umwerfend lustig vorkam. Woodenhead*! Wenn ich den Namen nur still vor mich hinsagte, brach schon das Kichern aus mir heraus. Woodenhead! Je öfter ich das sagte, desto lustiger hörte es sich an. Zu Hause sagte ich «Woodenhead!» zu Elena und bekam einen Lachanfall. Elena machte mit, und wir beide stimmten einen Singsang an: «Woodenhead! Woodenhead!», bis Elena wieder einfiel, daß sie vier Jahre älter war als ich und sich würdevoller benehmen sollte.

Jedesmal, wenn damals in der ersten Woche im zweiten Schuljahr jemand die Hand hob und sagte: «Miss Woodenhead», fing ich an zu schnauben und zu schniefen, um mein Gekicher zu vertuschen.

Und Miss Woodenhead klaubte mich allmählich unter den ruhigeren, unauffälligeren Kindern heraus. «Carol Wolpe, ich glaube, du paßt nicht auf.» – «Carol, hast du deine Schreibübung schon gemacht?» – «Carol *Wolpe*, kicherst du etwa *schon* wieder?»

Miss Woodenheads Stimme war wie ein eiskalter Guß. Ein Nordwind, der einem erfahrenen, hellhörigen Menschen den aufziehenden Sturm angekündigt hätte. Ich befand mich aber immer noch im Sommertraum von Miss Dootys Zuneigung,

* Holzkopf

empfand mich immer noch als das ‹Lachtäubchen› und war auf nichts gefaßt.

«Miss Woodenhead», sagte jemand. Es war an einem Freitagnachmittag. Es war schon spät. Ich war unruhig, träge, verträumt, schläfrig und lachlustig. Ich kicherte.

«Carol Wolpe. Was gibt es da zu gackern?»

«Äh, äh, äh», machte ich in dem Versuch, mein Lachen zu unterdrücken. «Äh, äh, nichts.»

«Nichts, *Miss Woodenhead.*»

«Nichts, Miss Woodenhead», sprach ich ihr nach wie ein Papagei und erstickte gewaltsam auch das nächste Kichern, das beim Klang ihres Namens wie ein Vulkan aus mir herausbrechen wollte.

«Wie kann man über nichts lachen, Carol?»

«Ich weiß nicht.»

«Ich weiß nicht, *Miss Woodenhead.*»

«Ich weiß nicht, *Miss Woodenhead*», wiederholte ich, während mir das gefährliche Kichern immer noch in den Mundwinkeln sprudelte. Ach, Carol, du albernes Ding, schluck's runter! Preß die Lippen zusammen! Mach einen Mund wie Chelia Woodenhead!

«Komm mir nicht so dreist!»

«Dreist?» wiederholte ich.

«Ich kann Kinder nicht leiden, die sich über mich lustig machen.»

«Über Sie lustig machen?»

«*So* zum Beispiel!»

«Wie: so?» fragte ich. Jetzt war mir das Kichern vergangen.

«Carol Wolpe. Komm her.»

Ich stand von meinem Platz auf. Ich ging durch die Klasse nach vorne und blieb vor Miss Woodenhead stehen.

«Ich sag es dir noch einmal. Ich mag keine Kinder, die sich über mich lustig machen.»

Mein Kopf pendelte hin und her.

«Ich mach mich nicht über Sie lustig.» Wie mein Kopf, schien auch das Herz in meiner Brust lose hin und her zu schwingen.

«Ich mach mich doch nicht über Sie lustig», sagte ich kläglich.

«*Du sollst mich mit Namen anreden!*»

«Miss Woodenhead.»

«Stell dich gerade hin! Und jetzt sag mir – *worüber hast du gelacht?*»

Ich wußte es nicht mehr. Hatte ich gelacht? Mir kam jetzt überhaupt nichts mehr komisch vor.

«Gib Antwort», befahl sie.

Ich schaute sie benommen an. *Worauf* sollte ich Antwort geben? Mir war der Gesprächsverlauf entglitten; ich hatte vergessen, womit oder weshalb dieser Dialog begonnen hatte. Nur eins war mir jetzt endlich klar: daß ich auf einem äußerst gefährlichen Pulverfaß saß. Die anderen in der Klasse wußten das ebenfalls. Es herrschte diese abwartende Stille, mit der Kinder reagieren, wenn einem von ihnen seitens des Lehrers Gefahr droht. Eine Stille, in der Erleichterung darüber liegt, daß jemand anders die Zielscheibe ist, aber auch Unbehagen, weil der Lehrer jeden Augenblick das Steuer herumreißen und womöglich auf einen selbst losgehen könnte. Und das alles mischt sich mit einem gewissen Vergnügen daran, daß ein Lamm gerissen wird.

Ja, genauso war mir inzwischen zumute. Ich fühlte mich wie ein Schlachtopfer, über das Chelia Woodenhead mit ihren vollen Lippen sogleich herfallen würde. Ich konnte meinen Blick von diesen Lippen gar nicht mehr losreißen.

«Sieh mich an», sagte sie, «sieh mir in die Augen.»

Das tat ich auch, aber nur für einen kurzen Moment. Dann fiel mein Blick wie von einem Bleisenker beschwert wieder zu ihren Lippen herab, diesen Lippen. Ich stand wie unter Zwang, ihren Mund im Auge zu behalten, so wie man auf zwei tollwütige Hunde achtet, die zwar angekettet sind, aber an der Kette reißen und nach einem schnappen.

«Du bist ein raffiniertes, heimtückisches Kind, Carol Wolpe.» Bei dieser Aussage trat Miss Woodenhead mit der gleichen neutralen Autorität auf, mit der sie uns mitteilte, daß zwei mal zwei vier ergab. Ein Tatbestand. Eine Gegebenheit. Eine sachliche

Information, ohne die wir das Klassenziel der zweiten Klasse nicht erreichen konnten.

«Nun?» fragte Miss Woodenhead gebieterisch.

Was erwartete sie denn jetzt? Was wollte sie von mir hören? Wie sollte ich mich verhalten? «Ja», sagte ich, weil ich das für die sicherste Antwort hielt.

«Was: ja?»

«Ja, Miss Woodenhead», brachte ich zitternd hervor.

«Ja, Miss Woodenhead», wiederholte sie. «Was soll *das* denn heißen?»

«Ich weiß nicht», sagte ich. «Ich *weiß* es nicht!» Und ich fing an zu weinen. Ich weinte bitterlich. Eine Wehklage, ein rückhaltloses Geheul aus lauter Angst und Wut. In diesem Augenblick begann meine Heulkarriere. Soweit ich mich erinnern kann, habe ich danach jahrelang bei jedem Anlaß geweint.

Natürlich ereilte mich von da an in der zweiten Klasse das Schicksal. Es war furchtbar. So furchtbar, daß ich mir so oft wie möglich Halsweh, Bauchweh, Kopfschmerzen oder sonst irgend etwas zulegte, wodurch ich mit Gottes Gnade für ein paar Tage ans Krankenlager gefesselt war. Und wenn ich ganz großes Glück hatte und lieb gewesen war (was bedeutete: mindestens einen Tag lang keine Tränen oder stürmische Auftritte), ließ mich meine Mutter diese gesegneten, Woodenhead-losen Tage oft in Elenas Zimmer zubringen.

Mein Zimmer war größer als ihres, aber ihr Zimmer war etwas Besonderes. Es lag ganz versteckt unter der Treppe zum Dachboden und hatte eine schräge Wand mit einer verblaßten Tapete, auf der winzige Damen in blauen Ballkleidern zu sehen waren, um die ebenso winzige Herren mit kleinen weißen Perücken und schwarzen Krawatten herumtanzten, die Arme zierlich über den Kopf erhoben. Für mich war das die wundervollste Wand auf der ganzen Welt, und wenn ich den winzigen Damen und Herren lange genug zusah, konnte ich Musik hören und sie dazu tanzen sehen.

Sie machten nur die allerkleinsten, allerfeinsten Schrittchen, aber alle miteinander lächelten sie und waren vergnügt, und sie sagten solche Sachen zueinander wie: «Ist das nicht ein ent*zück*ender Tag heute, Mr. Gorham-Atekins?» Und: «Ihr Charme wärmt mich bis ins Herz hinein, Miss Maxwell-Vandersniff.»

Nicht nur, daß Elena auf dieser wunderbar schrägen Wand den immerwährenden Tanz von Mr. Gorham-Atekins und Miss Maxwell-Vandersniff besaß – sie hatte außerdem noch ein ganz besonderes Fenster. Wie alle anderen Fenster bei uns im Haus waren *meine* Fenster viereckig, hatten zwei Glasscheiben, ließen sich rauf- und runterschieben und gingen manchmal kaputt oder bekamen Sprünge. Das alles war bei Elenas Fenster genauso, aber es war in die Wand hineingebaut, so daß sie anstelle einer Fensterbank eine richtige Fenster*bank* hatte, eine Nische mit einer Sitzbank. Auf der Bank lag ein Kissen, und dort an einem Regentag sitzen zu dürfen, zu lesen und dabei Schokolade zu essen – das war eine Sondervergünstigung, die bei mir ganz oben auf der Liste der Genüsse rangierte. Nur die Einladung, zu Elena ins Bett zu kommen und ihr Geschichten zu erzählen, stufte ich noch ein klein bißchen höher ein.

In meinem Repertoire gab es zwei Grundformen von Geschichten: Gespenstergeschichten und Liebesgeschichten. Und jetzt kommt etwas wirklich Interessantes: Beim Geschichtenerzählen heulte ich nie, während Elena fast immer weinte, normalerweise an der Stelle, an der ich meine Hauptfigur entweder ins Gras beißen ließ (Gespenstergeschichten) oder sie dazu verdammte, die weite Welt zu durchstreifen (Liebesgeschichten) und dabei den Geliebten immer haarscharf zu verfehlen. «Ach, wie *traurig*», schniefte Elena dann. Aber bei solchen Sachen vergoß ich niemals eine Träne.

In der fünften Klasse mußten wir einmal einen Aufsatz schreiben: «Der wunderbarste Mensch, den ich kenne.» Ich saß geschlagene fünf Minuten da, während sich überall um mich herum die anderen über ihre Blätter beugten. Dann zeigte ich auf.

«Ja, Carol?»

«Miss Clements ...» Ich hatte nasse Augen, und meine Stimme schwankte. «Ich weiß nicht, über wen ich schreiben soll.»

«Aber natürlich weißt du jemanden», sagte sie energisch. *Nein, wußte ich nicht.* Für Elena konnte ich mühelos Geschichten erfinden und sie mit den phantastischsten Ereignissen ausstatten, aber in der

Schule war das etwas ganz anderes. Schule bedeutete *Noten*. Das bedeutete, abgeurteilt zu werden. Bedeutete die kalte Schlange in meinem Bauch, die sich in der zweiten Klasse dort eingenistet hatte und nie wieder weggegangen war. In der Schule hatte ich kein Zutrauen zu mir selbst und glaubte nicht daran, daß ich überhaupt irgend etwas zustandebringen konnte. Deshalb machte ich in der Regel auch nicht viel.

Meine Augen schwammen. Meine Nase zuckte wie die von einem Kaninchen. Dann stieß mich Bernie an, meine Freundin. «Schreib über deine Schwester», zischte sie. Diese Erleichterung. Natürlich! Elena war ‹Der wunderbarste Mensch, den ich kenne›. Ich fing an: «Meine Schwester ...» Allein dadurch, daß ich diese beiden Wörter schrieb, wurde mir das Herz so voll wie ein Schwamm, der Wasser aufgesogen hat.

«Gratuliere!» schrieb Miss Clements unter meinen Aufsatz. «Warum nicht immer so? Diese Arbeit erinnert mich an deine Schwester.» Die ganze Grundschule hindurch und auch an der High-School war jeder Lehrer, den ich hatte, vier Jahre zuvor *Elenas* Lehrer gewesen. Und hatte sie nicht vergessen.

«Wolpe?» fragten die Lehrer dann am ersten Tag. «Verwandt mit Elena Wolpe?»

«Elena ist meine *Schwester.*»

Ein Nicken, ein Lächeln, manchmal ein beifälliges «Oh, sehr schön, sehr schön.» Nach einer Weile ging mir auf, daß die Lehrer sich damit selber gratulierten: Sie glaubten, ihnen wäre das Glück beschieden, wieder eine Elena Wolpe in ihrer Klasse zu haben. Statt dessen hatten sie *mich*.

Jedes Schuljahr fing ich mit dem Vorsatz an, so wie Elena zu sein: ohne Tränen, gefällig, gescheit, arbeitswillig und freundlich, aber irgendwie dauerte es nie lange, bis alles hoffnungslos verfahren war. Meine Lehrer schüttelten den Kopf. Keine Elena Wolpe, nur ein weiterer Problemfall.

«Wenn du dir doch nur mehr Mühe geben würdest», sagte Mr. Rideau, mein Geschichtslehrer in der achten Klasse, als ich eine Hausarbeit zwei Wochen zu spät ablieferte.

«Ja», sagte ich mit Tränen in den Augen. «Das will ich tun.»

«Das hast du mir schon vor Wochen erzählt», stellte er fest.

«Ich werd mir Mühe geben», sagte ich und blinzelte heftig. Oh, bitte, laß mich nicht weinen, betete ich. *Bitte.* «Ich werde mich ganz bestimmt bessern, Mr. Rideau.» Ich floh, bevor meine treulosen Tränendrüsen erneut Verrat an mir begehen konnten.

Alle meine Versprechungen waren absolut ehrlich gemeint. Es war nur, daß immer irgendwas dazwischenkam. Das passierte einfach ohne mein Zutun, so wie mir die Tränen kamen. Ich hatte die besten Vorsätze, meine Schularbeiten pünktlich fertigzustellen. Das hatte ich *immer* vor. Ich schrieb mir alle Aufgaben auf und nahm die Bücher mit nach Hause, aber dann war es irgendwie so *schwer*, mich hinzusetzen und alles zu erledigen. Statt dessen lief ich im Haus herum und spielte mit dem armen, alten Max, der inzwischen halb blind war, oder ich las ein bißchen (wobei ich mir dauernd schwor, daß ich nach *diesem* Kapitel meine Schularbeiten machen würde), oder ich ging in Elenas Zimmer, um mich mit Mr. Goreham-Atekins und Miss Maxwell-Vandersniff zu unterhalten.

In diesem Jahr – ich war vierzehn – fand eine Veränderung in Elenas Leben statt. Sie verliebte sich in Mark Feingold. Mark war mit einem Basketball-Stipendium im College, er hatte in allen Fächern Spitzennoten und war ganz hinreißend, groß, mit dunklem Haar und einem sympathischen, schüchternen Lächeln. Wenn es so etwas geben konnte, dann war er eine männliche Ausgabe von Elena. Ich wurde auf der Stelle von leidenschaftlicher Liebe zu ihm ergriffen.

Das war natürlich hoffnungslos. Er brachte mir ein Geschenk mit. Buntstifte. *Buntstifte* für eine Vierzehnjährige! Mich packte heiße Verzweiflung. Diese Buntstifte – ich brachte es nicht fertig, sie wegzuwerfen, aber mir war, als könnte ich aus ihnen meine Zukunft lesen. Ich würde *nie* so jemanden wie Mark finden. Wer würde mich denn schon jemals ernst nehmen? Und wer würde mich haben wollen, so einen endlos tropfenden Wasserhahn?

Eines Tages hörte ich auf dem Heimweg, wie sich zwei Mädchen vor mir über ein drittes Mädchen unterhielten. Sie waren sich einig darüber, daß dieses andere Mädchen bei allen beliebt war. Auch sie hatten dieses Mädchen gern, aber *warum?* Worin bestand ihre

Zauberkraft? Was wirkte so anziehend an ihr, und wie schaffte sie es, ihre vielen Freunde auch alle zu behalten?

«Sie ist so hübsch», sagte die eine.

«Ja, aber das ist es nicht. Kathi ist hübscher. Nein, es liegt daran, daß sie zu allen nett ist.»

«Und das ist echt; sie tut nicht nur so.»

«Man merkt ihr immer an, daß sie sich freut, wenn sie einen sieht.»

«Ja, und sie bildet sich überhaupt nichts darauf ein, daß sie so hübsch ist und alle sie mögen.»

Ich *wußte*, daß sie von Elena sprachen. Deshalb lief ich ihnen nach. «Redet ihr von Elena Wolpe?»

Sie musterten mich mit kühlen Blicken. Wer war diese verlotterte Kleine, die sie belauscht hatte?

«Das ist meine Schwester.»

Jetzt schauten sie mich wieder an, aber diesmal anders. *Das* wollte die Schwester von Elena Wolpe sein? Von Elena, der Wahren und Guten und Schönen? Sie setzten ein zynisches Lächeln auf.

«Aber ja doch, sie ist meine Schwester!» schrie ich, und zu meinem Entsetzen – aber nicht zu meiner Überraschung – quoll mir die Kehle auf, meine Augen fingen an zu tropfen, und dann heulte ich *in aller Öffentlichkeit*. Ich haßte meine Tränen! Verachtete sie! Betete Abend für Abend zu Gott, er möge ein Wunder tun, meine Tränen versiegen lassen und aus mir so ein ruhiges, tränenloses und strahlendes Wesen machen wie Elena.

Ich legte einen Kalender an. An jedem Tag, der ohne Tränen verging, zeichnete ich einen großen, goldenen Stern ein. An jedem anderen Tag ein noch viel größeres, tiefschwarzes *T*, das ich auf den Kopf stellte. Das war meine schlimmste Zeit. Schlimmer noch als die zweite Klasse mit Chelia Woodenhead. Ich kriegte es einfach nicht aus dem Kopf, wie vollkommen Elena war und wie unvollkommen, voller Macken und *hoffnungslos* ich dagegen war. Ich war unglücklich, deshalb weinte ich. Ich weinte ganze Bäche, Seen und Ozeane. Wenn ich mitten in der Nacht aufwachte, dachte ich an Elena und Mark und fing an zu weinen. Und wenn ich dann am

Morgen meine verschwollenen Augen sah, kostete es mich meine ganze Beherrschung, um nicht wieder loszuheulen.

Ich *wollte* mit der Flennerei aufhören. Ich haßte Tränen, bei mir und sogar auch bei anderen. Wenn ich im Kino jemanden auf der Leinwand weinen sah, wandte ich mich voll Abscheu ab, während andere Zuschauer um mich herum mitfühlend schnieften. Auch in Büchern konnte ich Rührszenen nicht ertragen. Ich schmiß dann das Buch quer durchs Zimmer und weigerte mich, auch nur eine Seite weiterzulesen. Aber schon nach zwei Monaten zerriß ich den Kalender wieder, weil ich es leid war, immer nur umgedrehte *T*s einzuzeichnen.

Ich fetzte jede Seite meines Kalenders in zwei Teile auseinander und dann wieder in zwei Teile, bis ich schließlich Konfetti hatte, das ich kreuz und quer durch die Gegend schmiß. Meine Mutter kam an meinem Zimmer vorbei. «Was um alles in der Welt...?»

«Geht dich doch nichts an! Laß mich in Ruhe!»

Meine Mutter seufzte und zog sich zurück.

Dann kam Elena an, mit Max im Arm. «Carol, könntest du nicht etwas netter zu Mama sein?»

Ich zerfetzte den Juni. Überall flogen Papierschnipsel umher, ließen sich auf meinem Bett nieder, schwebten in Turnschuhe hinein, vermischten sich mit dem Staub auf den Regalen.

«Was zerreißt du denn da?» fragte Elena.

«Dich», sagte ich und lachte wie eine Irre, um nicht zu weinen. «Ich zerreiße dich in der Luft, Elena!» Und ich riß den Juli mittendurch, und dann noch mal und noch mal, und dann machte ich mich über den August her. Als ich den Kalender restlos kaputtgemacht hatte, brach ich sämtliche Buntstifte in Stücke, und danach warf ich mich auf das mit Konfetti bedeckte Bett und weinte. Ich weinte, weil mein Kalender, der mir doch so gut gefallen hatte, jetzt zerrissen war, weinte, weil ich aus Marks Geschenk Kleinholz gemacht hatte, und weinte, weil niemand mich verstand. (Ganz oben auf der Liste der Leute, die mich nicht verstanden, stand ich selber.) Und zuletzt weinte ich natürlich, weil ich weinte.

Und ich war meiner Heulerei so *müde*, so überdrüssig. Warum konnte ich nicht damit aufhören? Ich heulte wie eine Sirene.

«Was ist denn *los?*» fragte Elena, die wieder bei mir hereinschaute.

«Nichts», flennte ich. «Halt die Klappe.»

Sie setzte sich neben mich aufs Bett. «Tut dir etwas weh? Bist du krank?»

«Neiiiiiin!»

«Carol, Carol...»

«Ich will aufhören zu *flennen*», plärrte ich.

«Na, dann», sagte Elena mir ins Ohr, «hör doch auf.»

Diese Logik! Ich fuhr hoch, als hätte mir jemand das Geheimnis des Universums ins Ohr geflüstert. Ich schüttelte den Kopf wie ein Hund, wie Max, wenn die Flöhe ihm zu schaffen machten. *Wenn du nicht heulen willst, dann heul nicht. Hör auf.* Das war eine solche Offenbarung. Es war, als hätte ich bis zu diesem Augenblick in einer Welt gelebt, in der solche Gedanken so unwirklich und machtlos waren wie Miss Maxwell-Vandersniff und Mr. Goreham-Atekins. *Sie* mußten bis in alle Ewigkeit weitertanzen. Und *ich* mußte weiterheulen.

Ich stand auf, betrachtete im Spiegel meine geschwollenen Augen und die triefende Nase und dachte: Und was ist, wenn ich nie wieder weine? Das jagte mir eine Heidenangst ein. Was würde ich statt dessen tun? In der Nase bohren? Mit dem Kopf gegen die Wand rennen? *Alles*, dachte ich, *bloß nicht mehr heulen.*

Mir fiel die Wohltätigkeitsveranstaltung vom letzten Jahr ein, der Geländelauf über fünf Meilen zugunsten der Kinderhilfe. Die letzte Meile war die reinste Folter gewesen. Ich hatte die ganze Meile über geweint, keuchend nach Luft geschnappt und einen bleiernen Fuß vor den anderen gesetzt. Ein unbeugsamer Stolz saß mir im Nacken und würgte mich. *Ich würde nicht aufgeben. Ich würde nicht aufgeben.* Ich würde durchs Ziel gehen, und zwar im *Laufschritt.* Das hatte ich auch gemacht. Jetzt spürte ich, wie mich der gleiche unbeugsame, würgende Stolz überkam. *Ich werde nie wieder weinen. Das werde ich nie mehr tun. Jetzt ist Schluß mit der Heulerei.*

Ein paar Wochen später sagte mein Vater beim Abendessen: «Ich glaube gar, der Wasserhahn tropft nicht mehr.» Ich aß weiter. Lieber gar nicht erst über meine Tränen oder Tränenlosigkeit reden. Lieber den Wettlauf einfach weitermachen. Tagelang, wochenlang, einen ganzen Monat lang weinte ich nicht. Sterne, Sterne, Sterne.

Dann kam der Tag, an dem Elena und Mark uns eröffneten, daß sie heiraten wollten. Jeder umarmte jeden. Alles lachte und strahlte und lächelte. Ich auch, aber ich grinste mit weit aufgerissenen, wilden Augen, um nicht in Tränen auszubrechen. *Mir war zum Heulen zumute!* Ach, ich hätte alles für einen schönen, langen, befriedigenden Schluchzer gegeben. Wenn ich mich doch nur aufs Bett werfen und losheulen könnte. Ein solcher Luxus, bei dem sich das Heulen schon aus purem Genuß an der Sache lohnte. Würde so ein kleines Heulstündchen denn wirklich soviel ausmachen?

Ich lief in mein Zimmer. Ich warf mich aufs Bett. Ich trommelte mit Fäusten auf die Matratze ein. Ich schniefte und würgte. Ich war hart an der Grenze zum Weinen, den Tränen so nahe, wie ein Verzweifelter an den Rand der Steilklippen trat, jederzeit bereit, sich in die Tiefe zu stürzen. Warum keine Bauchlandung machen? Spielte das eine Rolle? Wen würde es schon bekümmern?

Mich. Ich setzte mich auf und bohrte mir die Fäuste in die Augen. *O nein, das tust du nicht. Das läßt du hübsch bleiben, Carol Wolpe, ehemalige Weltmeisterin im Flennen.* Und ich ließ es bleiben.

Die Hochzeit wurde für Juni festgesetzt, nach dem High-School-Abschluß von Elena. Keine große Feier, nur im Kreis der Familien von beiden Seiten und mit ein paar Freunden. Mark und Elena schrieben ihr Ehegelübde selbst, und die Trauung sollte bei uns im Hof stattfinden. Wochenlang war bei uns zu Hause von nichts anderem als der Hochzeit die Rede. «Eine strahlende Braut», sagte meine Mutter zu einer Freundin. «Sie strahlt richtig von innen heraus.»

Aber am Abend vor der Hochzeit hörte ich Elena in ihrem Zimmer weinen. Elena weinte? Spielte mir meine Wahrnehmung womöglich irgendeinen grausigen Streich? Sollte jetzt, wo *ich* nicht mehr heulte, *Elena* damit anfangen? Ich klopfte an ihre Tür. «Elena? Ich bin's. Kann ich reinkommen?»

«Ja.» Undeutlich.

Sie saß hochaufgerichtet in ihrem Schaukelstuhl aus Ahornholz, wiegte sich hin und her und weinte. Meine Augen fingen vor lauter Mitgefühl ebenfalls an zu brennen.

«Elena?» sagte ich. «Elena, was ist denn *los?*»

«Ach, Carol!» Sie streckte mir die Arme entgegen, und ich ließ mich auf die Knie fallen und drückte Elena an mich. So machten wir eine Weile weiter, umarmten uns und schaukelten hin und her, während Elena weinte, wie ich sie noch nie weinen gehört hatte, und ich alles dransetzte, um weiterhin auf meinem Pfad der Tränenlosigkeit zu bleiben.

Es war furchterregend, wie Elena weinte. Ich wußte, daß sie dafür einen schrecklichen, geheimen, schockierenden Grund haben mußte. Hatte sie Leukämie und mußte sterben? Ich betrachtete ihr goldenes Gesicht, das selbst jetzt, tränenüberströmt, noch schön war. Nein, sie war gesünder als wir alle miteinander. Hatte sie dann vielleicht entdeckt, daß sie Mark gar nicht liebte? Einen Augenblick lang machte ich mich darauf gefaßt, für sie in die Bresche zu springen. (Mark, möchtest du mich heiraten?) Aber dann fiel mir etwas noch viel Schlimmeres, fast Unglaubliches ein: *Mark* hatte sich anders besonnen und wollte Elena nicht mehr heiraten. Was sonst hätte eine solche Tränenflut heraufbeschwören können?

«Ach, Elena», klagte ich und drückte sie noch fester.

«Carol, Carol ... ich habe ... solche *Angst*», sagte sie.

«Du wirst einen anderen finden», sagte ich.

Sie sah mich erstaunt an und putzte sich mit dem Blusenzipfel die Nase. Elena, die sich an der Bluse die Nase putzte? So etwas machte doch nur *Carol*.

«Du hast dir gerade mit deiner Bluse die Nase abgewischt», sagte ich.

«Warum auch nicht?» sagte sie weinerlich. «Himmel noch mal, du putzt dir mit der *Serviette* die Nase.»

«Das hab ich schon eine ganze Weile nicht mehr gemacht ...»

«Du schreist und trittst um dich und brüllst und tobst», fuhr sie fort. «Wenn du jemanden für einen Arsch hältst, dann *sagst* du das auch.»

«Aber nicht dem Betreffenden ins Gesicht», sagte ich beschämt.

«Na *und?* Immerhin sagst du es. Carol, ist dir eigentlich klar, daß ich *nie* etwas Böses von jemandem sage, von *keinem?*»

«Natürlich nicht», sagte ich. «Deshalb bist du ja...»

«Alle halten mich für so *gut*», sagte sie.

«Das bist du doch auch.»

«Hör zu», sagte sie. *«Hör mir zu.»* Sie packte mich an den Armen. «Ich sag dir, ich hab *Angst*. Mark glaubt, ich wäre... einfach wunderbar.» Ihre Stimme schwankte. «Ich liebe ihn so sehr, Carol. Was passiert, wenn er dahinterkommt?»

«Wenn er hinter was kommt?» fragte ich verwirrt.

«Daß ich gar nicht so wunderbar bin.»

«Aber das bist du doch», sagte ich wieder.

«Halt den Rand!» Sie setzte sich aufrechter hin.

Ich hielt ihn. So etwas hatte Elena noch nie zuvor zu mir gesagt. Eine solche Ausdrucksweise war nicht ihr Stil.

«Ich habe immer geglaubt, das würde anders, wenn ich erst älter wäre. Daß ich dann einfach *entspannter* sein könnte... so wie du...»

Mir blieb der Mund offenstehen. Es kam kein Ton heraus.

«...daß ich dann sagen würde, was ich wirklich denke, und nicht immer nur so *nett* wäre. Nett, nett, dauernd krieg ich gesagt, wie *nett* ich bin. So nett bin ich aber gar nicht! Das ist niemand!»

Ich war wie vor den Kopf gestoßen von der Vorstellung, daß Elenas Vollkommenheit für sie genauso eine Last gewesen war wie für mich die Heulerei. Ich wünschte mir so sehr, ihr helfen zu können, so wie sie mir damals geholfen hatte. Sie hatte die einfachen, richtigen Worte für mich gehabt, aber mir fiel überhaupt nichts ein, was ich sagen könnte. Also drückte ich sie nur immer weiter, bis sie sagte: «Ich bin schon wieder okay, Carol. Danke.» Da ging ich in mein Zimmer zurück. Ich hätte sehr gerne geweint und tat es nicht.

Am nächsten Tag war das Wetter geradezu ideal. «Aufgeregt?» fragte meine Mutter Elena beim Frühstück. Sie schüttelte den

Kopf. Jetzt sah sie wieder so aus wie sonst, jedenfalls so, wie ich sie kannte.

Also dann, die Hochzeit in unserem Hof. Ein Freund von Mark sang. Neben Elena und Mark standen auf der einen Seite meine Eltern, und seine Eltern und die Großmutter standen auf der anderen Seite. Von der Trauungszeremonie bekam ich nicht allzuviel mit. Ich dachte über Elena nach, und ich dachte über mich selber nach. Dachte an all die Jahre hinter mir und an die Jahre, die vor mir lagen. An die vergangene Nacht und an Tränen und Ängste und andere üble Sachen.

Als ich aufsah, küßten sich Mark und Elena gerade. Sie waren verheiratet. Meine Schwester war eine verheiratete Frau. Elena, dachte ich, *Elena*, alles ändert sich.

Eine Frau neben mir berührte mich am Arm. «Weinst du, Liebes? Du bist die Schwester der Braut, nicht wahr?»

«Ja», sagte ich. «Ja, das bin ich. *Aber ich weine nicht.*» Und das stimmte auch.

Hier bei uns in der Greene Street

Lillian lehnt sich aus dem Fenster, um der Greene Street beim Aufwachen zuzusehen. Wie weiße Vögel streben die Krankenschwestern, die Frühdienst haben, eilig dem Krankenhaus zu, einem großen, weitläufigen roten Backsteingebäude schräg gegenüber von Lillians Haus. Dort ist immer etwas los. Im nächsten Häuserblock sieht Lillian, daß wieder ein alter Penner im Eingang der *High-Life*-Bar schläft. Bei diesem Anblick wird sie philosophisch.

Hier bei uns in der Greene Street hab ich schon eine Menge zu sehen bekommen, denkt sie und zündet sich die erste Zigarette des Tages an. Ich habe gesehen, wie Menschen starben und Babys geboren wurden.

Das ist eine gelinde Übertreibung. In den siebzig Jahren, die sie in der Greene Street lebt, hat sie gerade *einen* Toten gesehen und bei *einem* Baby die Geburt mitbekommen, weil die Eltern es nicht mehr ganz bis zum Krankenhaus schafften und sie zufällig haargenau an Ort und Stelle auf der Straße war. Aber man kann nie wissen – wenn man die Augen offenhält, kann man in der Greene Street alles mögliche zu Gesicht bekommen. Und während sie an ihrer Zigarette zieht, sagt Lillian inbrünstig: «Ja, die Greene Street.»

Dabei denkt sie jetzt aber eigentlich gar nicht an die Greene Street, sondern an Fred Michel. Fred ist zwar sehr rot im Gesicht, aber jetzt, nach zehn Tagen, fällt ihr das gar nicht mehr auf. So ein netter, netter Mann. Genau das hat sie Raff erzählt, die im Grunde nur hören wollte, daß Lillian nicht ernsthaft daran denkt, mit Fred in Florida zu leben.

«Tu nichts, was du nicht vorher mit mir besprochen hast», hatte Raff angeordnet.

«Ich komm schon seit einer ganzen Reihe von Jahren alleine klar, ohne gute Ratschläge», sagt Lillian und fuchtelt dabei mit der Zigarette in der Luft herum. Sie übt schon mal, was sie ihrer Tochter sagen wird, wenn sie nachher anruft.

Ein Junge mit einer Segeltuchtasche voller Zeitungen über der

Schulter fährt auf dem Fahrrad vorbei. Es wird wieder ein heißer Tag werden. Schon jetzt funkeln und blitzen die Autos in der Sonne. Der Sommer ist ganz gewiß nicht ihre liebste Jahreszeit in der Greene Street, aber sie kann sich nicht beklagen. Sie ist da, erlebt wieder einen Sommer, wieder einen Tag. Und so früh am Morgen weht ein angenehmes Lüftchen zum Fenster herein.

Wenn es ein gewöhnlicher Tag wäre – aber das ist ja nicht der Fall, ruft Lillian sich ins Gedächtnis zurück. Fred kommt zum Mittagessen. Sie unterzieht das Wohnzimmer einer kritischen Musterung und überlegt sich, was sie tun wird, um den Raum ein bißchen herauszuputzen. Was es zu essen geben wird, steht schon fest. «Na, wie ist das, Teddy Blue?» sagt sie zu dem blauen Plüschteddybären, der auf dem Ehrenplatz oben auf dem Fernseher thront. «Russische Eier, Brötchen von *Parker House*, gebackene Bohnen, süßsaure Gurken, Zitronen-Wackelpudding mit Bananen. Und Eis!» Ein Festmahl, denkt Lillian und empfindet eine so tiefe Befriedigung, als stünden die Speisen bereits vor ihr.

Nach der Hausarbeit am Morgen geht Lillian normalerweise nach unten, setzt sich eine Weile auf die Terrasse und beobachtet die Greene Street. Danach geht sie zur Grundschule hinüber, wo die Stadtverwaltung unter einem Baum eine Bank aufgestellt hat, damit sich Mütter und andere Leute hinsetzen können, während ihre Kinder spielen. Ein Trinkbrunnen ist da. Es gibt Schaukeln, eine Rutsche, Klettergerüste und so weiter. Ein schöner Platz zum Sitzen, und es macht Lillian Spaß, den Kindern dabei zuzusehen, wie sie herumspringen und kreischen und miteinander zanken. Die Freude, die sie daran hat, führt Lillian vor Augen, daß sie nicht mehr jung ist. Denn als ihre Töchter noch klein waren, hat sie durchaus nicht gezögert, ihnen allen beiden eine runterzuhauen, wenn sie sich zankten. Eine Ohrfeige für Raff, eine Ohrfeige für Vera, immer für beide gleich; sie hat keine Tochter der anderen vorgezogen. Damals hielten ihre Nerven die Streiterei nicht aus. Immer zuviel um die Ohren. Aber jetzt findet sie es ganz prima, wenn die Kleinen sich in den Haaren liegen; diese Energie, diese Lebendigkeit – das bringt Lillian zum Lächeln. Und wenn eine Mutter sich zu sehr aufregt, beruhigt Lillian sie ein bißchen und sagt: «Ach, es sind doch nur Kinder. Das hat gar nichts zu bedeuten, nicht wahr?»

Oft ist die Mutter dann ganz erleichtert und lehnt sich mit einem kleinen Lächeln wieder entspannt auf der Bank zurück. Das kann Lillian verstehen. Keine Frau möchte, daß eine andere Frau sie für eine schlechte Mutter hält, die mit ihren Kindern nicht fertig wird und sie nicht dazu erzieht, sich nicht mit anderen zu zanken.

Manchmal entspinnt sich zwischen Lillian und der Mutter ein nettes kleines Gespräch. Das beginnt mit dem Wetter (heiß heute, nicht wahr?) und geht dann zu den Kindern über (viel Arbeit, aber es lohnt sich). Und danach reden sie davon, daß mit jedem Tag alles und jedes immer teurer wird. So einen kleinen Schwatz genießt Lillian sehr. «Sagen Sie einfach Lillian zu mir», sagt sie, aber manchmal meint die Mutter, die vielleicht noch sehr jung ist, womöglich noch im Teenageralter: «Oh, nein, das kann ich doch nicht machen.» – «Na, wie wär's dann mit Mrs. Lillian?»

Dabei stellt sich manchmal heraus, daß Lillian allein lebt und trotz ihrer zwei Töchter keine Enkelkinder hat. Sie gibt sich immer Mühe, solche Informationen ganz sachlich mitzuteilen, auch dann, wenn das Gespräch auf Vera kommt. Lillian ist nämlich nicht auf Mitleid aus.

Wenn ihre neue Freundin sehr, sehr großes Interesse zeigt, nun ja, dann erzählt Lillian ihr vielleicht, daß Vera acht Jahre lang vorhatte, zu Besuch nach Hause zu kommen, oder Lillian wollte ein Flugzeug besteigen (zum erstenmal) und *sie* da draußen in Spokane besuchen. Und sie berichtet, wie dann doch nie das Geld reichte, oder das Wetter war schlecht, oder eine von ihnen wurde krank. Nicht so krank, daß man sich Sorgen machen mußte, nur einfach zu krank, um zu verreisen oder Besuch zu empfangen. Acht Jahre lang hatte sie Vera nicht gesehen. Und dann kam der Brief von einer fremden Frau, die ihr mitteilte, daß ihre Tochter tot war. «Liebe Mrs. Rouse, Sie kennen mich nicht, aber ich bin eine Freundin Ihrer Tochter Vera ...» Wie kann ein Mensch, ein schöner junger Mensch, den man für gesund hält und von dem man meint, daß er sein Leben noch vor sich hat, so plötzlich sterben, so jung und so weit weg von zu Hause? Herzattacke. Ein ungewöhnlicher Fall, hieß es. Lillian hatte nie verstanden, wieso das Herz ihrer Tochter versagte, während *ihres* so stark wie ein Pferd immer weiter in ihrer Brust schlug.

Ihre Parkfreundin, die all dies zu hören bekommt und voller Mitgefühl ist, tätschelt dann vielleicht Lillians Hand. Und Lillian bekommt nasse Augen. Alles steht wieder vor ihr – sie hat Vera verloren, ihre wunderschöne Tochter.

Und später dann, wenn sie in ihrem Lieblingssessel am Fenster sitzt und auf die Greene Street hinunterschaut, die Zigarette im Mundwinkel, kommt es oft vor, daß Lillian in einen Tagtraum verfällt und von Vera träumt. Die kleine Vera. Erinnerungen, wie sie früher von Frauen auf der Straße angehalten wurde, die sagten: «Was für ein entzückendes Kind!» Rafferty war ganz gewiß keine Vogelscheuche, aber neben ihrer kleinen Schwester hatte sie diesbezüglich keine Chancen.

Wenn Lillian jetzt an all die Jahre, all die Monate und Tage und Stunden mit Vera und Rafferty zurückdenkt, dann ist sie ehrlich erstaunt, wie wenig sie noch weiß. Zumeist ist es hier ein kleiner Erinnerungsfetzen und dort ein kleiner Erinnerungsfetzen. Im Traum hat sie einmal Veras seidiges Haar gefühlt, fühlte es zwischen ihren Fingern und konnte es beim Aufwachen immer noch fühlen – diese beiden kleinen, verhedderten und doch seidigen Rattenschwänzchen.

Lillian träumt auch von Raff, aber nicht so viel. Sie hofft, daß sie Vera jetzt nicht bevorzugt, aber da sie Raff ja ein-, zweimal im Jahr sieht, wenn sie aus New Jersey zu Besuch kommt, ist das natürlich etwas anderes.

Beim Gedanken an Raff hustet Lillian aus tiefer Brust. Raff hat gestern mit ihr telefoniert und wird sie heute wieder anrufen, um ihr zu sagen: «Ma, tu's nicht. Du kennst diesen Mann nicht. Und in deinem Alter ...»

«So alt ist zweiundsiebzig nun auch wieder nicht», spricht Lillian laut vor sich hin.

«Du stellst dir vor, daß du zu den herrlichen Stränden von Florida kommst», hatte Raff gesagt. «Die sind alle verschmutzt.

Und voller Teer obendrein. In dem Sand kann man nicht mal laufen.»

«Dann geh ich eben auf dem Bürgersteig, so wie hier auch.» *Jetzt* hat Lillian alle Antworten für Raff. Gestern hat sie nur zugehört und gehustet.

In Florida würden sie und Fred gemeinsam spazierengehen, würden zusammen Radio hören und fernsehen: an einem Abend ihre Lieblingssendung und am nächsten Abend die Sendung, die er sich ausgesucht hat. Kein Alleinsein mehr bei den Mahlzeiten, und sie würde auch nicht mehr alleine schlafen müssen. Das wird sie Raff aber nicht sagen – sie kann dieses kleine Schnauben richtiggehend hören, das Raff immer von sich gibt, wenn sie etwas für unsinnig hält. Raff ist Rechtsanwältin – eine erstaunliche Sache. Mit Vierzig ist sie noch mal an die Universität zurück, und jetzt ist sie eine richtige Rechtsanwältin. Keine Kinder.

Ist es nicht komisch, denkt Lillian, daß man bei Fremden taktvoll darauf anspielen kann: Ist es Absicht oder Zufall, daß Sie keine Kinder haben? Aber das eigene Fleisch und Blut danach fragen? Oh, nein. Lillian ist Raff gegenüber nie mit der Frage herausgerückt, warum sie keine Kinder hat. Tief im Herzen hat Lillian Angst davor, daß Raff sagen könnte, sie hätte keine Kinder, weil Lillian so eine miserable Mutter gewesen war.

Ich hab mir Mühe gegeben, ich hab mir Mühe gegeben, ich hab mein Bestes getan, denkt Lillian, aber sie weiß, daß sie viel falsch gemacht hat. Zum Beispiel hat sie den Mädchen die Luft mit ihrem Zigarettenqualm verpestet und ihnen nicht immer die besten Nahrungsmittel gegeben (manchmal war sie so müde, wenn sie den ganzen Tag gerackert hatte, daß sie einfach nur eine Dose Bohnen heiß machte und eine Packung Weißbrot dazulegte). Am schmerzhaftesten ist die Erinnerung daran, wie sie die beiden bei der geringsten Kleinigkeit schlug. Keine harten Schläge, aber trotzdem – wenn sie jetzt daran denkt, tut es ihr weh, verursacht ihr Unbehagen.

Okay, genug davon. Schluß mit diesen Träumereien und statt dessen lieber aufstehen und saubermachen. «Gut, Raff, das mach ich», sagt Lillian, so als ob Raff mit Röntgenaugen die vielen

Meilen zwischen ihnen durchdringen könnte, um nachzusehen, ob Lillian die Wohnung verkommen ließ. *Diese schreckliche Gegend hier,* hat Raff schon tausendmal gesagt, *eine richtige Müllhalde.*

Es läßt sich nicht leugnen, dieser Teil der Greene Street ist mit den Jahren etwas heruntergekommen, seit es die Bar an der Ecke gibt und einige Häuser wirklich schäbig geworden sind. Der alte Wohnsitz der Pattersons, früher einmal solch ein wunderschönes großes Haus voller rotziger kleiner Patterson-Gören, war jetzt abgerissen worden. Und ausgerechnet eine Schweißerei mußte dort hingebaut werden. Das kann man nicht gerade als vornehm bezeichnen. Trotzdem ist die Greene Street über ihre ganze kurvenreiche Länge hinweg immer noch ein Wohngebiet.

Raff bearbeitet Lillian schon seit Jahren, sie soll nach Teaneck kommen und dort bei ihr und Martin leben. «In deinem Alter solltest du nicht mehr alleine wohnen, Mutter.» Na, und jetzt zieht sie es in Erwägung, *nicht* mehr allein zu wohnen, und Raff spielt sich als ihr Anwalt auf und kriegt geradezu Zustände. Redet auf Lillian ein, daß sie allmählich in die Jahre kommt, und was ist, wenn sie krank wird, und wer ist dieser Mann, und warum ist sie so halsstarrig.

Sorgfältig drückt Lillian ihre Zigarette aus und kneift den Stummel ab. Sie wird ihn später zu Ende rauchen, heutzutage kosten Zigaretten ein Vermögen. «Deshalb will ich nicht bei dir wohnen, Raff», sagt Lillian, während sie aufsteht. «Du kannst es nicht ausstehen, wenn ich halb aufgerauchte Zigaretten aufhebe. Magst es sowieso nicht, wenn ich rauche. Und noch so etwas: Du würdest mich auf Diät setzen wollen, würdest mir sagen, ich soll nicht so laut reden, und ich weiß schon ganz genau, daß wir nicht dieselben Sachen lustig finden würden.»

Lillian sieht nach, ob ihre Gymnastiksendung im Fernsehen schon läuft. Immer noch ein bißchen zu früh, deshalb setzt sie Kaffee auf, wischt den Küchentisch ab, sieht nach der Mausefalle unter der Spüle und kocht sich ein Ei. Der Rettungswagen, der mit kreischender Sirene die Straße hinunterfährt, läßt sie für einen Augenblick ans Fenster treten. Nach der Geburt ihrer

Kinder hatte dieses Sirenengeheul bei Tag und Nacht ihr richtig Angst eingejagt, daß ihren Kleinen etwas zustoßen könnte.

«Nein, denen passiert nichts», hatte Lenny dann jedesmal gesagt. Das ärgerte sie. Wie konnte er das sagen? Woher wollte er das wissen? Aber er mußte felsenfest daran geglaubt haben. Ein so herzensguter Mensch, wie er im Grunde war, hätte sie und die beiden kleinen Mädchen sonst sicher nicht verlassen. Acht Jahre war er weg, und dann starb er an Lungenentzündung.

Armer Lenny. Jetzt denkt sie kaum noch an ihn. Vera hatte sie immer wieder an Lenny erinnert, weil sie ihm so ähnlich sah. Und dann war auch Vera gestorben, nachdem sie von Lillian acht Jahre lang fortgewesen war. Bei der Zahl Acht wird Lillian richtig nervös.

«Wie viele Buchstaben hat Ihr Name?» hatte sie Fred gleich nach dem Kennenlernen gefragt. Und sie zählte alle Buchstaben seines Namens zusammen. Fred (nicht Frederic) Michel. Zehn Buchstaben. Vier und sechs. Außerdem hatten sie sich im Juli kennengelernt, am Fünfzehnten. Wenn es im August gewesen wäre oder am sechzehnten Tag im Monat (zwei mal acht), hätte sie sich Sorgen gemacht.

Jetzt ist es Zeit für ihre Gymnastik. «Arme *hoch*», kommt das Kommando aus dem Fernseher. Lillian schleudert die Hände hoch und bemüht sich, nicht hinzusehen, wie das Fleisch an ihren Oberarmen wie Wackelpudding schwabbelt. «Von der Taille aus *bücken*. Und runter zu den *Zehen*, meine Damen!»

«Reicht es auch bis zu den Knien?» erkundigt sich Lillian. Bei der Gymnastik kommt sie sich immer so tugendhaft vor.

«Mutter», hat Raff schon eine Million Mal gesagt, «es wäre sehr viel sinnvoller, wenn du abnehmen und das Rauchen aufgeben würdest. Deine Lungen sind bestimmt schon ganz kaputt.»

«Ach, jetzt ist es zu spät, um sich darüber noch Gedanken zu machen», sagt sie dann zu Raff. Sie hat sich noch nie über ungelegte Eier den Kopf zerbrochen. Über die Jahre hinweg ist so viel passiert. All die kleinen Dinge – Raffs gebrochenes Bein zum Beispiel und wie Lillian in dem Jahr, als sie arbeitslos wurde, Sozialhilfe beanspruchen mußte und Veras Sitzenbleiben in der

Schule (obwohl die Lehrer sagten, daß sie gescheit wäre). Und dann die großen Dinge – Lillians Mutter, die Krebs bekam und starb. Veras Tod, im Alter von sechsundzwanzig Jahren. Und lange davor Lenny, der sich wegen seines Asthmas nach Arizona davonmachte und nie wiederkam. Er hatte immerzu darauf gewartet, daß die Umstände sich bessern würden, bevor er sie und die Mädchen nachkommen ließ. Typisch Lenny, erst fortzugehen und dann nichts anderes damit anzufangen, als allein zu sterben.

Sie hat immer noch die Briefe, die er ihr damals schrieb. Von denen sollte sie sich trennen. Vielleicht würde sie das tun, wenn sie nach Florida zog. «Lillian, Du kommst mit den Mädchen nach, sobald ich das Geld beisammen habe... und wir werden ein Haus bauen, ein richtiges Haus... und ich werde Dir ein Armband kaufen und Haarspangen, silberne Haarspangen.» Wer außer Lenny würde von silbernen Haarspangen reden, während sie sich Mittel und Wege überlegte, wie sie Brot auf den Tisch bringen sollte?

Schnaufend beugt Lillian sich hinunter. Raff war dreizehn und Vera elf, als ihr Vater starb. Hatten ihn kaum gekannt. Sie weinten ein bißchen, als sie es ihnen erzählte, und damit war die Sache erledigt. Der Busen, den sie noch nicht hatte, brachte Raff ganz genauso zum Weinen.

«Raff, Schätzchen», sagte Lillian zu ihr, «in unserer Familie gibt es lauter Spätentwickler. Schau mich *jetzt* an, und dabei hatte ich nicht das allerkleinste bißchen, bevor ich achtzehn war.» Eine kleine Übertreibung – eine weiße Lüge, könnte man sagen – aber es munterte Raff auf.

«Bestimmt?» fragte sie und sah Lillian aus ihren dunklen Augen an, große, runde braune Augen, genau wie die von Lillian selbst.

«Ganz bestimmt», sagte Lillian und drückte Raff fest an sich. Im Alter von drei oder vier Jahren, als sie anfingen zu reden, wuchsen die Mädchen Lillian erst so richtig ans Herz. Für ein gutes Gespräch war sie immer zu haben, und als sie sich erst einmal von Mensch zu Mensch mit Raff und Vera unterhalten konnte, staunte sie nicht schlecht. Diese kleinen Mäuse hatten einen hellen Verstand, besonders Raff. Man mußte ihr nur in die braunen Augen schauen, um zu sehen, daß dieses Kind wußte, wie der Hase läuft.

Vera hingegen war ein ganz anderer Typ, mehr verträumt. Sah genauso aus wie ihr Vater und war ihm auch sonst durch und durch ähnlich – ein Blondchen mit blauen Augen, so bildhübsch, daß es einen geradezu umhaute, aber sie scherte sich den Teufel darum und lebte ganz in ihrer Traumwelt.

Genau wie Lenny, denkt Lillian, während sie schwerfällig auf und ab springt und dabei mit erhobenen Armen in die Hände klatscht. Uff... Uff... Dieser Jack LaLanne ist vielleicht einer! Ob er wirklich schon über Sechzig ist? Manche Männer sahen in den Zwanzigern nicht so gut aus. Sie mag Männer, die auf sich halten. Das ist ihr bei Fred gleich als erstes aufgefallen. Jeden Tag frische Socken, ein frisches Hemd *und* ein frisches Taschentuch in der Brusttasche. Schick.

«Michel, das kommt von Michlowitz», hatte er ihr schon ziemlich bald nach dem Kennenlernen erzählt. «Mein Vater hat den Namen im Einwanderungsbüro ändern lassen, gleich als er vom Schiff kam.»

«Ein sehr netter Mann», hatte sie zu Raff gesagt. «Sauber und ehrlich.» Vor allem das mit der Ehrlichkeit hätte Raff eigentlich gefallen müssen. Es machte ihr überhaupt nichts aus, anderen eins über den Schädel zu geben, solange es nur Wahrheiten waren, die sie ihnen um die Ohren schlug.

«Er ist sechs Jahre jünger als du», sagte Raff.

«Fünf», parierte Lillian sofort.

«Mutter! Du weißt genau, was ich meine.» Siebenundvierzig Jahre alt und sagt manchmal immer noch *Mut*-ter, wie sie es als Fünfzehnjährige getan hat. Und immer wenn sie das so sagt – *Mut*-ter –, kommt Lillian sich ganz verbraucht vor. Komisch, daß die eigenen Kinder einem schlimmer zusetzen können als sonst irgend jemand. Warum ist das so?

«Und zuletzt ordentlich auf der Stelle treten, damit das Herz in Schwung kommt», bringt sich der Fernseher in Erinnerung.

«Du hast hoffentlich nichts dagegen, Jack», sagt Lillian, «wenn ich diese Übung auslasse.»

Überhaupt, wenn sie die Badezimmermatte am Fenster ausschüttelt, ist das auch eine gute Gymnastik. Allmählich kommen die Kinder auf die Straße. Ein Mädchen läßt ihren Ball springen und schwingt ihr Bein darüber.

«Hallo, Marla, hallo, Donna», ruft Lillian hinunter.

«Hallo, Mrs. Lillian... *A* steht für Annette, die Andauernd Angst hat. *B* steht für Barbara, die ein Blödes Biest ist. *C* steht für Christopher, den Charakterlosen Casanova. *D* steht für die Dicke Dora...»

Lillian holt die Decke wieder herein und erinnert sich: Ach, *Greene* Street... *Queen* Street... *Teen* Street... Komisch, wie man manche Sachen nie vergaß.

Sie hustet und summt vor sich hin, während sie in der übrigen Wohnung aufräumt. Dabei bewegt sie sich so schnell, daß sie ganz vergißt, was für eine dicke alte Dame sie ist. So, wie sie sich jetzt fühlt, könnte sie glatt zwanzig oder fünfundzwanzig Jahre jünger sein.

Als Fred an die Tür klopft, ist alles fertig. Sie schaut sich ein letztesmal um, faltet die Zeitung zusammen und legt sie neben Teddy Blue auf den Fernseher. «Ich komme», ruft sie. Alles sieht frisch und ordentlich aus. Sie ist sehr zufrieden. Der Tisch ist gedeckt, und sie trägt eine frisch gebügelte Bluse über der Hose und eine grüne Perlenhalskette. Allerdings sind ihr von der Hitze und dem Hin- und Herlaufen beim Saubermachen die Füße angeschwollen, deshalb hat sie keine Schuhe an. Hoffentlich macht das Fred nichts aus.

Das fragt sie gleich als erstes. «Machen dir nackte Füße was aus?» Und zeigt vor, daß sie barfuß ist. Die Füße sind sauber, das kann er sehen.

«Ach, das sind ja Florida-Füße», sagt er, und dieser Scherz lenkt alles gleich in die rechten Bahnen.

Sie bewundert ihn dafür, wie er aussieht. Er hat ein hellblaues Hemd an, ordentliche Hosen, Sandalen. «Also, komm rein», sagt sie, obwohl er ja schon drinnen ist. Erstaunlicherweise ist er das erste Mal hier bei ihr. Dabei haben sie sich jeden zweiten Tag auf der Straße getroffen, sind zum Spielplatz gegangen, um den

Kindern zuzusehen, oder sind einfach herumgelaufen und haben sich unterhalten.

Sie führt ihn durch die Wohnung, gibt vielleicht ein bißchen damit an, wie sie alles angeordnet hat – die Bilder von ihren Töchtern, ihre kleinen Nippsachen und andere Dinge, die sie hier und dort zusammengetragen hat. «Das gehört alles mir. Was du hier siehst, habe ich mir Stück für Stück selbst erarbeitet», sagt sie und denkt an die Jahre in Kaufhäusern und Geschäften und Fabriken. Sie hat erst mit neunundsechzig aufgehört zu arbeiten, als Raff darauf drang. Sicher, es ist eine Wohltat, morgens nicht mehr aufstehen zu müssen, aber manchmal fehlt ihr die Arbeit auch jetzt noch.

«Nur dieser Kerl hier. Für den hab ich nicht gearbeitet.» Sie zeigt auf Teddy Blue. Er hat eine gestärkte blaue Schleife um den Hals. Brandneu sieht er aus, und dabei ist er – wieviel? Fünfunddreißig, sechsunddreißig Jahre alt? «Das ist mein kleiner Freund», sagt sie. «Um den rankt sich eine richtige Geschichte.»

Fred streicht sich das Haar zurück, das glatt und silbrig ist, einfach wunderschön, und beugt sich zu ihr vor, ganz Ohr.

«Möchtest du die Kurzfassung hören oder die ausführliche Version der Kurzfassung?» fragt sie, um ihn zum Lachen zu bringen. Dann erzählt sie ihm von dem Tag, an dem sie mit den Mädchen zum Jahrmarkt in die Bing Street gegangen ist. Sie hatte ihr ganzes Kleingeld in einem Marmeladenglas gespart, um den Kindern eine Freude machen zu können und sie mit jedem Karussell fahren zu lassen. Sie warfen sich von einem Vergnügungstaumel in den anderen. Es ließ sich nicht mehr entscheiden, wer schneller herumwirbelte und mehr Spaß an der Sache hatte, sie oder die Mädchen.

Dann sah sie Teddy Blue an einer Schießbude und verliebte sich in ihn, mußte ihn einfach haben. Sie konnte mit einem Gewehr umgehen, daran gab's nichts zu rütteln. Früher war sie mit ihren großen Brüdern am Müllplatz auf Rattenjagd gegangen. Sie legte es von vornherein auf Teddy Blue an. «Und so sehr viele Versuche hat es mich auch nicht gekostet», erzählt sie. Sie kann es sich nicht verkneifen, ein bißchen zu prahlen.

Fred ist sehr überrascht von ihren Schießkünsten, aber Lillian kann sehen, daß sie ihm mit allem, was sie sagt, nur noch sympathischer wird, vielleicht deshalb, weil sie ihn dazu bringt, sie dreißig, fünfunddreißig Jahre früher zu sehen. Das wirklich Schöne daran ist, daß sie sich selbst so sieht, vor all diesen Jahren, wie sie mit Raff und Vera an der Hand herumzog und sich kaum noch bremsen konnte.

«Das ist ja wie in *Annie, Get Your Gun*», sagt Fred, «ich werde dich jetzt nur noch ‹Annie Oakley› nennen», und sie sind beide so vergnügt, als sie sich zum Mittagessen hinsetzen. Ganz ohne Zweifel: Es ist schön, mit jemandem gemeinsam zu essen. Dagegen hat sie überhaupt nichts einzuwenden! Gut, daß er raucht. Es gibt nichts Schlimmeres als diese Nichtraucher, die immer mit den Händen in der Luft herumwedeln und so tun, als müßten sie husten, nur damit man Schuldgefühle bekommt, weil man an den kleinen Genüssen im Leben seine Freude hat.

«Ist das nicht ein Ding, daß wir uns noch nie begegnet sind?» sagt sie, nicht zum erstenmal.

«Und dabei komme ich doch jedes Jahr hierher und besuche meinen Sohn», sagt er, ebenfalls nicht zum erstenmal.

«Heute sind es zehn Tage», sagt Lillian.

«Ja, das stimmt», sagt Fred. «Ich hab's auf dem Kalender gesehen.»

Es macht ihnen einen Heidenspaß, den Tag ihres Kennenlernens wieder einmal in allen Einzelheiten durchzugehen. «Heiß war es», sagt Lillian.

«Es hat aber geregnet», erinnert Fred sie.

«Aber nicht viel», meint sie. «Nicht so, daß ich deshalb zu Hause geblieben wäre.»

«Da hab ich Glück gehabt», sagt Fred.

Sie war zum *Piggly-Wiggly*-Supermarkt unterwegs gewesen, um eine Packung Milch zu kaufen. Fred – damals hatte sie natürlich noch nicht gewußt, daß es Fred war; sie hatte nur sein auffallend rotes Gesicht bemerkt – hatte sie angehalten und sie nach dem Weg zu genau demselben Supermarkt gefragt. Und auch er wollte dort Milch kaufen. So eine Übereinstimmung! «Sie können einfach hinter mir hergehen», hatte sie gesagt, aber dann waren sie natürlich nebeneinander gegangen. Dabei stellte sich heraus, daß er jedes Jahr auf Besuch hierherkam, zu seinem Sohn, der gleich um die Ecke von der Greene Street in der Elm Street Nummer 6 wohnte. Na, das war noch eine weitere Übereinstimmung gewesen – sie hatte ebenfalls die Hausnummer 6. Es ergab sich ganz selbstverständlich, daß sie sich miteinander bekannt machten.

Im *Piggly-Wiggly*-Supermarkt zeigte sie ihm die Abteilung mit den Milchprodukten, sie stellten sich zusammen an der Kasse an, und er gab ihr die grünen Rabattmärkchen, obwohl sie ihn darauf aufmerksam machte, daß seine Schwiegertochter die Marken vielleicht ebenfalls sammelte. Aber er meinte, daß er sie Lillian geben wollte.

Am nächsten Tag, wie das Leben so spielt, traf sie ihn direkt vor ihrem Haus. Er wäre gerade zufällig vorbeigekommen, sagte er. Später allerdings gestand er ihr, daß er etwa ein halbes Dutzend Mal vorbeigegangen war, immer in der Hoffnung, sie würde herauskommen. Darüber mußten sie furchtbar lachen. Und dann noch einmal, als sie ihm erzählte, daß auch sie nach ihm Ausschau gehalten hatte! Danach trafen sie sich jeden Tag zum Spazierengehen und Reden. Aber sie haben noch lange nicht genug geredet; der Gesprächsstoff geht ihnen nicht aus.

«Du hast also immer hier in der Greene Street gewohnt?» fragt er.

«Ja, bis auf zwei Jahre. Und seit fünfzig Jahren hier in derselben Wohnung.»

«Na», sagt er, «mit meiner Frau habe ich nie länger als fünf Jahre an ein und demselben Ort gewohnt.»

Lillian schüttelt voller Verwunderung den Kopf. «So etwas! Und ich rühr mich seit fünfzig Jahren nicht vom Fleck. Das könnte man glatt ins *Buch der Rekorde* aufnehmen. Dann wäre ich berühmt.»

«Ein Enkel von mir ist ein bißchen berühmt», sagt Fred. «Er ist Filmproduzent für Fernseh-Dokumentationen. Einmal hat er für eine Sendung über Wildpferde einen Preis bekommen, den *Emmy*.»

«Das ist ja was!» Lillian kommt diese Neuigkeit sehr gelegen. Sie darf nicht vergessen, Raff davon zu erzählen.

Nach dem Essen sitzen Lillian und Fred am Fenster, rauchen und schauen gemeinsam auf die Greene Street hinaus. «Eine lebhafte Straße», sagt Fred.

«Kaum mal ein Augenblick, in dem nichts los ist», stimmt Lillian ihm zu.

«Das ginge ja auch gar nicht, wo du doch da bist», sagt er. Eine Sirene heult auf. «Hier kommt der Rettungswagen. Du bist bestimmt froh, wenn du diesen Lärm los bist. Wo ich wohne, kriegt man das nicht zu hören.»

Lillian sieht zu, wie der Rettungswagen in die Krankenhauseinfahrt einbiegt. Sie stößt Fred mit der Schulter an. «Was sagst du dazu – meine Tochter reibt es mir immer noch unter die Nase, daß wir einander nicht vorgestellt wurden und du mich einfach auf der Straße angesprochen hast.»

Er lächelt. «Die Kinder haben eben ihre eigenen Vorstellungen.»

Lillian nickt. «Das kann man wohl sagen. Magst du noch einen Sargnagel?» Bei Fred ist ihr behaglich zumute, so richtig rundum behaglich.

Er nimmt die Zigarette an. «Das ist eine hübsche Wohnung», sagt er. «Wie du sie eingerichtet hast – darin hast du eine sichere Hand.»

«Das finde ich auch, obwohl ich das von mir selber nicht sagen sollte», meint Lillian mit einem bescheidenen Lächeln. Bestimmt ist er deshalb auf Wohnungen zu sprechen gekommen, um das Thema anzuschneiden, das ihnen beiden am Herzen liegt: Wann wird sie nach Florida kommen? Er fliegt morgen ab.

Als hätte er ihre Gedanken gelesen, sagt er: «Es wäre schön, wenn wir alles klären könnten. Ich bin schon fix und fertig mit Packen.»

«Schon!»

«Ich reise nicht mit soviel Gepäck. Nur ein Koffer. Abends wasche ich dann immer meine Sachen aus. Das lernt man, wenn man als Handlungsreisender unterwegs ist.»

«Ich mach das auch», sagt Lillian, «obwohl ich nie unterwegs war.» Sie stellt sich vor, wie die Socken und Unterhosen von ihnen beiden treu vereint über der Stange vom Duschvorhang hängen. «Weißt du», sagt sie, «das mit Florida ist schon eine gewaltige Entscheidung.» Es ist wirklich ein Jammer, daß Fred wegen seines Herzens in Florida leben muß. Wenn er hier bei seinem Sohn wohnen würde, könnten sie sich öfter sehen, sich gegenseitig besuchen. Und vielleicht auch andere Dinge tun. So alt ist sie noch gar nicht.

«Florida ist ein wunderschöner Staat», versucht Fred sie zu überreden.

«Ach, aber die Sommer sind gräßlich», meint Lillian weise.

«Na, ich hab eine Klimaanlage, und ganz in der Nähe ist ein schönes Schwimmbad.»

«Ich bin zu dick, um einen Badeanzug anzuziehen.»

«Mir gefällst du. Meine Frau war auch so gebaut wie du, und sie hatte ebenfalls viel Humor.»

Es macht ihr nichts aus, daß er von seiner Frau spricht und sie miteinander vergleicht. Das zeigt nur, daß er empfindsam ist, ein Mensch mit Gefühl. Sie fragt sich, ob er wohl in getrennten Betten schlafen will. «Möchtest du ein Doppelbett oder Einzelbetten?» erkundigt sie sich frei heraus.

Ach, wie er lacht und rot wird, als ob er noch ein Junge wäre, rot bis zu den Ohren. Sein ohnehin schon rotes Gesicht wird noch röter. «Doppelbett», sagt er. Jetzt steigen in Lillian wirklich sehr angenehme Gefühle auf.

Als er eine Weile später geht, drückt Fred ihr die Hand und sagt: «Ich komme morgen früh noch mal vorbei. Mein Flugzeug geht um drei.»

Lillian nickt. Sie verspricht ihm, daß sie bis morgen das Datum für ihre Abreise festlegen wird. Sie küßt ihn auf die Wange. Dann legen sie die Arme umeinander und geben sich einen langen Kuß, der mit vielen süßen, schönen Gefühlen angefüllt ist.

Als Raff an diesem Abend anruft, erzählt Lillian ihr: «Vielleicht ziehe ich in einem Monat hier weg.»

Raff schweigt einen Augenblick, dann sagt sie: «Du willst das wirklich tun?»

«Es sieht ganz so aus.»

«Na, dann wünsch ich dir alles Gute, Mutter.»

«Danke, Rafferty.» Es ist ein erhebender Augenblick.

Im Bett liegt Lillian noch lange wach und denkt daran, was alles noch zu tun sein wird. Ob sie die Möbel lagern lassen soll? Nein. Lieber verschenken. Das meiste ist sowieso nichts wert. Aber so abgenutzt und schäbig die Sachen auch sind – die Vorstellung, sie in fremde Hände zu geben, tut ihr weh. Sie kann sich nicht entschließen, was sie tun wird, und schläft mit der Überlegung ein, ob es bei Fred in der Umgebung wohl auch ein hübsches Plätzchen gibt, wo sie sich hinsetzen und mit jungen Müttern einen Schwatz halten kann.

Mitten in der Nacht wacht Lillian aus einem tiefen, festen Schlaf auf und springt aus dem Bett, als ob jemand auf der Greene Street – oder die Greene Street selbst – nach ihr gerufen hätte. Was war das? Wieso ist sie wach geworden?

Draußen ist es zur Abwechslung einmal ruhig. Aus dem Fenster der Bar fällt Licht auf die Straße; weiteres Licht kommt aus dem schwach erhellten Krankenhaus. Arm in Arm läuft ein Pärchen eilig die Straße entlang. Ihre Absätze klappern. Lillian sieht ihnen nach, bis sie außer Sichtweite sind. Dabei denkt sie an Florida, wo sie noch nie war, und an die Greene Street, von der sie fast nie fort gewesen ist.

Sie kann nicht wieder einschlafen. Irgend etwas ist noch nicht abgeschlossen, kommt ihr unfertig vor. Ohne weiter darüber nachzudenken, steht sie auf, zieht sich an, schlüpft in die Schuhe und nimmt aus unerfindlichen Gründen Teddy Blue mit, als sie zur Tür hinausgeht und leise die Treppe hinuntersteigt.

Teddy Blue unter den Arm geklemmt, geht sie die Greene Street entlang, an den zumeist dunklen Häusern vorbei. Am schwach erhellten Krankenhaus vorbei und an noch mehr Häusern, an der Schweißerei und an dunklen geparkten Autos. Sie geht an einem Mann vorüber, der einen Hund Gassi führt. Es heißt immer, man solle nachts nicht nach draußen gehen, vor allem nicht, wenn man schon älter ist, aber wie könnte sie sich auf der Greene Street fürchten? Vorbei an der Bäckerei, um die der Geruch nach frisch gebackenem Brot in der Luft schwebt, dann an der Grundschule vorbei, dem dunklen Spielplatz, den Bänken und dem Trinkbrunnen. Immer weiter, einfach die Greene Street entlang.

Die Nachtluft ist kühl und feucht. Sie denkt an Vera, und alles ist wieder so, als wäre es gerade erst passiert, daß ihr erwachsenes Nesthäkchen, früher einmal ihre Kleine, ihr jüngstes und süßestes Kind, das immer am eigenwilligsten war, jetzt tot ist. Und Lenny ist tot. Auch in ihrer Familie sind alle nicht mehr da, ihre Eltern und ihre Brüder. Und Raff lebt in New Jersey. Und sie ist alt, zweiundsiebzig, alt und dick, und auf der ganzen Welt ist ihr nichts weiter geblieben als die Greene Street.

Sie macht einen langen Spaziergang. Der Himmel wird schon hell, als sie langsam wieder ihre Treppe hinaufgeht. In der Wohnung legt sie sich mit ihren Kleidern hin, eine Hand an die Stirn gedrückt. Ihr Herz flattert, und sie fragt sich, ob sie jetzt wohl sterben wird.

Später steht sie auf und duscht. Wie müde sie ist, die Glieder sind ihr so schwer. Sie drückt Zahnpaste auf die Zahnbürste. Es macht sie stolz, daß sie immer noch alle Zähne hat, aber an diesem Morgen denkt sie nicht daran, sondern sieht nur die Leberflecken auf ihren Handrücken.

Die Sonne steigt wieder heiß am Himmel empor. Als Fred an die Tür klopft, geht sie langsam öffnen. «Der Zeitungsbote!» sagt er und hält ihr ihre Zeitung hin. In seinem bunten Florida-Hemd sieht er frisch aus. Sie macht Kaffee, und dann sitzen sie am Fenster. Dort erzählt sie ihm von ihrem mitternächtlichen Spaziergang.

«Allein? Du bist alleine gegangen?» Er schüttelt den Kopf.

«Ach, ich hatte doch Teddy Blue dabei», sagt sie.

«Dein Beschützer. Hoffentlich nimmst du Teddy Blue auch mit nach Florida.»

Das ist ein Scherz, aber sie sagt ernsthaft: «Teddy Blue würde ich nicht zurücklassen.» Sie fährt über die Sessellehne, wo das ehemals samtige Gewebe vom vielen Gebrauch schon ganz abgeschabt ist. Das ist der Sessel, in den sie sich mit einem Seufzer sinken läßt, einem glücklichen oder einem traurigen, je nachdem, wie ihr Leben an dem entsprechenden Tag verlaufen ist. Und dann schaut sie durchs Fenster auf die Greene Street hinaus.

Fred macht eine Bemerkung darüber, daß sie so still ist, und nach einer Weile fragt er, ob sie ihr Abreisedatum festgelegt hat. Lillian schüttelt den Kopf. «Ich muß noch mal drüber nachdenken.» Sie beugt sich aus dem Fenster. Autohupen dröhnen; ein Motorrad donnert vorbei. Die Luft hat ihre Frische verloren, ist jetzt dick mit Geräuschen durchtränkt.

«Zigarette?» bietet Fred an.

«Ich zieh nur mal an deiner.» Es überrascht sie selbst, daß sie hinzufügt: «Vielleicht entschließ ich mich dazu, das Zeug ganz aufzugeben.»

«Damit wär ich einverstanden», sagt er, aber er macht ein zweifelndes Gesicht dabei.

Sie gibt ihm die Zigarette zurück. Es wäre seltsam, nicht zu rauchen – genauso seltsam, wie es wäre, in Florida zu sein. Ein seltsames, fremdes Land. Ob sie in Florida sterben wird? An Lungenkrebs? Oder wird sie zu denen gehören, die Glück haben und rauchen können, ohne daß es sie erwischt? Sie hat sich immer vorgestellt, daß sie in der Greene Street sterben würde, vielleicht in haargenau demselben Bett, in dem sie seit fünfzig Jahren schläft.

Immer wieder durchläuft sie ein innerer Ruck, dann fährt sie erschrocken auf.

«Du hast meine Adresse und die Telefonnummer?» fragt Fred.

Sie zeigt ihm, wo sie sich alles aufgeschrieben hat, auf einem Notizblock gleich neben dem Telefon.

«Und du läßt mich wissen, wie deine Pläne aussehen? Es ist jetzt eine günstige Zeit zum Fliegen, weil es Billigtarife gibt.»

Als es für Fred Zeit zum Aufbruch wird, küßt er sie. Sie erwidert seinen Kuß und drückt ihre Nase an seine Haut. Er riecht gut – Rasierwasser und ein sauberer Seifenduft.

«Also, jetzt erst mal Lebwohl», sagt er.

«Jetzt erst mal», wiederholt sie, an seinen Rücken gerichtet, der sich immer weiter von ihr entfernt. Und dann spürt sie wieder all diese erschreckenden Symptome der vergangenen Nacht: eine schwere, dumpfe Müdigkeit, und ihr Herz flattert, als wollte es aus ihrer Brust ausbrechen.

«Ach», sagt sie. «Ach! Ich fürchte, mein Herz hält das nicht aus.» Und in dem Moment, in dem sie das sagt, versteht sie, daß es ihr sehr wohl das Herz brechen könnte, wenn sie von der Greene Street weggeht, selbst wenn sie es für Fred tut.

Fred schickt ihr Ansichtskarten aus Florida. Sie schickt ihm lustige Geschichten, die sie aus der Zeitung ausgeschnitten hat. Alle beide freuen sie sich auf seinen Besuch bei seinem Sohn im nächsten Jahr. Von Zeit zu Zeit ruft er an und fragt, ob sie ihre Absicht geändert hat. Sie rauchen beim Reden und husten sich gegenseitig durch die Leitung an. Es liegt an ihren Herzen, sagt Lillian. Sein Herz läßt ihn nicht in der Greene Street leben; ihr Herz läßt sie nicht fort von hier.

«Das liegt an unseren dummen Herzen», sagt sie. So wie sie es ausspricht, klingt es wie ein Lied, und es gibt auch tatsächlich ein Lied, das *Your Foolish Heart* heißt. Eines Tages hört sie im Radio eine alte Aufnahme von Jimmie Rodgers, der dieses Lied singt. Wunderschön, denkt sie und läßt die Tränen fließen, ach, *wunderschön*, wie er singt. Da muß man einfach weinen.

Für meinen Vater, der gestorben ist – und so weiter

Ich würde gern ein Gedicht schreiben
Für meinen Vater.
Und so würde es anfangen:
Für meinen Vater, der gestorben ist – und so weiter.

Ich würde gern eine Geschichte schreiben
Über meinen Vater.
Und so würde sie anfangen:
Diese Geschichte handelt von meinem Vater,
Der ein ganz normales Leben führte.

Im Regal habe ich seine Brille verwahrt.
Das Buch vor der Nase, las er und las.
«Ich lese *Krieg und Frieden*», sagte er.
«Schon zum viertenmal.»

Er war Milchmann, trug Brote aus –
«Ich bin Lieferant», sagte er.
Im Zweiten Weltkrieg arbeitete er in Alco.
Fette Zeiten. 125 $ die Woche.
«Ein-hundert-fünf-und-zwanzig Dollar», sagte er.
«So einen Lohnscheck hätt ich gern mal wieder.»

Er starb, rang keuchend um Luft,
Erstickt im Krankenhausbett.
Asbeststaubkrankheit.
Das kriegen Werftarbeiter
Und auch ihre Familien,
Die den Staub aus ihren Kleidern einatmen.

Hey, er war doch Lieferant.
Wie konnte er dann so sterben?

Im Futterhäuschen ein Kardinalvogel, den Schnabel, orange,
im Schnee eingetaucht.
«Schau dir den Vogel an», sagte er.
Als ob er mehr sehen könnte als nur einen blutfarbenen Fleck.
«Schau dir den Vogel an. Wunderschöner Wintervogel.»

Einmal fegte er mit dem Besen herum
In einer kleinen Fabrik mit Blechdach.
Packte Kisten mit Asbest aus.
«Nur ein paar Wochen lang», sagte er.
«Zwei, höchstens drei Wochen.»

Er starb, rang keuchend um Luft.
Zuvor wurde er natürlich langsam schwächer –
Eines Tages fiel er auf der Straße um.
Seine Schwester bekam Chemotherapie und
starb trotzdem.
«Hoffentlich fallen mir die Haare nicht aus», sagte er.

Er starb, rang keuchend um Luft.
«Holt die Fahrkarten», sagte er. «Ich nehm das Schiff.»
Monate später sah ich ihn –
(Das war natürlich in einem Traum)
Ich auf einem Balkon, er darunter.
«Entschuldige, Dad» (ich war höflich),
«Ich will dich ja nicht kränken,
Aber eigentlich bist du tot.»